*Flannery O'Connor*

好人难寻

［美］弗兰纳里·奥康纳 著
周嘉宁 译

A
Good Man
Is
Hard to
Find

人民文学出版社

Flannery O'Connor
A GOOD MAN IS HARD TO FIND
根据The Complete Stories of Flannery O'Connor, Farrar, Straus and Giroux 1971年版译出。

图书在版编目（CIP）数据

好人难寻/（美）弗兰纳里·奥康纳著；周嘉宁译.－－北京：人民文学出版社，2024
ISBN 978－7－02－018424－8

Ⅰ.①好… Ⅱ.①弗… ②周… Ⅲ.①短篇小说－小说集－美国－现代 Ⅳ.① I712.45

中国国家版本馆 CIP 数据核字 (2024) 第 013421 号

| 责任编辑 | 张海香 |
| 装帧设计 | 李思安 |
| 责任印制 | 张　娜 |

出版发行　人民文学出版社
社　　址　北京市朝内大街166号
邮政编码　100705

印　　刷　侨友印刷（河北）有限公司
经　　销　全国新华书店等

| 字　数 | 171千字 |
| 开　本 | 880毫米×1230毫米　1/32 |
| 印　张 | 8.125　插页2 |
| 印　数 | 1—5000 |
| 版　次 | 2016年9月北京第1版 |
| 印　次 | 2024年8月第1次印刷 |

| 书　号 | 978-7-02-018424-8 |
| 定　价 | 56.00元 |

如有印装质量问题，请与本社图书销售中心调换。电话：010-65233595

作者像

## 弗兰纳里·奥康纳
(Flannery O' Connor)

　　美国作家。1925 年生于佐治亚州萨凡纳市，父母为天主教徒。1945 年毕业于佐治亚女子州立大学，而后进入艾奥瓦大学写作班，其间发表首篇短篇小说《天竺葵》。擅画漫画，曾在高中和大学的校报等处发表多幅作品。1950 年被诊断患有红斑狼疮，与母亲在安达卢西亚农场度过余生，酷爱养孔雀、雉等禽类。1964 年去世。

　　短暂的 39 年生命里，出版长篇小说《智血》和《暴力夺取》，短篇小说集《好人难寻》和《上升的一切必将汇合》，书信集《生存的习惯》等。1972 年，《弗兰纳里·奥康纳短篇小说全集》荣获美国国家图书奖。其作品探讨宗教主题和南方种族问题，主人公多与周遭格格不入，产生的反差效果彰显其写作风格——为使观念显而易见，作家得运用激烈手段，"遇听障人士，就大喊；遇视障人士，就把人物画得大而惊人"。

# 目录

A Good Man Is Hard to Find

001　一次好运

017　以诺与大猩猩

029　好人难寻

049　临终遇敌

061　救人就是救自己

077　河

099　火中之圈

123　流离失所的人

169　圣灵之神殿

185　黑人雕像

209　善良的乡下人

235　没有谁比死人更可怜

一
次
好
运

A Stroke

of

Good Fortune

露比从公寓的前门进来，把装着四罐三号大豆的纸袋放在玄关。她太累了，无力松开胳膊，也没法直起身来，臀部以下都软软的，脑袋像一颗大大的开花蔬菜一样撑在纸袋上。她漠然地注视着桌子上方镜子里正对着自己的那张脸，镜子昏暗，布满黄色斑点。她右侧脸颊上牢牢沾着一片甘蓝叶，一定是半路回家时就沾上了。她用胳膊狠狠擦去，站起来，愤愤不平地闷声咕哝着，"甘蓝，甘蓝。"她站直身子是个矮个儿女人，身形和骨灰罐差不多。桑果色的头发在脑袋周围卷成香肠小卷，但是炎热的气温和从杂货店回来的长途行走让发卷走了样，乱糟糟地戳向各个方向。"甘蓝！"这次她啐出这个词，仿佛它是一粒有毒的种子。

她和比尔·希尔五年没吃过甘蓝，现在也没打算煮。她是为鲁法斯买的，但也只打算买这一次。本以为鲁法斯在军队里待了两年以后，会像见过世面的人一样对吃有点讲究，但是没有。问他想不想吃点什么好的，他都不愿动脑子想出一道体面的菜——他说甘蓝。还指望鲁法斯能长点见识。好吧，他的见识就和一块擦地布差不多。

鲁法斯是露比的小弟弟，刚从欧洲战场回来。他过来和露比一起住是因为他们的故乡皮特曼已经不复存在。所有在皮特曼住过的人都明智地离开了那儿，要么是死了，要么是搬去了城里。露比嫁给了比尔·B.希尔，一个卖"奇迹产品"的佛罗里达人，然后住进了城里。如果皮特曼还在，鲁法斯会回去。如果还有一只鸡留在皮特曼的马路上，鲁法斯就会留下来陪它。露比不愿意承认自己的亲戚是这副德行，至少不愿意承认自己的弟弟是这样的，但他就是这样——一无是处。"我看他五分钟就知道了，"露比告诉比尔·希尔，比尔·希尔面无表情地说，"我只要三分钟。"让这样一位丈夫看到自己有这样的弟弟真是尴尬。

　　她觉得这没法改变。鲁法斯和其他孩子一样。露比是家里唯一的异类，见过世面。她从钱包里掏出一截铅笔，在纸袋的旁边写上：比尔，你把这个拿上楼。然后她在楼梯底下打起精神来，打算爬四层楼。

　　楼梯是大楼中间一道又黑又窄的缝隙，铺着鼠灰色的地毯，像是从地板里长出来的。在露比看来，楼梯仿佛尖塔的台阶一样笔直向上。它们耸立在她跟前。她一站到楼梯底下，它们便故意耸立起来，愈发陡峭。她抬头看了一眼，嘴巴张开耷拉着，一脸彻底的厌恶。她的身体不适宜爬高。她病了。祖利达太太告诉过她，其实她早就知道了。

　　祖利达太太是八十七号公路上看手相的。她说过，"会病很久。"但是她用一种就算我知道也不会说的表情补充道，"不过会给你带来一次好运！"她说着就坐了回去，咧嘴笑笑。那是个结实的女人，绿色的眼珠在眼眶里像抹了油似的溜溜转。露比不需要别人告诉。她已经察觉到了好运。搬家。两个月来，她有种清晰的感觉，他们就要搬家了。比尔·希尔坚持不了多久。他不能杀了她。她想要搬去一处住宅小区——她开始爬楼，身体前倾，抓紧扶手——小区里就有药店、杂货店和电影院。现在住在市中心,她得步行八个街区才能走到商业区,超市则更远。五年来她都没怎么抱怨,但是现在还这么年轻,身体状况就岌岌可危,他以为她要干吗?自杀?她看上一处位于米多克里斯高地的房子,一幢有黄色雨篷的复式小楼。她在第五级台阶停下来喘气。像她这么年轻——三十四岁——真想不到五格台阶就要了她的命。慢慢来,宝贝,她对自己说,你还年轻,不会散架。

三十四岁不老,根本不算上了年纪。她想起母亲三十四岁时的模样——像一只起了褶子的又老又黄的苹果,泛着馊味。母亲似乎总是气急败坏,对一切都心怀不满。露比拿三十四岁的自己和那时候的母亲做了一番比较。母亲头发已经花白了——露比的头发不用染,也还没有白。母亲是被一个个孩子搞垮的——整整八个。两个一出生就死了,一个一岁的时候死的,一个被割草机压死了。每生一个孩子,母亲就变得更憔悴。这究竟是为什么?因为她完全不懂。纯粹的无知。彻头彻尾的无知!

露比的两个姐姐,都结婚四年,各有四个孩子。她不知道她们怎么受得了,总是得去医生那儿被仪器戳来戳去。她想起母亲生鲁法斯的时候。她是所有孩子里唯一一个受不了的,在大太阳底下走了十英里路,去梅尔西看了场电影,摆脱孩子的尖叫声,看完了两个西部片、一个恐怖片、一个系列片以后才原路返回,却发现家里才刚刚开始,她不得不忍受了整个夜晚。这些苦难都是为了鲁法斯,而他现在还不如一块洗碗布。她发现鲁法斯出生前不知在哪儿等着,就这么等着,等着把他只有三十四岁的母亲熬成老妇。露比紧紧握住楼梯扶手,又走上一格台阶,摇了摇头。上帝啊,她对鲁法斯太失望了!她才告诉所有的朋友她弟弟从欧洲战场回来了,他就来了——听上去鲁法斯像是从没离开过这个猪圈。

鲁法斯看上去也老了。看起来比她还老,却比她小十四岁。就她的年纪来说,她显得相当年轻。倒不是说三十四岁不算什么,不管怎么说她结婚了。想到这儿她不由笑了,因为她比姐妹们都嫁得好——她们都嫁给了当地人。"透不过气。"她咕哝着,再次停了下来,决定坐一会儿。

每层楼有二十八级台阶——二十八级。

她刚坐下就跳了起来,感觉身体底下有什么东西。她屏住呼吸把那玩意儿拽出来:是哈特利·吉尔菲特的手枪。危险的九英寸长的铁皮!哈特利是住在五楼的六岁小男孩。如果是她的小孩,把自己的烂摊子扔在公共楼梯上,她一定会狠狠地教训几次。她稍不留神就会从楼梯上摔下去,毁了自己!但是哈特利愚蠢的母亲根本不会拿他怎么样,跟她讲也没用。她只会对着哈特利嚷嚷几句,告诉别人哈特利有多聪明。"好运小先生。"她这么称呼哈特利。"他可怜的爸爸只留下了他。"他父亲在病床上说,"我一无所有,就只有他了。"她说,"罗德曼,你留给我的是好运啊!"于是她叫哈特利好运小先生。"我要把他的好运屁股打烂。"露比咕哝着。

台阶像把锯子似的上上下下,她待在中间。她不想吐。不想再吐了。现在不要。不要。她牢牢坐在台阶上,闭着眼睛,直到晕眩暂停了一会儿,恶心的感觉也平息了。不,我不要去看医生,她说。不要。不要。她不要去。他们得把她打晕了送去医院,她才会去。这些年来她一直自己医治自己——没有生过重病,没有掉过牙齿,没有生过孩子,都靠她自己。要不是因为她小心翼翼,现在大概已经有五个孩子了。

她思忖过不止一次，透不过气来会不会是心脏问题。有一阵子，上楼梯的时候还伴随着胸口痛。她希望是——心脏病。他们总不能挪走你的心脏。他们得敲她脑袋把她敲晕，才能送她去医院，必须这样——要是他们没这么做，她死了怎么办？

她不会死的。

要是死了呢？

她停止了血腥的想象。她只有三十四岁。没有患上绝症。她胖胖的，气色不错。她再次拿自己和三十四岁的母亲比较，掐了掐自己的胳膊，笑了。想到母亲也好，父亲也好，都没什么可观之处，她已经做得够好了。他们都干涸了，枯竭了，而皮特曼随他们一起枯竭，他们和皮特曼一起缩成枯萎的玩意儿，起着褶子。而她逃脱了！活蹦乱跳！她站起来，抓住扶手，对自己微笑。她温和，漂亮，胖乎乎的，也不是太胖，因为比尔·希尔喜欢她这样。她增了些分量，但是比尔没有注意到，只是最近有些不知所以的喜悦。她感觉到自我的完整，完整的自己在爬楼。现在她爬上一层，回头看了看，很满足。一旦比尔·希尔从这些台阶上摔下来，台阶或许就会移位。但是它们在此之前就会移位！祖利达太太知道。她大声笑着穿过走道。吉格先生的门发出咯吱的响声，吓了她一跳。天哪，她心想，是他。他是个住在二楼的怪人。

他看着露比走过走道。"早上好！"他探出半个身子。"早上好啊！"他看起来像一头羊。有着葡萄干似的眼睛和一串胡须，夹克是一种几近黑色的绿色，或几近绿色的黑色。

"早上好。"露比说，"你好吗？"

"很好。"他嚷嚷着，"天气这么好，我也好极了！"他七十八岁，脸上像是发了霉。他早晨学习，下午在人行道上走来走去，拦住孩子问他们问题。只要听到走道里有动静，他就开门张望。

"是啊，天气不错。"露比怏怏地说。

"你知道今天是哪位伟人的诞辰吗？"他问。

"呃——呃。"露比说。他总是问这样的问题。没有人知道的历史问题；他问完问题还要演讲一番。他曾经在高中教书。

"猜猜。"他催促她。

"亚伯拉罕·林肯。"露比嘀咕。

"哈！你没动脑子。"他说，"动动脑子。"

"乔治·华盛顿。"露比一边爬楼梯一边说。

"真害臊！"他叫起来，"你丈夫就是打那儿来的！佛罗里达！佛罗里达！佛罗里达的诞辰。"他嚷嚷，"过来。"他用长长的手指示意她，自己闪进了房间。

露比走下两级台阶说，"我要走了。"一边把脑袋探进门里。房间只有一个大衣柜那么大，墙上贴满了当地建筑的明信片；造成一种空间的错觉。一只透明的灯泡垂下来，下面是吉格先生和一张小桌子。

"看看这个。"他说。他俯在一本书上，手指略过文字："'一五一六年四月三日，复活节星期日，他到达了大陆的尖角。'你知道他是谁吗？"他问。

"知道。克里斯托弗·哥伦布。"露比说。

"是庞塞·德莱昂！"他嚷嚷，"庞塞·德莱昂！你应该了解一下佛罗里达，"他说，"你丈夫是从佛罗里达来的。"

"是啊，他出生在迈阿密，"露比说，"他不是田纳西人。"

"佛罗里达不是什么尊贵的州,"吉格先生说,"但是很重要。"

"确实很重要。"露比说。

"你知道庞塞·德莱昂是谁吗?"

"他发现了佛罗里达。"露比轻快地说。

"他是个西班牙人,"吉格先生说,"你知道他在找什么吗?"

"佛罗里达。"露比说。

"庞塞·德莱昂在寻找青春源泉。"吉格先生闭上了眼睛。

"哦。"露比咕哝着。

"一汪泉水。"吉格先生继续说,"喝了泉水的人就能青春永驻。其实,"他说,"是他自己希望青春永驻。"

"他找到了吗?"露比问。

吉格先生顿了顿,眼睛依然闭着。他过了一会儿说,"你觉得他找到了吗?你觉得他找到了吗?你觉得如果他找到了,会没人再去那儿吗?你觉得地球上还会有人没喝过那儿的水吗?"

"我没想过。"露比说。

"没人肯动动脑子了。"吉格先生抱怨。

"我得走了。"

"没错,它被找到了。"吉格先生说。

"在哪里?"露比问。

"我喝过。"

"你在哪儿找到的?"露比问。她靠近了一些,闻到他的口臭,感觉像是把鼻子凑在了秃鹫的翅膀下。

"在我心里。"他说着把手放在心口。

"哦。"露比直起身体,"我得走了。我弟弟应该回家了。"她跨过门槛。

"问问你丈夫知不知道今天是什么了不起的诞辰。"吉格先生害羞地看着她说。

"好啊,我会的。"露比转身,直到听见门咔嗒一声。她回头看到门关拢了,松了口气,面对余下的又暗又陡的台阶站着。"万能的主啊。"她说。越往上爬,台阶就越暗越陡。

爬上五格台阶,已经透不过气来了。她继续爬了几格,肺快要炸了。于是她停下来。胃疼。就像是有一块东西在撞击其他东西。几天前她也感觉到过。她最害怕这个。她曾经想到过癌症,但是马上打消了这个念头,因为这么可怕的事情不会发生在她身上,不可能。这个念头立刻伴随疼痛再次冒出来,她把它和祖利达太太一起劈成两半。最后会带来好运。她再次劈开,又劈,直到它变成无法辨别的碎片。她得再上一层楼停一停——上帝啊,如果她能到得了那儿——和拉维恩·沃茨说会儿话。拉维恩·沃茨是三楼的住户,一位足病医生的秘书,是她的密友。

她到了,气喘吁吁,感到自己的膝盖直冒泡,用哈特利·吉尔菲特的枪托敲了敲拉维恩的门。她靠在门框上休息,突然地板从她两边陷落。四壁变黑,她感到自己杵在空中透不过气来,晕眩得害怕自己快要昏倒。她看见房门隔着很远的距离打开,拉维恩站在那儿,大概只有四英寸高。

拉维恩是个高个儿女孩,有着一头稻草般的头发,她大笑着拍打身侧,好像刚刚开门看到一生中最滑稽的场景。"那把枪。"她吼着,"那把枪！你那副样子！"她摇摇晃晃地跌坐到沙发里，双腿举过屁股，砰的一声，再次不由自主地倒了下去。

地板回到了露比的视线之内，沉下去了一些，停留在那儿。她惊恐地紧盯着，迈出一步踩了上去。她审视着房间那头的椅子，朝它走去，小心翼翼地迈出一只脚，再迈出一只脚。

"你真应该演西部片。"拉维恩·沃茨说，"你太滑稽了！"

露比摸到椅子，侧身坐上去。"闭嘴。"她哑声说。

拉维恩朝前探出身子，指着她，又跌坐回沙发里，笑得浑身发抖。

"别闹了！"露比嚷嚷，"别闹了！我病了。"

拉维恩站起来，跨了两三步穿过房间。她俯身站在露比跟前，闭上一只眼睛看着她的脸，像是从钥匙孔里偷窥。"你脸色有点发紫。"她说。

"我病得厉害。"露比怒视着她。

拉维恩站在那儿看着她，过了一会儿，她抱起胳膊，故意挺起肚子，前后摇摆起来。"好吧。你带着把枪到这儿来干吗？从哪儿搞来的？"她问。

"我一屁股坐在了上面。"露比低声说。

拉维恩站着，挺着肚子摇晃，脸上露出一副了然于胸的神情。露比四仰八叉地坐在椅子里，盯着自己的脚。房间里静悄悄的。她坐起来，看着自己的脚踝。肿起来了！我不去看医生，她开始说，我绝不会去，不会去。"不去。"她开始咕哝，"不去看医生，不去……"

"你觉得你还能拖多久？"拉维恩嘀咕着咯咯笑起来。

"我的脚踝肿了吗？"露比问。

"我觉得它们一直就这样。"拉维恩再次坐回到沙发里。"有点胖。"

她抬起自己的脚踝，放在靠垫上，微微侧了侧。"你喜欢这双鞋吗？"她问。那是一双蚱蜢绿色的细高跟鞋。

"我觉得是肿了。"露比说，"我爬上最后几级台阶时感觉特别糟糕，全身好像……"

"你应该去看医生。"

"我不需要去看医生，"露比低声说，"我能照顾自己。这段时间来我都好好的。"

"鲁法斯在家吗？"

"我不知道。我一辈子都远离医生。我一直——怎么了？"

"什么怎么了？"

"干吗问鲁法斯在不在家？"

"鲁法斯挺可爱的。"拉维恩说，"我好像问过他觉得我的鞋子怎么样。"

露比凶巴巴地坐直身体，脸色一会儿红一会儿紫。"关鲁法斯什么事？"她粗声粗气地说，"他还是个孩子呢。"而拉维恩三十岁了。"他才不管什么女人的鞋子。"

拉维恩坐起来，脱掉一只鞋，往里瞅了瞅。"9B码，"她说，"我打赌他喜欢里面的脚。"

"鲁法斯不是刚出生的小孩！"露比说，"他没空看你的脚。没那个闲工夫。"

"哦，他有的是时间。"拉维恩说。

"好吧。"露比咕哝着，眼前又浮现鲁法斯的模样，晃着大把时间，在不知什么地方等着被生出来，就等着把他的母亲折磨得生不如死。

"我觉得你的脚踝是真的肿了。"拉维恩说。

"是啊。"露比转了转脚踝,"是啊。感觉有点紧。我爬上楼梯的时候感觉糟透了,像是全身都透不过气来,全身都发僵,像是——太糟了。"

"你应该去看医生。"

"不要。"

"你到底有没有看过医生?"

"我十岁的时候他们带我去看过一次。"露比说,"但是我溜走了。他们三个人按住我也没用。"

"那次是怎么了?"

"你干吗这样看着我?"露比嘀咕。

"怎样?"

"这样,"露比说,"——这样把你的肚子晃来晃去。"

"我就是问你那次是干吗去医院。"

"我长了疖子。路边一个黑女人告诉我应该怎么做,我照做了,就好了。"她瘫坐在椅子边上,盯着前方,像是回忆起一段轻松时光。

拉维恩开始在房间里滑稽地跳来跳去。她弯着膝盖朝一个方向走两三个慢步,接着回到原地,朝另一个方向缓慢而费力地踢出腿去。她用响亮的喉音歌唱,翻着眼珠,"合在一起,就是**母亲!母亲!**"然后像在舞台上似的伸出手臂。

露比张口结舌,凶狠的表情不见了。足有半秒,她动弹不得;接着从椅子上跳起来。"我不会!"她嚷嚷,"我不会!"

拉维恩停下来,只用了然的神情打量着她。

"我不会!"露比嚷嚷,"哦,不,不是我!比尔·希尔采取措施的,比尔·希尔采取措施的！五年来比尔·希尔都采取措施的！不会发生在我身上！"

"好吧，老比尔·希尔四五个月前不过是出了岔子，我的朋友。"拉维恩说，"不过是出了岔子……"

"我看你根本不懂，你甚至都没结婚呢，你甚至都没……"

"我打赌不止一个小孩，我打赌有两个。"拉维恩说，"你最好去医生那儿看看有几个。"

"不是！"露比尖声说。拉维恩以为自己聪明得很！她连一个女人生病了都看不出来，只会盯着自己的脚看，还伸给鲁法斯看，伸给鲁法斯看，鲁法斯还是个孩子，她三十四岁了。"鲁法斯还是个孩子！"她哀号。

"肯定有两个小孩！"拉维恩说。

"你闭嘴，不准再那么说。"露比大叫，"你现在就闭嘴，我不会怀孕的！"

"哈，哈。"拉维恩说。

"我不知道你怎么会觉得自己什么都知道，"露比说，"像你这么一个单身女人。如果我单身，不会跑去对已婚妇女指手画脚。"

"不单单是你的脚踝，"拉维恩说，"你浑身都肿。"

"我不会再待在这儿被你侮辱。"露比说着小心翼翼地朝门口走去，保持身体竖直，尽力不低头看自己的肚子。

"哦，我希望你明天能感觉好些。"拉维恩说。

"我觉得我的心脏明天会好受些，"露比说，"但是我希望能赶紧搬家。我心脏不舒服没法爬这些楼梯，"她高傲地瞪了一眼，"鲁法斯对你的大脚没有兴趣。"

"你最好把枪举起来,"拉维恩说,"免得射到别人。"

露比砰地关上门,飞快地低头看了看自己。肚子确实很大,但是她向来如此。那里并没有比其他地方更凸出。如果体重长了,肚子上长点肉很正常,而且比尔·希尔不介意她发胖,他只是不知所以地更加愉快。她看见比尔·希尔快乐的长脸从眼睛往下都在朝她笑,越靠近牙齿的地方,看起来笑得越高兴。他绝不会出岔子。她用手搓了搓裙子,感到裙子紧绷绷的,难道以前没这么觉得过吗?也有过。是这条裙子——她穿着一条平时不怎么穿的紧身裙,她……她没有穿紧身裙。她穿着一条宽松裙,不过感觉并不宽松。但是没什么区别,她不过是发胖了。

她把手指放在肚子上,摁了摁,又飞快地拿开。她慢慢走向台阶,好像脚底下的地板会移动似的。她开始爬楼,立刻又疼了。才踩上第一级台阶就疼。"不,"她呜咽着,"不。"只是一种微弱的感觉,微弱得好像体内有一块小小的东西在翻滚,却让她喉头的呼吸抽紧。她身体里不应该有东西在翻滚。"不过是一级台阶,"她轻声说,"不过是一级台阶,它就这样了。"不可能是癌症。祖利达太太说会带来好运。露比开始哭泣着说,"不过是一级台阶,它就这样了。"她继续心不在焉地往上爬,好像还以为自己只是站着。爬到第六级台阶,她突然坐下来,手指无力地从扶手垂落到地板。

"不。"她说着把红色的脸蛋靠在两根最近的柱子中间,低头望着楼梯井,发出一声长长的空洞的哀号,声音回荡着往下。楼梯洞是暗绿色和黑褐色的,哀号声在底下听起来像是在回应她。她气喘吁吁地闭上眼睛。不会,不会。不可能是什么孩子。不会有什么东西在她身体里等着让她生不如死,她不要。比尔·希尔不会出岔子。他说管用的,一直以来都管用，不可能会这样，不可能。她颤抖着用手紧紧捂住嘴巴。感觉自己的脸庞憔悴起皱：两个生出来就死了，一个一岁的时候死的，一个像一只又干又黄的苹果一样被压死，不，她只有三十四岁，她老了。祖利达太太说最后不会干涸。祖利达太太说，哦，但是最终会带来一次好运！搬家。她说过最后会搬到一个好地方。

她感觉自己平静了一些。过了一会儿，感觉几乎完全平静下来，心想自己真是太容易沮丧；真见鬼，都是屁话。祖利达太太从没说错过任何事情，她知道得比……

她跳起来：楼梯井底传来砰的一声，台阶上响起一阵轰隆隆的脚步声，她站的地方也随之摇晃起来。她从扶手间往下看，看到哈特利·吉尔菲特举着两把枪飞快地跑上楼梯，一个声音透过楼上的地板喊着，"哈特利，别吵了！你要把房子都晃倒了！"但是哈特利不管不顾，绕过一楼的拐角，冲向走道，发出更吵闹的声响。她看见吉格先生猛地把门打开，跃出来一把抓住衬衫飞扬的一角，男孩转身又开了一枪，尖声嚷嚷，"放手，你这个老山羊老师！"继续往前冲，直到露比脚底的楼梯轰隆隆作响，一张金花鼠般的小脸直冲她而来，撞到她怀里，穿过她的脑袋，越变越小，最终成为一串黑影。

她坐在台阶上，牢牢抓住扶手，呼吸一点点地回来了，楼梯也不再上下摇晃。她睁开眼睛俯视着黑暗，直看到楼梯洞底。很久以前她便开始从那儿往上爬。"好运。"她空洞的声音回荡在洞穴的每一层，"宝贝。"

"好运，宝贝。"斜斜传来三声回响。

然后她又有了那种感觉，小小的翻滚。感觉并不在她的肚子里。仿佛在虚无中的不知某处，不知某处，休息，等待，还有大把的时间。

以诺与大猩猩

Enoch

and

the Gorilla

以诺·埃莫瑞借了房东太太的雨伞,他站在药房门口想要撑开伞时,发现这把伞就和房东太太一样上了年纪。等好不容易把伞撑开,他重新戴上墨镜,再次冲进瓢泼大雨里。

这把雨伞房东太太十五年前就不用了(这是她肯借给他的唯一理由),雨水一浇到伞上面,伞便嘎吱一声关拢,戳到他的后颈。他顶着伞跑了几步,跑到另一家商店门口,放下伞来。为了再次撑开,他不得不把伞尖支在地上,用脚狠狠踹开。接着他跑回雨里,手撑住伞骨,不让伞合起来,雕着猎狐犬的伞柄不时戳在他的肚子上。他又这样走了四分之一个街区,后半截丝绸伞面还盖在伞骨上,雨水没来得及浇进衣领。然后他躲进电影院入口处的大棚底下。那是一个星期六,售票处前熙熙攘攘地排着一队小孩。

以诺不太喜欢小孩,但是小孩好像很喜欢打量他。队伍里的孩子纷纷转过身来,二三十双眼睛好奇地瞅着他。雨伞卡在难看的位置,一半在上,一半在下,上面的一半也快要落下来了,把更多的雨水溅到他的领子底下。伞面掉下来的时候,孩子们哈哈大笑着蹿上蹿下。以诺瞪了他们一眼，转过身去，压了压墨镜。他发现自己正对着一张真人大小、四色印刷的大猩猩海报。大猩猩的头顶写着一排红色字母，"贡伽！伟大的森林之王，巨星！亲临现场！"大猩猩的膝盖那儿还有更多的字，"今天中午十二点，贡伽现身剧院与您面对面！前十位勇敢的观众可以免费上台与他握手！"

就在厄运抽回腿作势踢他的瞬间，以诺总是在想其他的事。四岁的时候，父亲从监狱里给他带回一个铁皮盒子。盒子是橙色的，上面有花生糖图案，外面写着一行绿色的字母，"坚果惊喜！"以诺打开盒子时，蹦出来一圈弹簧，敲掉了他两颗门牙。他的一生中充满这样的事情，他仿佛应该对危险时刻更加警惕才行。他站在那儿，仔细地把海报看了两遍。在他看来，是上帝指引他去羞辱那只成功的猩猩。

他转身问近旁的小孩现在几点了。小孩说十二点十分，贡伽已经迟到了十分钟。另一个小孩说可能是因为下雨的缘故。还有一个说，不是因为下雨，贡伽的负责人正坐飞机从好莱坞过来。以诺咬了咬牙。第一个小孩说如果他想和大明星握手，他得像其他人一样排队，等着轮到自己才行。以诺排进队伍。一个小孩问他多大。另外一个小孩发现他的牙齿很好笑。他尽量无视他们，开始收拢起雨伞。

过了一会儿，一辆黑色卡车开过街角，慢慢地在大雨滂沱的马路上出现。以诺把雨伞夹在胳膊底下，透过墨镜眯眼看着。卡车靠近的时候，里面的留声机播放着《嗒啦啦蹦蹦蹦》，但是音乐几乎被雨声淹没。卡车外面有一幅巨大的金发美女画像，除了大猩猩外，还张贴着其他海报。

卡车停在电影院跟前时，孩子们的队伍排得规规矩矩。卡车后门弄得像警车,装着格栅,但是猩猩不在里面。两个穿着雨衣的男人钻出车厢,骂骂咧咧地绕到后面,打开门。其中一个人把头伸进去说,"来吧,打起精神来好吗?"另一个人冲孩子们竖着拇指说,"后退点,后退点好吗?"

卡车里的录音机播放着,"大家好,贡伽在此。咆哮的贡伽,巨星!大家来点儿热烈的掌声!"声音在雨水里几乎就是咕哝。

等在卡车门边的男人又把头伸了进去。"你能出来了吗?"他说。

车厢里有轻微的拍打声。过了片刻,从里面伸出来一只毛茸茸的黑色手臂,刚好淋到了雨水,又缩了回去。

"该死的。"大棚底下的男人说;他脱下雨衣,扔给站在门边的男人,那人又把雨衣扔进车里。过了两三分钟,大猩猩出现在门边,雨衣的纽扣一直扣到下巴,衣领竖着。他的脖子周围绕着铁链;一个男人抓着铁链,把他拉下来,两个人一起跳到大棚底下。一个慈眉善目的女人坐在玻璃售票处里,准备好了免费通行证,交给前十位胆子够大,敢上前去和大猩猩握手的小孩。

大猩猩完全无视小孩,跟着男人走到入口的另一头,那儿搭着一个离地一尺高的站台。他踩了上去,转过身来冲着小孩咆哮。他的咆哮声并不响亮,却充满恶意,像是发自于黑暗的内心。以诺吓坏了,要不是他被小孩围着,早就撒腿跑了。

"谁先上?"男人说,"来吧来吧。谁先上?第一份免费通行证给第一个上来的小孩。"

那群孩子一动不动。男人扫了他们一眼。"你们这些小孩怎么回事?"他厉声说,"你们胆子那么小吗?我用铁链拴着他,他不会伤到你们的。"他拉紧铁链,发出刺耳的声响,向他们说明一切尽在掌握。

过了一分钟,一个小女孩从人群里站了出来。她有一头刨花似的长卷发,一张三角形的尖脸。她走到离开猩猩四尺远的地方。

"好啦好啦,"男人把铁链拉得嘎嘎响,"打起精神来。"

猩猩伸出手来,飞快地和她握了握。这会儿又走出来一个小女孩和两个男孩。队伍重新排了起来,并且开始挪动。

大猩猩一直伸着手,转头无聊地看了一眼外面的雨。以诺已经不再害怕,正疯狂地想着用来羞辱他的脏话。通常他才思泉涌,但是此刻头脑一片空白。他的大脑两边空空如也,连每天说的粗话都想不起来。

现在他前面只有两个小孩。第一个握完手闪到了一边。以诺的心脏怦怦直跳。前面的小孩也握完让开了,剩下他和大猩猩面对面,大猩猩机械地握住他的手。

这是以诺来到这个城市以后,向他伸来的第一只手。这只手既温暖又柔软。

一瞬间他只能站在那儿牢牢地握着。接着他磕磕巴巴地说,"我叫以诺·埃莫瑞,"他咕哝着,"我在罗德米尔男子圣经学校念过书,在市动物园工作。我见过你的两张照片。我只有十八岁,但是我为政府工作。我爸爸让我来……"他的声音哑了。

大明星略略俯过身来,眼睛里闪过一丝变化:赛璐珞镜片后面凑过来一双丑陋的人眼,眯瞅着以诺。"你去死吧。"猩猩戏服里冒出一个确凿的声音,低沉但是清晰,手也猛然抽走了。

以诺感受到猛烈而痛苦的羞耻,他晕头转向绕了三圈,才搞清楚方向。接着他飞快地冲进雨里。

以诺不禁感到将有什么事情要发生。在以诺看来,希望的意义是由两份怀疑和一份欲望组成。接下来的一整天里,这个念头都折磨着他。他只模糊地知道自己想要什么,但他不是一个没有抱负的男孩:他希望有所成就。他希望完善自我,希望有一天能看到人们排队和他握手。

整个下午他都在房间里坐立不安地团团转,咬着指甲,撕扯着房东太太那把雨伞上剩下的丝绸伞面。终于他把伞面整个扯了下来,弄折了伞骨。只剩下一根黑色的棍子,一头是锐利的金属尖,另一头是狗脑袋,像是一种过时的专用拷问工具。以诺在房间里走来走去,把棍子夹在胳膊底下,意识到这样走在路上非常醒目。

晚上七点,他穿上外套,拿着棍子,去两个街区外的小餐馆吃饭。他感觉自己是去讨回一些尊严,却又非常紧张,担心尊严得靠抢夺才能要回来。

不填饱肚子什么都做不了。餐馆名叫巴黎小厨;只有一条六英尺宽的通道在一家擦鞋店和一家干洗店中间。他悄悄走进去,爬上角落里的高脚凳,说他想要一碗干豌豆汤和一杯巧克力麦芽奶昔。

女服务员高高的个子,戴着一副黄色的大牙箍,同样颜色的头发拢在黑色的发网里。一只手始终叉在胯上;她替其他人点完单。尽管以诺每晚都来,她却从没喜欢过他。

她还没替以诺点单,便开始煎培根;这儿只有一个客人,他吃完了饭,在读报纸;所以培根是做给她自己吃的。以诺越过柜台,用棍子戳了戳女服务员的屁股。"听着,"他说,"我要走了。我赶时间。"

"那就走啊。"她说。她动了动下巴,专心致志地盯着煎锅。

"给我一片那边的蛋糕就行，"他指着圆玻璃台面上半块粉色黄色相间的蛋糕，"我有事要忙。我要走了。就放在他边上吧。"他示意那边看报的客人。他越过几个凳子，开始阅读那人手上的报纸对着外面的一边。

男人放下报纸看看他。以诺笑了笑。男人又举起报纸。"能不能把你不看的报纸借给我看看？"以诺问。男人又放下报纸瞅着他，眼睛浑浊坚定。他飞快地翻了翻报纸，把连环漫画抽出来递给以诺。这是以诺最喜欢的。他每晚都例行公事地读。他吃着女服务员从柜台上为他切下来的蛋糕，一边看漫画，感觉自己充满了仁慈、勇气和力量。

他看完一面，翻过来细看另一面上满满的电影广告。他目光停都不停地掠过三个广告栏，接着扫到了贡伽的广告，伟大的森林之王。广告罗列了贡伽巡演的所有剧场，还有每个剧场的时间。三十分钟后他将出现在五十七大街的胜利剧场，这是他在这座城市的最后一次露面。

要是有人在旁边看着以诺，会发现他脸上清晰的表情变化。起初还喜滋滋地读着连环漫画，现在却完全变了：他看起来很震惊。

女服务员正好转身看他走没走。"你怎么了？"她说，"是不是吞了颗果核？"

"我知道我想要什么。"以诺咕哝着。

"我也知道。"她沉着脸说。

以诺拿起棍子，把零钱放在柜台上。"我要走了。"

"别让我留你。"她说。

"你可能再也见不到我了，"他说，"——这样的我。"

"反正随便怎样都和我没关系。"她说。

以诺走了。这是一个愉快潮湿的夜晚。人行道上的水泥砖闪闪发亮，商店橱窗里满是鲜艳的便宜货。他拐进一条小巷，飞快在城市更黑暗的巷子里穿行，只在巷子尽头停下来一两次，往每个方向扫上一眼，再继续向前跑。胜利剧场很小，坐落在一小片砖墙建筑中，适合家庭活动；他穿过一片亮着灯的街区，又走过更多巷子和后街，来到剧场周围的商业区，然后放慢了脚步。他隔着一个街区便看到了它，在黑暗中闪闪发光。他没有穿过马路走到剧场那边，而是远远地站在另一侧，一边往前走，一边眯眼盯着那片发光的地方。他在剧场正对面停住脚步，躲在大楼中间狭窄的楼梯井后面。

载着贡伽的卡车停在马路对面，大明星站在大棚下面，正和一位老妇握手。老妇走开以后，一位穿着球衫的绅士迈步上前，像运动员似的大力握手。他后面是一个大概三岁的男孩，戴着一顶高高的牛仔帽，帽子差点遮住他的脸；他被队伍里的人推搡着往前走。以诺看了一会儿，满脸嫉妒。小男孩后面是一个穿着短裙的女人，再后面是一个老头，老头不好好走路，却跳起舞步来试图吸引注意力。以诺突然冲过马路，悄悄地躲进打开的卡车后门。

握手一直持续到影片开始。接着大明星回到车厢里，观众涌进剧场。司机和典礼负责人爬进驾驶室，卡车隆隆地开走了。它飞快地穿过城市，继续飞驰在公路上。

车厢里发出撞击声，不是大猩猩平时发出的，却被马达的嗡嗡声和车轮不断轧过地面的声音掩盖了。夜晚暗淡，安静，除了偶尔猫头鹰的呜咽和远处货运车轻柔的声响，一片寂静。卡车开得飞快，直到在一个交叉道口减速，车厢嘎嘎轧过铁轨，一个身影从门里闪出来，差点跌倒,然后一瘸一拐地迅速钻进树林。

他一钻进松树林的蔽荫处,便放下一直抓着的尖棍子,和刚刚夹在胳膊底下的松松垮垮的东西,开始脱衣服。他把每件脱下来的衣服都仔细叠好,放在刚才那件的上面。等到所有的衣服都摆好了,他拿起棍子,开始在地上挖洞。

惨淡的月光照进黑暗的松树林,不时落在那人身上,原来是以诺。他脸上有一道长长的口子,从嘴角一直划到锁骨,眼底的肿块让他显得麻木迟钝。他被强烈的快感点燃,没有什么比这更具有欺骗性了。

他挖得飞快,最后挖出一道长一尺深一尺的沟壑。然后他把衣服放了进去,站在旁边休息了一会儿。埋衣服对他来说并不意味着埋葬过去的自我;他只是觉得自己不再需要它们。等喘过气来,他便立刻把挖出来的泥土填进沟里,用脚踩实。这时他发现自己还穿着鞋子,干完活后,他脱下鞋子,扔在了身后。接着他拾起那件松松垮垮的玩意儿,用力抖了抖。

在飘忽不定的月光下,他的一条白花花的瘦腿消失了,接着是另外一条,然后是一条胳膊,又一条胳膊:一个毛茸茸的黑色身影取代了他。那身影刚刚还有两个脑袋,一个浅色的,一个深色的,转瞬间深色的脑袋盖住了白色的,一切搞定。然后身影忙着摆弄暗扣,稍稍调整兽皮。

一切停当以后,它还是站在那儿,一动不动。接着开始咆哮,捶打自己的胸口;跳上跳下,甩着胳膊,探着脑袋。咆哮声起初还单薄犹豫,转瞬就响亮起来。一会儿低沉恶毒,一会儿高亢嘹亮,然后又低沉恶毒;突然停止了。身影伸出一只手,握住空气,奋力地摇着胳膊;又收回胳膊,再次伸出来,握住空气,继续摇。重复了四五次。接着拾起尖棍,傲慢地夹在胳膊下,离开树林朝公路走去。不管是非洲的、加利福尼亚的,还是纽约的猩猩,没有一只比它更快乐。

一个男人和一个女人挨得紧紧的,坐在公路口的一块石头上,他们越过开阔的山谷,远远地眺望着城市,没有看到那个毛茸茸的身影靠近。大烟囱和楼房的房顶矗起一片参差不齐的黑墙,衬着颜色略浅的天空,不时有一座教堂的尖顶从云层中探出来。年轻男人转过头来正好看到猩猩站在几英尺的远处伸着手,黑不溜秋,面目可憎。年轻男人松开抱着女人的手,无声地消失在树林里。而女人一转过眼来便尖叫着沿着公路跑开了。猩猩吃惊地站着,胳膊垂在身体两侧。它坐在他们刚刚坐过的石头上,越过山谷,眺望着城市起伏的天际线。

好人难寻

**A Good Man**

**Is Hard**

**to Find**

老太太不想去佛罗里达。她想去东田纳西走亲戚，于是抓紧每个机会让巴里改变主意。巴里和她住在一起，是她的独生子，正挨着桌子坐在椅子边上，俯身读着报纸上橘红版面的体育专栏。"看看这儿，巴里，"她说，"看看这儿，读读这个，"她站起来，一只手放在干瘦的屁股上，另一只手把报纸在巴里的秃头上晃得哗啦作响，"这儿有个自称'不和谐分子'的人从监狱里逃出来了，正往佛罗里达去呢，你读这儿，看他对那些人做了什么好事。你快读读。我才不会带着我的孩子去罪犯出没的地方呢。要不然怎么对得起自己的良心。"

巴里头都不抬地继续看报，于是她扭头去找孩子妈，这位年轻女人穿着便裤，脸蛋像卷心菜一样，宽宽的透着天真，头上还扎着块绿色的头巾，头顶系了个结，像兔耳朵似的。她正坐在沙发上，从罐子里挖杏酱来喂宝宝。"孩子们以前去过佛罗里达了，"老太太说，"你们应该带他们去去其他地方，让他们看看不一样的世界，长点见识。他们从没去过东田纳西呢。"

孩子妈充耳不闻，但是八岁的约翰·韦斯利说："你要是不想去佛罗里达,干吗不在家里待着?"他戴着眼镜,身子结实,正和小妹妹琼·斯塔坐在地上读滑稽小报。

"她可不高兴待在家里,哪怕让她当女王,也不愿意待一天。"琼·斯塔一头黄毛,头也不抬。

"是啊,要是那家伙,那个不和谐分子,抓住了你们怎么办?"老太太问。

"我会打烂他的脸。"约翰·韦斯利说。

"给她一百万她也不会待在家里,"琼·斯塔说,"她就怕错过了什么。我们去哪儿她都要跟着。"

"好吧。小姐,"老太太说,"下次你想要我帮你卷头发的时候可得记着你说过的话。"

琼·斯塔说她的头发是天然卷。

第二天早晨,老太太第一个坐上了车,准备出发。她把硕大的黑色旅行袋放在角落里,看起来像只河马的脑袋,底下的篮子里还藏着她的猫——皮迪·西恩。她可不想让猫独自在家待上三天,猫会想死她的,她还担心猫会碰开煤气,不小心窒息而死。她儿子巴里当然不愿意带着一只猫住旅馆。

她坐在后排中间,两边是约翰·韦斯利和琼·斯塔。巴里和孩子妈带着小宝宝坐在前排,早晨八点四十五分从亚特兰大出发,汽车的里程表显示55890。老太太把数字记下来了,因为觉得回来的时候能知道他们开了多少路很有趣。二十分钟以后他们驶入市郊。

老太太脱下白色棉手套,和钱包一起放在车后窗的架子上,舒舒服服地坐着。孩子妈还是穿着便裤,头上也依然绑着绿色头巾,但是老太太戴着一顶海军蓝的水手草帽，帽檐儿上插着一束白色紫罗兰，身上穿着一条白色圆点印花的海军蓝裙子。她的衣领和袖口都镶着蕾丝薄纱，领口上别着一株带香囊的布制紫罗兰。万一发生意外，她死在公路上，任何人都能一眼看出她是位淑女。

她说早料到今天是驾车出游的好日子，既不太热，也不太冷，她提醒巴里这儿限速五十五英里，巡警藏在广告牌或树丛后面，趁你还没来得及减速便逮住你。她饶有兴趣地对沿途风景指指点点：矿石山；时而出现在公路两旁的蓝色花岗岩；壮丽的红色黏土河滩，隐隐镶嵌着紫色纹路；还有各种各样的农作物，给大地铺上绿色网格；树上洒满银白色的日光，即便是最难看的也闪闪发光。孩子们在看漫画书，孩子妈睡起了回笼觉。

"我们快点开过乔治亚州，省得多看它几眼。"约翰·韦斯利说。

"如果我是个小男孩，"老太太说，"就不会这么说自己的家乡。田纳西有山脉，乔治亚有山丘。"

"田纳西穷乡僻壤。"约翰·韦斯利说，"乔治亚也很讨厌。"

"说得对。"琼·斯塔说。

"我们那会儿，"老太太握起布满青筋的干枯手指，"孩子们对自己的家乡、父母，还有其他一切都比现在恭敬。人人都很善良。哦，看那个可爱的小黑孩！"她指着一个站在棚屋前的黑人小孩。"那不是一幅画吗？"她问他们，他们都转身从后窗看着那个小黑人。小黑人挥了挥手。

"他没有穿裤子。"琼·斯塔说。

"他可能根本没有裤子，"老太太解释，"乡下的小黑人不像我们一样不愁吃穿。如果我会画画,我就要画下来。"她说。

孩子们互相交换了漫画书。

老太太提出想抱抱小宝宝,孩子妈从前座把孩子递了过来。老太太把他放在膝盖上晃着,跟他讲沿途的风景。老太太翻着眼睛,噘着嘴,把她饱经风霜的瘦脸贴到宝宝光滑柔软的脸蛋上。他不时给她一个恍惚的微笑。他们经过一大片棉花地,中间围着五六块墓碑,像个小小的岛屿。"看那片墓地,"老太太指着那儿,"那是老宅的墓地。属于种植园。"

"种植园在哪儿?"约翰·韦斯利问。

"随风而逝啦。"老太太说,"哈哈。"

孩子们看完了手头所有的漫画书以后,开始吃午饭。老太太吃了一个花生酱三明治,一颗橄榄,不让孩子们把盒子和纸巾扔出车窗。实在无所事事,他们就玩起了游戏,一个人指着一片云朵,让另外两个人猜是什么形状的。约翰·韦斯利指着一片奶牛形状的云,琼·斯塔猜奶牛,约翰·韦斯利说不对,是汽车,然后琼·斯塔说他耍赖,他俩就隔着老太太打了起来。

老太太说如果他们保持安静,她就给他们讲个故事。她讲故事的时候,翻着眼珠,晃着脑袋,非常滑稽。她说在她还是个姑娘的时候,有位从乔治亚州贾斯帕来的追求者,名叫埃德加·艾特金斯·提加顿。他很英俊,是位绅士,每周六下午都给她带一只西瓜,上面刻着他名字的缩写,E.A.T.。有一天下午,老太太说,提加顿先生又带了西瓜过来,但是家里没人,就把它放在前门廊上,坐马车回贾斯帕去了,但是她没有收到那只西瓜,因为一个黑人男孩看到上面刻着E.A.T.,就把它吃掉了!这个故事挠到了约翰·韦斯利的笑神经,他咯咯笑个不停,但是琼·斯塔觉得没什么好笑的。她说她不会嫁给一个只在星期六下午给她送西瓜的男人。老太太说她应该嫁给提加顿先生,因为他是位绅士,而且可口可乐股票刚上市的时候他买了不少,他才死了没几年,是位富翁。

他们在塔楼停下来买烤肉三明治。塔楼坐落在帝莫西外的一片空地上,半灰泥半木质结构,既是加油站,又是舞厅。老板是一个叫瑞德·萨米·布茨的胖子,房子里和几英里沿途的公路上都贴着告示:"尝尝瑞德·萨米的驰名烤肉。了不起的瑞德·萨米人见人爱!瑞德·萨米!笑呵呵的胖小子!手艺没得说!瑞德·萨米为您效劳!"

瑞德·萨米正躺在塔楼外的空地上,脑袋伸在一辆卡车底下,不远处,一只一尺高的灰色猴子被拴在一棵小小的楝树上,叽叽喳喳。一看到孩子们跳下车跑过来,猴子连忙爬回最高的枝丫上。

塔楼里面是一间狭长昏暗的屋子,一边是柜台,另一边放着桌子,舞池在房间中央。他们在点唱机旁的一张木板桌边坐下,瑞德·萨米的妻子走过来为他们点单,她是个高个子深褐色皮肤的女人,头发和眼睛的颜色比皮肤还浅。孩子妈往点唱机里投了硬币,放起《田纳西华尔兹》,老太太说这曲子让她想要翩翩起舞。她问巴里想不想一起跳舞,但巴里只瞥了她一眼。巴里不像她一样天性开朗,旅行让他焦虑。老太太褐色的眼睛闪闪明亮。她坐在椅子上摇头晃脑,假装自己在跳舞。琼·斯塔要求放点什么音乐好让她跳踢踏舞,于是孩子妈又投了个硬币,换了一首快节奏的歌曲,琼·斯塔走进舞池,跳起了踢踏舞步。

"真可爱呀。"瑞德·萨米的老婆靠在柜台上说,"来做我的女儿好不好?"

"不,我才不要,"琼·斯塔说,"给我一百万我也不要住在这个破烂地方!"她跑回了桌子。

"真可爱呀。"女人又说了一遍,礼貌地咧了咧嘴。

"你不感到害臊吗?"老太太嘘道。

瑞德·萨米走过来,让他老婆别在柜台边游手好闲了,快去弄菜。他的卡其裤子刚好耷拉在胯骨上,肚子挂在上面,活像一袋面粉在衬衫底下晃来晃去。他走过来,挨着边上的桌子坐下,半是叹气半是吃喝。"没办法啊,"他说,"没办法啊。"他用一块灰手绢擦了擦汗涔涔的红脸。"如今你都不知道该信谁,"他说,"我没说错吧?"

"人心不古啊。"老太太说。

"上星期来了两个家伙,"瑞德·萨米说,"开着辆克莱斯勒。是辆破车,但看着还行,而且那两个男孩看起来也不错。他们说是在厂里干活的,你知道吗,我就让他们赊账加了油。我干吗这么做啊?"

"因为你是个好人!"老太太立刻说。

"是啊,我也觉得是。"瑞德·萨米似乎有点感动。

他老婆一口气端着五个盘子送上菜来,一只手两个,还有一个放在胳膊上,没用托盘。"上帝的这片沃土上已经没有一个灵魂能够信任了。"她说,"我不指望任何人,任何人。"她说了两遍,看着瑞德·萨米。

"你们听说过那个逃犯吗,那个越狱的不和谐分子?"老太太问。

"他不来这个鬼地方我一点也不奇怪,"女人说,"如果他知道这儿的情况还过来,那我真是太吃惊了。如果他知道收银机里只有两分钱还来这儿,那我真是……"

"好了好了,"瑞德·萨米说,"给他们拿些可乐。"女人出去端剩下的盘子了。

"好人难寻啊，"瑞德·萨米说，"世道变得太坏。我记得以前出门都不用锁纱门。现在不行了。"

他和老太太谈论着好时光。老太太觉得事情变成现在这样全怪欧洲人。她说欧洲人那副样子让人觉得我们浑身都是钱，瑞德·萨米觉得她说得太对了，但是谈论这些没用。孩子们冲到外面白花花的太阳底下，去看葱郁的楝树里的猴子。猴子正忙着给自己捉虱子，捉到以后用牙齿细细地咬，仿佛品味佳肴。

他们在午后炙热的天气里开车上路，老太太打着盹，每隔几分钟就被自己的呼噜声弄醒。快到图姆布斯波罗的时候，她又醒了，想起年轻时曾经探访过附近一座古老的种植园。她说房子前面有六根白色廊柱，门口有一条橡树大道，两边各有一间小小的凉亭，和情人在花园里散完步，可以坐着歇歇。她准确地想起来从哪条路可以开过去。她知道巴里不会愿意浪费时间去看老房子，但是她越说越想再去看看，看看那两间小小的凉亭是否还在。"房子里有一个暗格。"她狡猾地说，她在胡说八道，却很希望自己说的是真的，"据说谢尔曼来的时候，那家人把所有的银器都藏在里面，一直没有人找到……"

"嘿！"约翰·韦斯利说，"我们去看看！我们找得到！我们掀开所有的木板就能找到！谁住在那儿？从哪里拐进去？嘿，老爸，不能从那儿拐进去吗？"

"我们从没见过有暗格的房子！"琼·斯塔嚷嚷着，"我们要去有暗格的房子！嘿，老爸，我们能不能去看看有暗格的房子！"

"据我所知，就在不远处，"老太太说，"开车用不了二十分钟。"

巴里正视前方。下巴硬得像块马蹄铁。"不行。"他说。

孩子们开始吵闹，尖叫着要去看带暗格的房子。约翰·韦斯利踢着前面座椅的后背，琼·斯塔挂在她妈妈的肩膀上，绝望地在她耳边呜呜说他们放了假也找不到乐子，他们从来没法做自己想做的事情。宝宝哇哇大哭，约翰·韦斯利拼命踢座椅，他爸爸感到肾脏被撞了一次又一次。

"够了！"他大吼着把车停在了路边，"能不能都闭嘴？能不能消停一会儿？如果你们再不闭嘴，我们哪里也不去了。"

"那个地方对他们很有教育意义。"老太太咕哝着。

"好吧。"巴里说，"但是记住：我们只在这儿绕一次。下不为例。"

"你往回开一英里就能找到拐进去的泥路，"老太太指点方向，"刚刚经过时我记下来了。"

"泥路。"巴里发起牢骚。

等他们调头往泥路开去时，老太太又回忆起房子的其他细节，前门上漂亮的玻璃，大厅里的烛灯。约翰·韦斯利说暗格很有可能就在壁炉里。

"你们不能进去。"巴里说，"还不知道里面住的什么人呢。"

"你们在前门和里面的人说话，我绕到后面从窗户跳进去。"约翰·韦斯利建议。

"我们都待在车里。"他妈妈说。

他们拐上泥路，车子在一团粉色的尘土里颠簸前进。老太太想起来那会儿还没有铺路，三十英里路得走一整天。泥路起伏不平，冷不丁出现水坑，危险的路堤上都是陡峭的弯道。他们一会儿还在坡顶，俯视着周围几英里绿油油的树冠,一会儿又陷入红色泥坑,头顶的树木布满尘埃。

"那个地方最好立刻出现,"巴里说,"不然我就要调头回去了。"

这条路像是好久都没有人走过。

"不远了。"老太太说着,脑袋里闪过一个可怕的念头。这个念头太叫人不安,她涨红了脸,瞪大眼睛,双脚一蹬,碰到了角落里的行李袋。行李袋晃了晃,她盖在底下篮子上的报纸随着"喵呜"一声被掀开,皮迪·西恩跳到了巴里的肩膀上。

孩子们跌了下来,他们的妈妈抱着小宝宝飞出车门,摔在地上;老太太被甩到了前座。汽车翻了个身,左侧车身着地,冲到路边的沟渠。巴里和猫还在驾驶座上——灰色条纹的猫有一张白色的大脸和一只橘色的鼻子——像毛虫一样粘在巴里的脖子上。

孩子们发现胳膊和腿可以动弹,立刻爬出车子,嚷嚷着:"我们出**车祸**了!"老太太蜷缩在仪表盘下面,巴望自己受了伤,这样巴里就不会马上把火全撒在她身上。车祸发生前,闪过她脑海的可怕念头是,她栩栩如生回忆起来的房子或许不是在乔治亚,而是在田纳西。

巴里用两只手把猫从脖子上扯下来,往车窗外一棵松树扔了过去。然后他下车去找孩子妈。孩子妈背靠红色的沟渠壁坐着,抱着哇哇大哭的宝宝,不过只是脸上有一道口子,肩膀受了伤。"我们出**车祸**了!"孩子们狂喜地嚷嚷。

"可惜一个人都没死。"琼·斯塔看到老太太从车里爬出来时失望地说,老太太的帽子还在脑袋上,但是前面的帽檐儿破了,洋洋得意地翘着,那株紫罗兰也歪到一边。除了孩子,大家都坐进沟渠里,从惊吓中慢慢恢复过来。他们都在哆嗦。

"可能会有车过来。"孩子妈哑声说。

"我肯定伤到了内脏。"老太太用手按着身侧,但是没人搭理她。巴里的牙齿直打颤。他穿着一件印着亮蓝色鹦鹉图案的黄色运动衫,脸色就和衣服一样黄。老太太决定她还是不要提起房子其实是在田纳西。

头顶十英尺朝上才是路面,能看到路对面的树冠。他们坐着的沟渠后面,有一片更大的树林,树木高大、幽暗、深邃。过了一会儿,他们看到一辆车远远开过一个山头,开得很慢,车里的人像是在看着他们。老太太站起来,夸张地挥舞双臂,想要引起他们的注意。车子继续慢慢开过来,消失在一个弯道,又再次出现在他们刚刚驶过的山头,开得更慢了。那是一辆黑色的大车,很破,像灵车似的,里面坐着三个男人。

车在他们的头顶停下,司机面无表情地低头看着他们坐着的地方,一言不发。然后他扭头和另外两个人说了几句,他们走下车来。其中一个是胖男孩,穿着黑色裤子和胸口印着银色小马驹的红色运动衫。他走到右侧,站在那儿打量他们,半张着嘴巴,露出淫亵的笑容。还有一个人穿着卡其裤子和蓝色条纹外套,一顶灰色的帽子压得很低,几乎盖住了整张脸。他慢慢地走到左边。两个人都没有说话。

司机下车站在旁边,低头看着他们。他比另外两个人都年长,头发刚刚开始泛白,戴着银边眼镜,一副学者模样。他长脸皱巴巴的,没有穿衬衫,也没有穿内衣,只穿着条紧绷绷的牛仔裤,手里握着一顶黑帽子和一把枪。那两个男孩也都有枪。

"我们出**车祸了!**"孩子们嚷嚷。

老太太有种奇怪的感觉,那个戴银边眼镜的人好像在哪儿见过。他的脸很熟,像是认识了一辈子,但是她想不起来是谁。他离开车子,沿着路堤往下走,小心翼翼地挪动脚步不至于滑倒。他穿着双棕白相间的鞋子,没有穿袜子,露出又红又瘦的脚踝。"下午好,"他说,"我看到你们翻车了。"

"我们翻了两次!"老太太说。

"就一次。"他纠正,"我们看到了。海勒姆,试试看他们的车还能不能发动。"他低声对戴灰帽的男孩说。

"你们干吗要带枪?"约翰·韦斯利问,"你们干吗要带枪?"

"太太,"男人对孩子妈说,"能麻烦你让孩子坐过去吗?孩子很烦人。我要你们所有的人都原地坐着。"

"你凭什么指挥我们做这做那?"琼·斯塔问。

他们身后的一排树木像黑洞洞的大嘴一样张着。"过来。"孩子妈说。

"听我说。"巴里突然开口,"我们遇到了麻烦!我们……"

老太太尖叫一声,蹒跚着站起来打量着男人。"你是那个'不和谐分子'!"她说,"我一眼就认出你来了!"

"没错。"男人微笑着,像是被认出来了还有点得意,"但是如果你没认出我来,说不定对你们所有的人都好。"

巴里猛地转头对他妈妈说了些什么,连孩子们都被吓到了。老太太哭了起来,不和谐分子涨红了脸。

"太太,"他说,"你别难过。有时候男人口是心非。我觉得他不是故意想要这样对你讲话。"

"你不会冲女人开枪吧?"老太太说着从袖口掏出一块干净的手帕擦了擦眼睛。

不和谐分子用鞋尖在地上挖了小坑,又重新填上。"我也不想这样。"他说。

"听着。"老太太几乎扯破了嗓子,"我知道你是个好人。你看着一点不像个普通人。我知道你一定出身好人家。"

"是的,太太,"他说,"世上最好的人家。"他笑起来的时候露出一口坚硬洁白的牙齿。"上帝从未创造出过比我妈更善良的女人,我爸有颗金子般的心。"他说。穿红色运动衫的男孩绕到他们身后,站在那儿,胯上挂着枪。不和谐分子蹲在地上。"看住这些孩子,鲍比·李。"他说,"你知道孩子烦人得很。"看着六个人在他跟前挤作一团,他仿佛有些害臊,像是一时不知该说些什么。"天上一片云都没有。"他抬头看着天,"既没有太阳,也没有云。"

"是啊,真是美好的一天。"老太太说。"听着,"她说,"你不该叫自己不和谐分子,我知道你打心底里是个好人。我一见你就知道。"

"闭嘴。"巴里吼着,"闭嘴!所有的人都闭嘴,让我来。"他蹲在那儿,摆出跑步者向前冲刺的姿势,却一动不动。

"谢谢你,太太。"不和谐分子用枪托在地上画了个圈。

"修好这辆车得花半个小时。"海勒姆一边检查打开的引擎盖一边说。

"噢,你和鲍比·李先把他和那个小男孩带到那边去。"不和谐分子指着巴里和约翰·韦斯利。"这些男孩有事想问你们,"他对巴里说,"能不能麻烦你们跟他们去树林里?"

"听着,"巴里说,"我们碰到了大麻烦!没人知道是怎么回事……"他的喉咙哑了,眼睛就像衬衫上的鹦鹉似的,又蓝又专注。他还是一动不动。

　　老太太伸手扶了扶帽檐儿，仿佛她也要和他一起去树林，但是帽子却落在她手里。她站在那儿盯着帽子看了一会儿，松手由它掉在了地上。海勒姆抓住巴里的胳膊把他拽起来，像在搀扶一个老头。约翰·韦斯利握着爸爸的手，鲍比·李跟在他们身后。他们向树林走去，靠近幽暗的边缘时，巴里转过头来，撑在一棵光秃秃的灰色橡木树干上，大声叫道："我很快就回来，妈妈，等我！"

　　"快回来！"母亲尖叫着，但是他们都消失在了树林里。

　　"巴里，我的儿子啊！"老太太凄厉地叫喊，但是她发现自己正盯着蹲在她跟前的不和谐分子。"我知道你是个好人。"她绝望地说，"你一点也不像个普通人。"

　　"不，我不是好人。"不和谐分子过了一会儿说，像是真的仔细思考了她的话，"但我也不是世界上最坏的人。我爸说我和我的兄弟姐妹们不同，是个狗杂种。'你知道，'我爸说，'有些人活一辈子也不会过问，有些人却要知道为什么活着，这个男孩是后面那种人。他什么都要弄清楚！'"他戴上黑帽子，突然抬头看看，然后望向树林深处，像是又有点害臊。"很抱歉，我在诸位女士跟前连件衬衫都没穿，"他轻轻耸耸肩，"我们逃出来的时候把衣服都埋了，现在就凑合一下，等状况好点再说。我们身上的衣服是从路人那儿借来的。"他解释。

　　"没事。"老太太说，"巴里的箱子里可能还有件衬衫。"

　　"我这就去看看。"不和谐分子说。

　　"他们把他带哪儿去了？"孩子妈尖叫。

　　"老爸自己是个人物。"不和谐分子说，"什么都瞒不过他。他从没和当局有过纠葛。总能找到解决办法。"

"你只要试试,也能做个好人。"老太太说,"想想如果能够安定下来,过过舒服日子,不用整天想着有没有人在追你,这样多好。"

不和谐分子继续用枪托刨地,像是在认真思考这件事。"是啊,太太,总有人在后面追。"他咕哝着。

老太太站起来低头看他,注意到他帽子后面的肩胛骨多么瘦削。"你做祷告吗?"她问。

他摇摇头。老太太只看到黑帽子在肩胛骨间摆动。"不。"他说。

树林里传来一声枪响,紧接着又是一声。然后一片寂静。老太太猛地回头,听见风在树冠间穿梭,像是一阵悠长满足的吸气。"巴里,我的儿子啊!"她叫起来。

"我做过一阵子的福音歌手,"不和谐分子说,"我什么都做过。服过兵役,陆军和海军,国内国外都待过,结过两次婚,抬过棺材,在铁路上干过,耕过地,经历过龙卷风,有一次看见一个人被活活烧死,"他抬头看看孩子妈和挨在她旁边的小女孩,她们脸色惨白,眼神呆滞,"我还见过一个女人挨鞭子。"他说。

"祷告,祷告,"老太太说,"祷告,祷告……"

"自我记事起,便不是一个坏男孩,"不和谐分子用几乎梦幻的口吻说,"但一生中难免做错事,被送进监狱,我被活埋了。"他抬起头,平稳的目光攫取了她的注意力。

"你那时候就应该开始祷告,"她说,"你第一次被送进监狱是因为什么?"

"向右转,是一面墙,"不和谐分子再次抬头望着没有云的天空,"向左转,是一面墙。头顶是天花板,脚下是地板。我忘记做过些什么了,太太。我一直想一直想,想要回忆起我到底做了什么,但是直到今天也想不起来。有一次我觉得快要想起来了,但还是没有。"

"他们可能抓错人了。"老太太口齿含糊地说。

"没有,"他说,"没有抓错,他们有逮捕令。"

"你准是偷了东西。"她说。

不和谐分子轻轻冷笑一声。"我才不稀罕别人的东西。"他说,"监狱里的医生头头说我杀了我老爸,但我知道他骗我。我老爸一九一九年死于流感,和我没有关系。他被葬在霍普威尔山浸礼会教堂,你不信的话可以自己去看看。"

"如果你祷告,"老太太说,"耶稣会帮助你。"

"没错。"不和谐分子说。

"既然这样,你干吗不祷告?"老太太因为突然的喜悦而浑身颤抖。

"我不需要帮助。"他说,"我自己能应付。"

鲍比·李和海勒姆从树林里溜达回来。鲍比·李的手上拿着一件印着亮蓝色鹦鹉图案的黄色运动衫。

"把衣服给我,鲍比·李。"不和谐分子说。衣服朝他扔了过来,落在他的肩头,他套了上去。老太太说不出看到衣服让她想起什么。"不对,太太,"不和谐分子一边扣着扣子一边说,"我发现犯罪没什么大不了的。你可以做这个也可以做那个,杀死一个人,或者偷走他的轮胎,都一样,因为你迟早会忘记自己做过什么,只会为你的行为受到惩罚。"

孩子妈发出沉重的喘息声,像是透不过气来。"太太,"他问,"你能不能带着小女孩跟鲍比·李和海勒姆去那边,陪陪你的丈夫?"

"好的，谢谢你。"孩子妈轻声说。她的左手无力地垂着，另一只手抱着熟睡的宝宝。"扶那位女士起来，海勒姆。"不和谐分子说，孩子妈正挣扎着从沟渠里爬出来，"鲍比·李，你牵着那个小女孩的手。"

"我不想牵他的手，"琼·斯塔说，"他像头猪。"

胖子涨红了脸笑起来，抓住琼的胳膊，跟在海勒姆和孩子妈身后把她拉进了树林。

只剩下老太太独自面对不和谐分子，她发现自己说不出话来。天空中既没有云朵也没有太阳。周围除了树林什么都没有。她想要告诉他，他必须祷告。她不停地张嘴闭嘴，却一句话也说不出来。最后她发现自己开口说："耶稣啊耶稣。"意思是说，耶稣会帮助你，但是听她说话的口气，感觉她是在诅咒。

"没错，太太。"不和谐分子像是赞同她。"耶稣让万物失衡。他和我一样，不过他没有犯罪，而他们能证明我犯了罪，因为他们有判决书。当然，"他说，"他们从没给我看过判决书。所以我现在自己签。很早以前我就说过，你得搞一个签名，每件做过的事情都要签名，保留副本。这样你就会知道自己做过什么，你就能按罪量刑，看看它们是否对得上，最后你有证据能证明你没有得到公正的对待。我称自己不和谐分子，"他说，"因为我受到的惩罚和我做错的事情对不上。"

树林里传来尖利的叫声，紧接着是一声枪响。"你觉得这样公平吗，太太，一个人受尽惩罚，另一个人却完全没事？"

"耶稣啊！"老太太哭叫起来，"你是个好人！我知道你不会对女人开枪！我知道你出身好人家！祷告！耶稣啊，你不应该对女人开枪。我把所有的钱给都你！"

"太太,"不和谐分子看着她身后远远的树林,"死人是没法给殡葬人小费的。"

又传来两声枪响,老太太抬起头来,像一只渴得要命的老母鸡在讨水喝,她哭喊着:"巴里,我的儿子啊,巴里,我的儿子啊!"好像心都要碎了。

"只有耶稣能够起死回生。"不和谐分子继续说,"但他不应该这么做,他让万物失衡。如果他当真像他说的那样,那你也没什么可做的了,你只需要抛弃一切跟随他,如果他不是,那你也没什么可做的,只需要好好享受你剩下的时间,以最好的方式离开——杀个人,把他的房子烧了,对他做些卑鄙的事。不干点坏事就没乐趣了。"他的声音几乎变成了咆哮。

"他或许没有起死回生。"老太太喃喃自语,不知道自己在说什么,她感觉一阵晕眩,一屁股坐在了沟渠里面,两条腿扭在一起。

"我不在场,所以没法说他没有。"不和谐分子说,"我真希望我在场。"不和谐分子用拳头捶打地面。"我应该在那儿,如果在那儿就会知道了。听着,太太,"他提高嗓门说,"要是我在那儿,就会知道,就不会变成现在这样。"他的嗓门都快破了,老太太的脑袋顿时清醒了一会儿。她看见男人扭曲的脸凑近过来,像是快哭了,她低声说:"唉,你是我的孩子啊。你是我自己的孩子啊!"她伸出手去抚摸他的肩膀。不和谐分子像是被蛇咬了一口似的跳起来,对她当胸开了三枪。然后他把枪扔在地上,摘下眼镜,擦了擦。

海勒姆和鲍比·李从树林回来,站在沟渠上面,低头看着老太太,她半坐半躺在一摊血泊中,双腿像个孩子似的盘在身下,对着没有云的天空露出微笑。

不和谐分子没戴眼镜,眼眶发红,眼神黯淡无神。"把她拖走,和其他人扔在一块儿。"他说,抱起正在他腿边蹭来蹭去的猫。

"她真唠叨,对吧?"鲍比·李呹喝着滑下沟渠。

"她可以成为一个好女人的,"不和谐分子说,"如果有人能每分钟都朝她开一枪的话。"

"有趣!"鲍比·李说。

"闭嘴,鲍比·李。"不和谐分子说,"人生没有真正的乐趣。"

临终遇敌

A Late Encounter

with

the Enemy

萨许将军一百零四岁了。他和孙女住在一起，六十二岁的孙女萨利·波克·萨许，她每天晚上都跪在地上祷告，期望将军能活到她大学毕业的那天。将军根本不在意孙女能不能毕业，却从不怀疑自己能活到那一天。他已经很习惯活着了，完全想象不出其他任何情况。毕业典礼对他来说也没有那么美好，即便如孙女所说，人们希望他穿着制服坐在台上。孙女说会有一长溜穿长袍的老师和学生，但是没有什么能比得上穿制服的将军。孙女不说他也知道，至于那该死的队伍，可以从地狱绕个弯再回来，他动都不会动一下。将军喜欢大游行，花车上满载着美国小姐，德通海滩小姐，皇后牌棉织品小姐。他不需要队列，在他看来，全是学校老师的队列就和冥河一样了无生趣。然而，他愿意穿着制服坐在台上，这样他们都会看到。

萨利·波克不像将军那么确定他能活到她毕业那天。过去的五年间将军没有什么明显的变化，但她觉得很可能空欢喜一场，因为她常常这样。二十年来，她每年都去念暑期学校，刚开始教书那会儿，还没有学位一说。她说那时一切正常，但是从她十六岁以来，就没再正常过，过去的二十个夏天，本该休假的时候，她却不得不拎着皮箱顶着烈日去州立教师学院，等到秋天回来，她却依旧坚持老一套的教学方法，与她受的教育背道而驰，这种温和的报复还是无法满足她的正义感。她希望将军出席毕业典礼，因为希望别人看到她的立场，或者用她的话来说是"她身后的一切"，他们身后却没有。这里的他们并没有特指任何人。而是所有颠倒世界的暴发户，他们扰乱了体面的生活。

她打算八月站在演讲台上时，让将军坐在她身后的轮椅里，她打算高昂起头，像是在说，"看看他！看看他！你们这些暴发户，这是我的家人！象征传统的荣耀，正直的老人！尊严！荣誉！勇气！看看他吧！"一天晚上她在睡梦中尖叫着，"看看他吧！看看他吧！"回头发现将军坐在身后的轮椅里，脸上挂着可怕的表情，他光着身子，只戴了一顶将军帽，她醒来以后不敢再睡。

对将军来说，要不是因为孙女保证能让他坐在台上，他甚至都不会答应去参加她的毕业典礼。他喜欢坐在任何台上。他以为自己依然是个英俊的男人。他还能站起来的时候，有五英尺四英寸高，勇猛好斗。他银发披肩，不戴假牙，因为他觉得这样的侧影更引人注目。当穿上整套将军制服时，他知道根本没有什么能与他相提并论。

这套制服不是他在内战时穿的那套。在那场战争中他并不是将军。可能是个步兵；不太记得了；事实上，他压根记不起那场战争。就像他的脚一样，萎缩着垂落在身下，没有知觉，上面盖着一条萨利·波克小时候织的蓝灰色的阿富汗毛毯。他不记得美西战争了，他儿子死在那场战争中；他甚至都不记得这个儿子了。历史对他来说毫无意义，因为他从未想要再经历一次。在他看来，历史和队伍相关联，生活和游行相关联，他喜欢游行。人们总是问他，是否记得这个记得那个——一长串有关过去的枯燥可怕的问题。过去只有一件事情对他有意义，他愿意讲讲：那就是十二年前他收到这套将军制服，并出席了首映礼。

"我参加了他们在亚特兰大的首映礼。"他对那些坐在前廊的客人们说，"周围都是美人。可不是地方性的。完全不是地方性的。是举国盛典，他们叫我去——站在台上。那儿没有不入流的。所有的人都得付十块钱才能进去，还得穿礼服。我穿着这身制服。那天下午在宾馆房间里，一位美人奉给我的。"

"是宾馆的套房，我也在那儿，爷爷，"萨利·波克朝客人们眨眨眼睛，"你没有和任何年轻女人单独待在房间里。"

"如果是那样的话，我绝对知道该怎么做。"老将军一脸狡黠，客人们则哄堂大笑。"那是位加利福尼亚好莱坞美人，"他继续说，"她从加利福尼亚好莱坞来的，在片子里没有角色。他们在那儿有很多不派用场的妞儿，叫做临时演员，他们就让这些妞儿给人送送东西，拍拍照片。我们拍了一张合影。不对，有两个妞儿。每边一个，我站在中间，一手搂着一个的腰，她们的小腰还没五十美分的硬币粗。"

萨利·波克再次打断了他，"是高维斯基先生给你制服的，爷爷，他还给了一捧精美无比的花。真的，我真希望你看见。花是摘下来的剑兰花瓣做的，抹上金粉，又做成了玫瑰的模样。太精美了。我真希望你看到，它……"

"就和她的头一样大。"将军低吼，"听我说下去。他们给我制服，给我剑，然后说，'将军，我们不希望您跟我们开战。我们只希望今晚介绍到您的时候，您能立刻迈着军人的步子上台，回答几个问题。您觉得能行吗？''没问题！'我说，'听着，我干大事的时候你们还没出生呢。'他们嚷嚷起来。"

"他是全场的亮点。"萨利·波克说，但是并不太想去回忆首映礼，因为当时她的脚出了问题。她特地买了新衣服——一条镶着莱茵石搭扣的黑色绉纱晚礼服和一件短披肩——配了一双银色便鞋，因为得陪将军上台以防他摔倒。每件事情都安排好了。一辆真正的豪华轿车七点五十分过来接他们去剧院，到达入口华盖的时间正好，大明星、导演、编剧、州长、市长，以及一些不太重要的演员，已经陆续到了。警察疏通交通，用绳子把进不去的人群拦开。所有进不去的人看着他们从豪华轿车里步入聚光灯下。然后他们走向红金相间的前厅，一位戴着邦联帽子、穿着小短裙的女引座员把他们领到专座上。观众们已经入席，一群邦联女性联合会的人看到穿着制服的将军便开始鼓掌，于是所有的人鼓起掌来。他们后面还有一些名流，然后门关拢了，灯光暗了下来。

出现了一位金色卷发的年轻人，代表电影公司开始逐一介绍嘉宾，每位被介绍到的人上台说，能来参加这次盛会是多么高兴。将军和他的孙女排在第十六位。他被介绍为邦联的田纳西·弗林特洛克·萨许将军，尽管萨利·波克告诉过高维斯基先生爷爷的名字是乔治·波克·萨许，只是个少校。她扶爷爷从座位上站起来，但她心跳得飞快，不知道自己能否坚持下来。

老人慢慢步下走廊，高昂着耀眼的白色头颅，帽子按在胸口。管弦乐团轻柔地演奏起《邦联战歌》，邦联女性联盟会成员起立，直到将军上台才坐下。当萨利·波克在爷爷身后扶着他的手肘走到台中央时，管弦乐团突然大声奏起军歌，老人风度十足，颤抖着手敬了一个有力的军礼，立正，直到最后一个音符消逝。两位戴着邦联帽子、穿着短裙的引座员在他身后握着两面交叉的南方邦联和北方联邦旗帜。

将军站在聚光灯中央，灯光在萨利·波克身上照出一片古怪的半月形——花束，莱茵石搭扣，一只攥着白手套和手帕的手。金色卷发的年轻人挤进聚光灯底下，说真的很高兴今晚能请到曾在战场浴血奋战的将军来参加这次盛会，而观众们很快就能在屏幕上看到这场战争的大胆再现。"告诉我们，将军，"他问，"您今年几岁？"

"九九九九十二！"将军嚷嚷。

年轻人像是听到了今晚最激动人心的话。"女士们先生们，"他说，"让我们给将军以最热烈的掌声！"立刻掌声雷动，年轻人用拇指示意萨利把老人带回座位，好让下一个人上台；但是将军还没完。他一动不动地站在聚光灯中央，脖子向前伸着，嘴巴微微张开，贪婪的灰色眼珠沉醉在灯光和掌声里。他粗暴地用手肘把孙女挡开。"我年轻的秘诀是，"他嚷嚷着，"我亲吻所有的美人。"

爆发出一阵热烈的掌声，这时萨利·波克低头看看自己的脚，发现刚刚做准备时太激动，竟然忘记换鞋了：从裙子底下伸出一双女童子军的牛津鞋来。她猛地拉住将军，几乎和他一起跑下了台。将军很生气，他还没来得及说很高兴能来参加这个盛会，回座位的路上，他拼命扯着嗓子说："我很高兴能和那么多美人一起参加首映礼！"但是另一条走廊上出现了一位名人，没有人再理会他了。放电影时他一直在睡觉，睡梦中不时讲着粗鲁的梦话。

自那以后，他的生活并不有趣。他的腿完全失去了知觉，膝盖像老旧的铰链，肾脏不太好，但心脏依然顽强地跳动着。过去和未来对他来说没有区别，一个是忘记了，另一个是记不得。他对死亡的概念和猫差不多。每年的邦联纪念日，他都穿得暖暖的，被借去国会博物馆，待在一间满是旧照片、旧制服、旧炮和历史文献的发霉的房间里，从一点展示到四点。所有这些东西都被小心保存在玻璃箱子里，不让孩子们触碰。他穿着首映礼上的将军制服，带着一成不变的愁容，坐在被绳子圈起来的一小块区域里。除了偶尔转动一下浑浊的灰眼珠，几乎没有什么迹象表明他是个活物，但是有一次，一个大胆的孩子摸了他的剑，他猛地挥出胳膊拍开那只手。春天，当古老的家庭向游客开放时，他被邀请穿着制服坐在显眼的地方，烘托气氛。有时候他只是冲着游客乱吼，但有时他也会讲讲那场首映礼和美人们。

如果他在萨利·波克毕业前就死了，萨利觉得自己也干脆死了得了。暑期学期开始时，在还不知道能否顺利毕业的情况下，她就告诉校长说她的祖父——邦联的田纳西·弗林特洛克·萨许将军——会来参加她的毕业典礼，将军已经一百零四岁了，但是脑袋和铃铛一样清晰。尊贵的客人总是受欢迎的，可以坐在台上被介绍给众人。她还安排了她的侄子约翰·韦斯利·波克·萨许来为将军推轮椅，他是个童子军。她想起这幅画面就觉得美好，老人穿着彰显英勇的灰色制服，男孩穿着干净的卡其色制服——一老一少，她恰如其分地想到——当她被授予学位时，他们就站在她身后。

一切都正如她计划的那样进行。夏天她去上学时，将军和其他亲戚住在一起，他们把他和童子军约翰·韦斯利带到了毕业典礼上。一位记者赶到酒店，替他们拍了张照片，萨利·波克和约翰·韦斯利分别站在将军两边。曾经和美人们拍过照片的将军并不看重这次拍摄。他已经完全忘记了将要参加的是什么活动，但记得他要穿制服和佩剑。

毕业典礼的当天早晨，萨利·波克要排在初等教育学士的队伍中，无法亲自把将军送上台——但是十岁的金发男孩约翰·韦斯利带着执行者的神情，确保每件事都万无一失。萨利穿着学士袍来到宾馆，为老人穿戴好制服。老人就和一只干瘪的蜘蛛一样脆弱。"你不激动吗，爷爷？"她问，"我都快激动死了。"

"把剑搁在我的大腿上，该死的，"老头说，"搁在这儿才会发光。"

萨利把剑放下，退后打量着他，"你看起来真威风。"她说。

"该死的。"老头用单调坚定的声音慢慢说，像是跟着心跳的节奏，"该死的通通下地狱。"

"行了，行了。"萨利说着，开心地回到队伍里。

毕业生们都排在科学大楼后面，萨利找到自己的位置时队伍正好开始行进。她前一晚睡得不好，睡着了还梦见毕业典礼，在睡梦中喃喃自语，"看到他了，看到他了吧？"但是每次正要回头去看他时，却惊醒了。毕业生必须穿着黑色羊毛袍子在烈日底下走三个街区，她麻木地拖着沉重的步子，心想，要是有人觉得这支教师队伍很壮观的话，那他们就等着瞧吧，到时候老将军穿着彰显荣耀的灰色制服，干净年轻的童子军沉着地推着轮椅送他穿过讲台，剑在阳光下闪闪发光。她想象着约翰·韦斯利已经把老头推到后台整装待发了。

黑色的队伍蜿蜒了两个街区，来到通往礼堂的主路。访客们站在草地上，辨认着自己家的毕业生。男人把帽子往后推一推，擦拭额头，女人稍稍提起肩上的衣服，免得粘住后背。毕业生们穿着厚重的袍子，仿佛最后几滴无知的汗水正从身体里流出去。阳光照耀在汽车挡泥板上，又从大楼的柱子上反射回来,把视线从一个光点拉到另一个。萨利·波克的视线被牵向了礼堂旁边一台巨大的红色可口可乐售卖机。她看见将军在那儿,没有戴帽子,在大太阳底下怒气冲冲地坐在椅子里,而约翰·韦斯利的髋骨和脸颊贴在红色的机器上,上衣从裤子里松出一截,正在喝一瓶可口可乐。她冲出队伍,朝他们飞奔过去,一把抢过瓶子。她晃着男孩,把他的衣服塞进裤子,替老头戴上帽子。"现在就推他进去!"她用一根僵硬的手指指着侧门。

将军感到头顶像是有个小孔正在开裂。男孩推着他飞快地穿过步道,爬上斜坡以后推进大楼。在讲台的入口处颠了一下,来到指定的位置。将军看着眼前的脑袋,所有的脑袋都好像浮在一起,眼睛从一张脸移到另一张。几个穿着黑袍子的人过来和他握手。每条走廊里都飘浮一条黑色的队伍,在庄严的音乐中,在他跟前汇成了池塘。音乐似乎透过小孔钻进他的脑袋,一刹那间,他觉得队伍也要钻进来了。

他不知道这是什么队伍,但是感觉有些熟悉。他一定会感觉熟悉,因为队伍是冲他来的,但是他不喜欢黑色的队伍。他恼怒地想,任何来见他的队伍都应该是满载着美人的花车,就像首映礼前的花车一样。肯定和历史有关系,向来如此。他不需要历史。过去发生的事情对活着的人没有意义,他还活着。

当所有的队伍都汇入黑色的池塘,一个黑色的身影开始在前面发表演讲。这个身影正在讲和历史有关的事情,将军打定主意不去听,但是词语还是不断通过小孔渗进他的脑袋。他听到了自己的名字,轮椅被粗暴地往前推,童子军深深鞠了个躬。他们叫了他的名字,胖乎乎的小家伙鞠了个躬。该死的,老头想说,别挡道,我能站起来!——但是他还没能站起来鞠躬就被猛地拉回去了。他以为吵闹声是因他而起的。如果已经完事了,他一个字都不打算听。要不是因为脑袋上的孔,他一个字都听不见。他想要伸手把孔堵上,但是孔比他的手指大了一点,而且摸起来好像更深了。

另一个穿着黑色袍子的人替代了第一个,正在发言,他听到自己的名字又被提起一次,但他们没有谈论他,他们还在谈论历史。"如果我们忘记了过去,"发言人说,"我们就想不起未来,我们便不会拥有未来。"将军渐渐听到了里面的一些词语。他已经忘记了历史,也不打算再想起来。他忘记了妻子的名字和脸,忘记了孩子们的名字和脸,甚至忘记了他是否有过妻子和孩子,他忘记了地名,忘记了那些地方,忘记了在那里发生过什么。

他被头上的孔弄得相当恼火。在这种场合,他可没料到头上会有个孔。低缓阴沉的音乐在他头顶上钻出了这个孔,外面的音乐已经停了大半,但孔里还有一些,越钻越深,在他的脑海里游走,把他听到的词语带入大脑的黑暗地带。他听到奇克莫加、夏伊洛、强生、李,他知道这些词语都是被他唤起的,却对他毫无意义。他想知道他在奇克莫加战场或者李将军时期是否做过将军。然后他试着想象一辆满载美女的花车正缓缓穿过亚特兰大市中心,他自己骑着马出现在花车中央。然而古老的词语在他脑海中翻滚,像要把他从那儿拽出来,重获新生。

演讲者讲完了这场战争,开始讲下一场,现在又要讲另外一场了,他所有的词语就和黑色的队伍一样,稍微有些熟悉,叫人不快。将军的脑袋里有一串长长的音乐,刺向各种词语,让一点点光照到它们,帮它们复活。词语冲他而来,他说该死的!我不要!他开始往后退,想要躲开。然后他看到那个黑袍子的身影坐下来,一阵骚动,他跟前的黑色池塘隆隆作响,随着低缓阴暗的音乐从两边朝他飘来,他说,该死的,停下来!一个个来,我对付不了!他避不开词语,也躲不过队伍,词语飞快地冲他而来。他感到自己正往后跑,而词语就像滑膛的子弹一样紧随其后,从他身边擦过,但是越来越近。他转身飞奔,却发现自己正朝着词语跑去。他跑进枪林弹雨中间,咒骂个不停。当音乐朝他涌来时,过去的一切不知从哪儿冒出来朝他开火,他感觉身体被打得千疮百孔,痛得要命,他跌倒在地,每打中一枪就骂一句。他看见妻子瘦削的脸透过圆圆的金边眼镜不满地注视着他;他看见一个斜眼秃头的儿子;他的母亲焦急地向他跑来;接着是一串地方——奇克莫加,夏伊洛,玛莎市——冲他而来,仿佛过去是唯一的未来,他必须忍受。接着他突然看到黑色的队伍已经快要扑过来了。他认得它,因为它一直缠着他。他拼死想要越过它看看,看看过去之后是什么,他的手紧紧攥住剑,直到刃口碰到了骨头。

毕业生们正排成长队穿过讲台,接过他们的学位证书,和校长握手。萨利·波克排在队尾,她穿过讲台时看了将军一眼,看见他凶悍地端坐着,眼睛睁得很大,她转回头去,明显地昂了昂头,接过自己的证书。一切结束以后,她走出礼堂,回到太阳底下,找到了家人,他们坐在树荫底下的长凳上,等着约翰·韦斯利把老人推出来。狡猾的童子军已把老人从后门颠簸着推出来,沿着石板路一路飞奔,这会儿正和尸体一起,排在可口可乐贩卖机前面的长队里。

救人就是救自己

**The Life**

**You Save**

**May Be Your Own**

谢弗特利特先生第一次踏上老妇和她女儿家门口的路时，她俩正坐在门廊上。老妇溜坐在椅子边，探出身体，用手遮住刺眼的落日阳光。女儿看不见远处，继续自顾自地玩手指。尽管老妇和女儿离群索居，从没有见过谢弗特利特先生，但是隔着老远便认出他不过是个流浪汉，不用害怕。他挽着左袖管，露出仅剩的半截胳膊，干瘦的身影像是被微风吹得稍稍歪向一边。他穿着件黑色外套，戴着褐色的呢帽，前面的帽檐儿翻起来，后面压下去，手里提着一只铁皮工具箱。他缓步向她们走来，面朝着小山顶上摇摇欲坠的太阳。

老妇一动不动，直到他快要跨进她家院子，才一手握拳撑着胯部站起来。穿着蓝色欧根纱短裙的大高个女儿一眼看到他便跳起来，跺着脚，指指点点，兴奋得语无伦次起来。

谢弗特利特先生刚跨进院子便停下脚步，放下箱子，朝她行了脱帽礼，仿佛她压根没有受到惊吓似的；然后他一路挥着帽子走向老妇。他光滑的头发又长又黑，从中间部分紧贴头皮一直梳到两边耳朵的上方。额头占了整个脸的一大半，五官挤在一起，突出的下巴如同捕兽夹。他看起来还很年轻，神情里却透着沉着的不满，仿佛已经看透人生。

"晚上好。"老妇说。她和一根雪松篱笆桩差不多高，头戴一顶压得低低的灰色男帽。

流浪汉站在那儿看着她，没有回答。他转身对着落日，缓缓摆动起那条完整的胳膊和一截残臂，比画出广阔的天空，他的身体摆成一个扭曲的十字。老妇看着他，双手抱在胸口，像是太阳的主人，女儿也看着，她探着脑袋，胖乎乎的手无力地耷拉在腕下。她长长的头发是粉金色的，眼睛和孔雀的脖子一样蓝。

这个姿势流浪汉保持了大概有五十秒，然后他拎起箱子走到门廊前，把箱子放在最后一级台阶上。"太太，"他用鼻音不慌不忙地说，"我愿意花一大笔钱住在一个每天傍晚都能看到太阳像那样落下的地方。"

"每晚都那样。"老妇坐了回去。女儿也坐了回去，小心翼翼地偷看他，仿佛他是一只飞近来的鸟儿。流浪汉重心靠在一条腿上，掏着裤兜，立刻掏出一包口香糖，给了她一块。她接过，剥开嚼起来，目光却没有从他身上挪开。他递了一块给老妇，但老妇龇了龇上嘴唇，她没有牙齿。

谢弗特利特先生早就敏锐地把院子里的一切都看在眼里——房子角落的水泵，一棵高大的无花果树，三四只正打算在树底下歇息的鸡——他的目光转向棚屋，看到一辆车生锈的方屁股。"你们两位女士开车吗？"他问。

"那辆车已经有十五年没用了，"老妇说，"我丈夫死了以后就没再动过。"

"世道变了，太太。"他说，"世界已经快烂了。"

"没错。"老妇说,"你打附近来?"

"我叫汤姆·T. 谢弗特利特。"他咕哝着,看着轮胎。

"很高兴认识你。"老妇说,"我叫露西奈尔·卡莱特,女儿也叫露西奈尔·卡莱特。你在这里附近干吗,谢弗特利特先生?"

他估计那辆车应该是一九二八年或者一九二九年款的福特。"太太,"他转身全神贯注地说,"我跟您说件事。亚特兰大有位医生用一把刀割出人的心脏——人的心脏,"他强调着,探出身体,"从人的胸口掏出来,拿在手里,"他伸出手来,摊开手掌,像是正掂量着一颗心脏,"把它当成一天大的鸡崽来研究,但是太太,"他意味深长地顿了很久,支棱着脑袋,褐色的眼睛闪闪发光,"他并不比你我懂得多。"

"没错。"老妇说。

"哎呀,就算他用刀把心脏的每个角落都割开来看,也不会懂得比你我多。你想赌什么?"

"不赌。"老妇机智地说,"你打哪儿来,谢弗特利特先生?"

他没有回答,从口袋里掏出一袋烟草和一包烟纸,熟练地用一只手卷了根烟,把烟叼在嘴里。然后又从口袋里掏出一盒火柴,在鞋子上擦着了一根。他握着这根火柴,像是在研究火焰的奥妙,直到手指快要烧着了。女儿发出很大的响声,指着他的手,对他晃动着手指,但是就在火苗快要烧到他的瞬间,他弯下身子把手握成杯状点燃了香烟,像是在鼻子底下放了把火。

他弹开烧尽的火柴,向夜晚吐出灰色的烟雾,脸上露出狡猾的表情。"太太,"他说,"如今人们什么都干得出来。我告诉您我的名字叫田纳西·T. 谢弗特利特,我从田纳西塔沃特来,但是您以前从没见过我：您怎么知道我没在撒谎？您怎么知道我的名字不是什么艾伦·斯巴克斯，从佐治亚的辛格勒布雷来？或者您怎么知道我不是从阿拉巴马露西来的乔治·斯必德？您怎么知道我不是从密西西比图拉弗斯来的汤姆森·布莱特？"

"我对你一无所知。"老妇恼怒地嘀咕。

"太太，"他说，"人们不在乎自己怎么说谎。所以我能告诉您的大概只是，我是个男人。但是听着太太，"他顿了顿，语气听起来更不对劲了，"男人是什么？"

老妇嚼起了一颗种子。"你那只铁皮箱子里装了什么，谢弗特利特先生？"她问。

"工具。"他后退了一步，"我是个木匠。"

"哦。要是你到这儿来找活干，我可以养活你，给你一个睡觉的地方，但是我没钱给你。我把话说在前头。"她说。

他靠在一根撑住门廊顶棚的柱子上，没有立刻回答，脸上也不动声色。"太太，"他慢慢说，"对有些人来说，某些东西比钱更重要。"老妇一言不发地晃着身子，女儿盯着男人脖子里上下滚动的喉结。男人告诉老妇说几乎人人都爱钱，但是他问人为什么生而为人。他问她人是否为钱而活着，还是为了别的。他问她到底为了什么而活，但是她没有理会，只是坐在椅子里摇着，心想这个独臂男人能不能帮她的花房搭个新的屋顶。他问了很多问题，她都没回答。他告诉她，他二十八岁，干过各种营生。他曾经当过福音歌手，铁路工头，殡仪馆助理，还和洛伊大叔与他的红河牧童乐队做过三个月的电台节目。说他为了国家浴血战场，去过所有的国家，所到之处看到人们做事情不择手段。他说小时候可没人这样教他。

一轮黄色的满月出现在无花果树枝间,像是要和小鸡一起在那里栖息。他说人一定要去乡下看看才能完整认识世界,他希望能生活在这样一个偏僻的地方,每天晚上都能看着太阳遵循上帝的旨意落下山头。

"你结婚了还是单身?"老妇问。

他沉默许久。"太太,"他终于发问,"如今去哪儿找像您这样天真的女人?我可不会随便就和一个渣滓在一起。"

女儿弯着身子,脑袋几乎垂落到膝盖中间,头发遮住了脸,她从三角形的发隙间偷看他;突然一屁股摔在地上,哭了起来。谢弗特利特先生扶她起来,扶她坐回椅子上。

"她是您的女儿吗?"他问。

"我的独生女。"老妇说,"她是世界上最甜美的女孩。给我什么都不换。她还很聪明,会擦地,做饭,洗衣,喂鸡,除草。给我一盒子首饰我也不换她。"

"对。"他和气地说,"别让任何男人把她抢走了。"

"追求她的男人,"老妇说,"就得在这附近安家。"

谢弗特利特先生在黑暗中注视着远处一截发亮的汽车保险杠。"太太,"他猛地举起残肢,像是可以用它比画出她的房子、院子和水泵,"不管是不是少条胳膊,这片农场里没有什么是我修不好的。我是个男人。"他脸色阴沉不卑不亢地说,"即便我不完整。我有,"他说着勾起手指敲敲地板,强调他接下来要说的话,"高尚的精神!"他的脸从黑暗中探入门缝里透出的光线,注视着她,仿佛自己也被这番不可能的事实吓到了。

老妇对他的话不以为然。"我说了,你可以住在这儿,挣口饭吃。"她说,"你不介意睡在车库吧。"

"哎呀听我说,太太,"他露出得意的微笑,"以前修道士们还睡棺材呢。"

"他们的条件可没我们好。"老妇说。

第二天一早,他便开始修整花房的屋顶,女儿露西奈尔坐在石头上看他干活。他来了才不到一周,这个地方就有了显著的变化。他修了前后台阶,搭了一个新的猪圈,补了篱笆,还教会了露西奈尔说"鸟"这个字,要知道她彻底聋了,此生从未说过一个字。这个脸蛋红扑扑的大高个女孩整天跟着他跑来跑去,一边拍着手,一边叫着"鸟,鸟"。老妇在远处看着,暗暗高兴。她极其盼望有个女婿。

谢弗特利特睡在车子硬邦邦的窄小后座上,脚伸在窗户外面。他把剃须刀和水罐放在被他当成床头柜的板条箱上,还在后窗装了面镜子,衣服则整洁地挂在安在车窗的衣钩上。

晚上他坐在台阶上聊天,老妇和露西奈尔使劲摇着椅子坐在他两旁。老妇身后的三座山被深蓝色的天空衬得黑黝黝的,繁星闪烁,月光拂过小鸡,穿梭于山间。谢弗特利特指出他想要改善这个农场完全是出于私人的偏爱。说他甚至想把汽车也修好。

他支起引擎盖,研究了里面的机械结构,说看得出来这辆汽车的制造年代,是实实在在造车的年代。他说换作现在,一个人放一颗螺丝,另外一个人放另一颗螺丝,再一个人,再放一颗螺丝,每个人一颗螺丝。所以车才卖得那么贵:你是在付钱给所有的人。现在你只需要付钱给一个人,你能拥有一辆便宜的车,要是碰到一个愿意在车上花心思的人,就能造出更好的车来。老妇认同了他的观点。

谢弗特利特先生说这个世界的问题在于没有人尽心,没有人停下脚步多花点心思。他说要不是他尽心并且花了足够多的心思,就不可能教会露西说一个字。

"再教她说点别的。"老妇说。

"你希望她再说点什么?"谢弗特利特问。

老妇张开没有牙齿的嘴开怀地笑起来,笑声里满是暗示。"教她说'甜心'。"她说。

谢弗特利特已经知道她在打什么主意。

第二天他开始在那辆车上敲敲打打,到了晚上他告诉她,要是她能买一条风扇皮带,他就能把车修好。

老妇说她会给他钱。"你看见那个女孩了吗?"她指着在地上坐开一尺远的露西奈尔,她正看着他,眼睛在黑夜里甚至显得更蓝了。"要是有哪个男人胆敢带走她,我会说'这世界上没有一个男人能把她从我身边带走',但要是那个男人说,'太太,我不想带走她,我想和她待在这儿,'我会说,'先生,我一点也不怪你。要是我能有一个固定的住处,并且得到世界上最甜美的女孩,我也不会放过的。你可不傻。'我会这么说。"

"她多大?"谢弗特利特先生随口一问。

"十五,十六岁。"老妇说。女孩快三十岁了,但是她看起来天真无知,所以很难猜。

"最好能再给汽车刷刷漆,"谢弗特利特先生说,"你也不希望它生锈吧。"

"这个以后再说。"老妇说。

第二天他去了城里,带回了他需要的零件和一罐汽油。傍晚时,从棚屋里传来可怕的声响,老妇从房间里冲出来,以为露西奈尔正在哪儿发脾气呢。露西奈尔坐在鸡笼上,跺着脚嚷嚷,"鸟!鸟!"但是她的吵闹声被汽车的声音淹没了。汽车噼啪响着从棚屋里冲出来,既凶猛又庄严。谢弗特利特先生笔直地坐在驾驶座上,神情严肃,谦逊,像是刚刚妙手回春。

那天晚上,老妇摇着椅子坐在门廊里,开口便谈起正事。"你想要个纯洁的女人吧?"她恳切地问,"你不想要那些渣滓。"

"是啊,我不想。"谢弗特利特说。

"一个不会说话的女人,"老妇继续说,"不会顶撞你,也不会说粗话。你得找个这样的。就在这儿。"她指着正盘腿坐在椅子上、双手抱着脚的露西奈尔。

"没错,"他承认,"她不会给我添麻烦。"

"星期六。"老妇说,"我和你俩开车去城里把婚事办了。"

谢弗特利特在台阶上坐坐舒服。

"我现在不能结婚。"他说,"想做什么事情都需要钱,我现在没钱。"

"你要钱干吗?"老妇问。

"得花钱。"他说,"现在的人都为所欲为,但是在我看来,我可不能随随便便就娶了她,我想带她出去转转。我是说带她去住酒店,吃顿好的。就连温莎公爵我也不会随便就娶,"他坚定地说,"除非我能带她去酒店,请她吃顿好的。

"从小大人就这样教我,我也没办法。我的老母亲教我要这样。"

"露西奈尔连酒店是什么都不知道,"老妇咕哝着,"听着,谢弗特利特先生,"她说,挪到椅子前面,"你会得到一个固定的住处,一口深井,一个世上最天真的女孩。你不需要钱。听我说:像你这样一个贫穷、残疾、无依无靠的流浪汉,在这个世界上是没有容身之所的。"

这些可怕的词语停留在谢弗特利特先生的脑袋里,如同一群盘桓在树顶的秃鹰。他没有立刻回答。他为自己卷了根烟,点燃,然后用平静的口吻说:"太太,人分为两部分,肉体和精神。"

老妇咬紧牙床。

"肉体和精神。"他又说了一遍,"太太,肉体就像是一幢房子:它哪儿也去不了;但是精神,太太,就像是一辆车:总是在动,总是……"

"听着,谢弗特利特先生,"她说,"我的井永远不枯竭,我的房子在冬天也是暖和的,这房子里每样东西都是我的。你可以去法院查查。那棚屋里面是辆不错的汽车,"她小心翼翼地放下诱饵,"星期六之前你把它漆了。我会付钱的。"

谢弗特利特先生在黑暗中露出微笑,像条疲惫的蛇,突然被火焰惊醒。他立刻回过神来说:"我是说,一个人的精神对自己来说比其他任何东西都重要。我可以在周末带我妻子出门,却不考虑花多少钱。我听从精神的指引。"

"我给你十五块让你们去玩一个星期。"老妇恼怒地说,"我尽力了。"

"这些钱还不够付汽油和酒店,"他说,"没法喂饱她。"

"十七块五。"老妇说,"我只有这点钱,你再榨也榨不出来。你们可以拿去吃顿午饭。"

谢弗特利特先生被榨这个字眼深深地伤害了。他毫不怀疑她还在床褥里藏了更多钱，但是他已经跟她说了，他对她的钱没兴趣。"我会照做的。"他站起身来，没再继续和她说下去。

星期六，他们三个人一起开车进城，新刷的油漆还没干透，谢弗特利特先生和露西奈尔在办事处登记结婚，老妇做了证婚人。走出法院的时候，谢弗特利特先生在领口里扭了扭脖子。他看起来闷闷不乐，像是刚刚被人按住羞辱了一顿。"我一点也不满意，"他说，"一个女人坐在办公室里就把事情办了，就填填表格，验个血。他们了解我的血统吗？除非他们把我的心脏切出来，"他说，"否则他们对我一无所知。我不满意。"

"法律满意了。"老妇尖锐地说。

"法律。"谢弗特利特啐了一口，"我就是不满意法律。"

他把车漆成了暗绿色，窗户底下还刷了一道黄色。他们三个人爬上前座，老妇说："露西奈尔看起来真美啊。像个洋娃娃。"露西奈尔穿着一条她妈妈翻箱倒柜找出来的白裙子，头戴巴拿马草帽，帽檐儿上装饰着一串木质红樱桃。她平静的脸上不时浮现出一丝淘气，如同沙漠里的绿洲。"你中大奖啦！"老妇说。

谢弗特利特先生看都没看她一眼。

他们开车回家把老妇放下，带上午饭。他们打算出发时，老妇站在旁边盯着车窗，手指紧紧抓住玻璃。泪水渗出她的眼眶，沿着脸上肮脏的皱纹往下淌。"我以前从没和她分开超过两天。"她说。

谢弗特利特先生发动了引擎。

"我只让你娶了她，因为我觉得你是个好人。再见，甜心。"老妇攥紧白裙子的袖口。露西奈尔直愣愣地看着她，像是根本没看见她似的。

谢弗特利特先生开动了车，她才不得不松手。

下午早些时候，天气晴朗开阔，天空泛着浅蓝。尽管车子每小时只能开三十英里，谢弗特利特先生却满脑子都想象着惊险的起伏、转弯，完全忘记了早晨的苦恼。他一直想要一辆车，但总是买不起。他开得飞快，因为想要在夜幕降临前到达莫比尔。

他不时停下思绪看看坐在身边的露西奈尔。一开出院子她就把午饭吃完了，现在正把樱桃一颗颗地从帽子上摘下来扔出车窗。尽管有了车，他还是沮丧起来。他开了大概一百英里以后觉得她肯定又饿了，于是到达下一个小镇时，在一家刷了铝漆的食品店前面停了下来，那个店叫热点，他带她进去，给她点了盘火腿燕麦。她坐车疲倦，一坐上凳子就把头枕在柜台上闭上了眼睛。热点里除了谢弗特利特先生和柜台后面的男孩就没有其他人了，那个男孩脸色苍白，肩膀上搭着条油腻的抹布。他还没端上菜来，露西奈尔就已经轻柔地打起了鼾。

"等她醒来以后再给她吃。"谢弗特利特先生说，"我现在付钱。"

男孩弯下身子，看着露西奈尔长长的粉金色头发和半闭着的睡眼。然后他抬头看着谢弗特利特先生。"她像上帝的天使一样。"他嘟囔着。

"她搭了我的车。"谢弗特利特先生解释，"我赶时间，我得去图斯卡洛莎。"

男孩又弯下身子，小心翼翼地用手指抚摸着露西奈尔的一绺金发，谢弗特利特先生走了。

他一个人开车更加难过。下午晚些时候，天气变得闷热潮湿，乡野一望无际。一场暴风雨正在天空深处缓缓酝酿，仿佛打算在雷声炸响前，把地面的每一滴空气都抽干。谢弗特利特先生有时不愿孤身一人。

他也觉得有车的人应该对他人尽义务,他一直留意有没有搭车的,偶尔看到一块标牌,上面写着:"小心驾驶。救人就是救自己。"

小道两边都是旱地,空地上不时出现一间陋屋,或者一个加油站。太阳直接照在汽车前面。从挡风玻璃看出去,那是一只红彤彤的圆球,底部和顶部被稍稍压扁。他看见一个穿着工装裤、戴着灰帽子的男孩站在路边,于是放慢车速停在了他跟前。男孩就这么站着,没有竖起大拇指拦车,但手里提着一只小小的纸板箱,而且他戴帽子的样子说明他要永远离开某个地方了。"孩子,"谢弗特利特先生说,"我看你是想搭车。"

男孩没说他想不想,但是打开车门钻了进来,谢弗特利特先生再次开车上路。男孩把箱子摆在腿上,抱起胳膊搁在箱子上面。他转过头去,看着窗外。谢弗特利特先生感觉很不自在。"孩子,"他过了一会儿说,"我的老母亲是世上最好的,所以我估计你的母亲只能排第二。"

男孩阴郁地扫了他一眼,又扭头看向窗外。

"做男孩的母亲,"谢弗特利特先生继续说,"没什么好处。她跪着教男孩第一次祷告,给男孩其他人无法给与的爱,教他明辨是非,确保他不做错事。孩子,"他说,"我离开老母亲的那天是我一生中最后悔的一天。"

男孩调整了一下坐姿,却还是没看谢弗特利特先生一眼。他松开胳膊,一只手放在了车门把手上。

"我母亲是上帝的天使,"谢弗特利特先生用不自然的口吻说,"上帝把她从天堂带出来,送到我身边,而我却离开了她。"他的眼睛立刻蒙上了一层泪水。汽车几乎没有动。

男孩突然在座位上暴跳如雷。"你去死吧!"他嚷嚷,"我妈是个烂货,你妈是个臭婊子!"说着他打开车门,抱着箱子跳进沟里。

谢弗特利特吓坏了,他让车门开着,慢慢开了足足一百英尺。一片萝卜形状的云遮住了太阳,正是男孩帽子的颜色,还有一片看起来更可怕,匍匐在汽车后面。谢弗特利特先生觉得这个腐朽的世界正要吞噬他。他举起胳膊,又让它垂落在胸口。"哦上帝啊!"他祈祷,"喷发吧,洗净地上的淤泥!"

萝卜状的乌云慢慢下落。过了一会儿,响起隆隆的雷声,大颗大颗的雨点像铁皮罐头一样砸在谢弗特利特先生的车屁股上。他猛踩油门,残肢伸出窗户,追赶着疾风骤雨向莫比尔飞驰而去。

河

**The River**

孩子闷闷不乐，没精打采地站在黑暗的起居室中间，父亲正把他的一件格子外套往他身上套。没等右胳膊伸出来，父亲已经不管不顾地扣上了扣子，把他往门口推。从半开的门里伸进来一只苍白的、布满斑点的手。

"他还没穿好衣服呢。"过道里传来响亮的声音。

"那就看在上帝的分儿上帮他穿好，"父亲咕哝着，"现在是早上六点了。"他光着脚，穿着浴袍。他把孩子送到门外，打算关门的时候，隐约从门缝里看到女人，穿着长长的豆绿色外套，戴着毡帽，骨瘦如柴，皮肤上布满斑点。

"还有我们的车钱，"女人说，"来回得坐两趟车呢。"

他返身去卧室拿钱，等他回来的时候，女人和男孩都站在房间当中。她正在四处打量。"我要是待在这儿，可受不了这股该死的烟屁股味。"她说着，帮男孩穿好衣服。

"这是零钱。"父亲走到门口，打开门等着。

女人数完钱，把钱装进外套，然后走到一幅挂在留声机旁的水彩画跟前。"我知道时间,"她仔细看着几根把鲜艳的色块割得七零八落的黑色线条,"当然知道。我晚班从晚上十点上到早上五点,然后坐藤街的车过来花了一个小时。"

"哦,明白了。"他说,"我们晚上等他回来,八点还是九点?"

"可能要晚些,"女人说,"我们要去河上接受治疗。那个牧师不太到附近来。我才不会买这个呢。"她指着那幅画说,"我自己也能画。"

"好了。考尼太太,回见。"他拍着门板说。

"他妈妈生病了,真是太糟糕了。"考尼太太说,"她得了什么病?"

"我们也不知道。"他咕哝着。

"我们会让牧师为她祈祷的。他治好了很多人。贝弗尔·萨姆斯牧师。他妈妈也许也应该去找他一趟。"

"也许吧。"他说,"晚上见。"他消失在卧室门口,让他们走。

小男孩一言不发地看着女人,眼泪鼻涕流个不停。他大概四五岁。长着一张长长的脸,下巴凸起,半闭的眼睛分得很开。他看起来沉默寡言,很有耐心,像一只等着放风的老羊。

"你会喜欢那个牧师的,"女人说,"贝弗尔·萨姆斯牧师。你得听听他唱歌。"

卧室门突然打开了,父亲探出脑袋来说:"再见,老伙计,祝你玩得开心。"

"再见。"小男孩像被打了一枪似的跳起来。

考尼太太又看了一眼水彩画。然后他们走进过道里等电梯。"我才不会这么画呢。"她说。

外面清晨的天空灰蒙蒙的,被马路两边暗着灯的空荡荡的大楼遮蔽着。"天一会儿就亮了,"她说,"不过这是今年最后一次有机会在河边听布道了。把你的鼻涕擦擦干净,宝贝。"

小男孩用袖子去擦,被她制止了。"这样可不好,"她说,"你的手帕呢?"

小男孩把手伸进口袋里假装找手帕,她在旁边等着。"有些人就是着急把别人往外赶。"她对着自己在咖啡馆橱窗里的影子嘀咕。"给你。"她从口袋里掏出一块红蓝花朵图案的手帕,弯腰帮他擦鼻涕。"擤一擤。"她说,小男孩擤了擤鼻子。"你拿着吧,放在口袋里。"

小男孩叠起手帕,小心地放进口袋,然后他们走到街角,靠在一家还没开门的杂货店门口等车。考尼太太竖起衣领,从脖子一直遮到帽檐儿。她垂着眼睑,仿佛快要靠在墙上睡着了。小男孩轻轻捏了捏她的手。

"你叫什么?"她昏昏沉沉地说,"我只知道你的姓。我早该问问你叫什么。"

他叫哈利·阿什菲尔德,他之前从没想过要改名。"贝弗尔。"他说。

考尼太太直起身体。"太巧了!"她说,"我告诉过你那位牧师也叫这个名字!"

"贝弗尔。"小男孩又说了一遍。

她低头看着他,仿佛他是一个神迹。"我今天一定要让你见见他,"她说,"他可不是个普通牧师。他是个治疗师。不过他治不好考尼先生,因为考尼先生没有信仰,但是他说不管什么事总要试一试。他肚子绞痛。"

电车像个小黄点似的出现在空无一人的街道尽头。

"他现在去了政府医院。"她说,"他们切掉了他三分之一个胃。我让他最好谢谢上帝为他留下的部分,但他说谁都不想谢。我放弃了,"她嘀咕,"贝弗尔!"

他们走到车轨旁边等着上车。"他能治好我吗?"贝弗尔问。

"你怎么了?"

"我饿了。"他终于说。

"你没吃早饭?"

"那会儿我还没时间饿。"他说。

"我们回家以后就吃东西。"她说,"我已经准备好了。"

他们上了车,和司机隔开几个座位坐下,考尼太太让贝弗尔坐在她腿上。"现在你要乖乖的,"她说,"让我睡一会儿。别从我腿上下来。"她的头靠在座椅上,然后小男孩看着她慢慢闭上眼睛,张开嘴巴,露出几颗七零八落的牙齿,有些是金色的,有些比她的脸色还黑;她开始打鼾,像一具会吹奏音乐的骷髅。除了他们和司机之外,车上没有其他人了,等她睡着以后,小男孩拿出花手帕,摊开,翻来覆去看了一会儿。然后又叠起来,拉开外套内侧口袋的拉链,把手帕塞进去藏好,不一会儿,他自己也睡着了。

她家离终点站有半里路,靠大马路不太近。那是一间带门廊的沥青纸砖房,铺着铁皮屋顶。门廊上有三个高矮不等的小男孩,脸上都长着雀斑,还有一个头上顶着很多铝制卷发夹的高个儿女孩,那些夹子和屋顶一样闪亮。三个男孩跟随他们进屋,围着贝弗尔。他们一言不发地看着他,都不笑。

"这是贝弗尔。"考尼太太脱下外套,"太巧了,他和那位牧师同名。

这几个男孩是杰西、斯皮维和辛克莱,门廊上的女孩是萨拉·米尔德丽德。贝弗尔,把外套脱下来挂在床柱上吧。"

三个男孩看着贝弗尔解扣子脱外套。接着看着他把衣服挂在床柱上,然后又站着,看着衣服。突然他们转身跑出门外,在门廊里商量起什么来。

贝弗尔在房间里四处打量。这里半是厨房半是卧室。整个房子共有两间房间和两个门廊。一只浅色的狗在他脚边的地上蹭着后背,尾巴在两块地板间摇来摇去。贝弗尔冲它跳过去,但是猎狗很老练,还没等他落脚就已经收回了尾巴。

墙上挂满了照片和日历。有两张圆形照片,上面是一对耷拉着嘴角的老夫妇,另外一张照片上是一个男人,眉毛从两鬓冲出来,在鼻梁上挤作一团;五官凸起,像是光秃秃的悬崖。"这是考尼先生,"考尼太太从炉子前往后退了一步,和他一起欣赏照片里的这张脸,"但是和现在的他不太像了。"贝弗尔转头又看到床头的一张彩色图画,画里有一个披着白床单的男人,头发很长,头顶有一个金色光圈,孩子们围在旁边看他锯一块木板。贝弗尔刚要问这是谁,三个男孩又回来了,示意他跟着他们。他想爬到床底下,抱住一根床腿,但是三个男孩在那儿候着他,满脸雀斑,一言不发。迟疑片刻,他跟着他们走上门廊,拐过屋角,始终和他们保持着一小段距离。他们穿过一片黄色的杂草地,向一个五英尺见方的猪圈走去,猪圈用木板围着,里面塞满小猪崽,他们想把他也弄进去。他们走到猪圈跟前,转身靠在旁边,默默等他。

他走得慢吞吞的,故意前脚碰后脚,像是走不好路似的。有一次保姆没看好他,他在公园里被几个不认识的男孩打了,直到他们收手,他还一头雾水。他闻见一股刺鼻的垃圾味,还听到畜生的声响。他在离猪圈几尺远的地方停下脚步等着,脸色既苍白又顽强。

三个男孩一动不动,像是出了什么状况。他们越过他的头顶瞅着他身后,仿佛来了什么东西,他却不敢回头看。他们的雀斑很浅,玻璃似的灰眼睛死气沉沉,只有耳朵稍稍抽动了一下。什么都没发生。最后,站在中间的男孩说:"她会杀了我们的。"然后灰心地转身,咳嗽了两声,爬上猪圈,伏在那儿往里看。

贝弗尔一屁股坐在地上,茫然地松了口气,朝他们笑起来。

坐在猪圈上的男孩严厉地看了他一眼。"嘿,说你呢,"他顿了顿说,"如果你没法爬上来看猪,就把底下那块板抽掉,从下面看。"他像是出于善意才这么说。

贝弗尔从没见过真的猪,但在书里看到过,知道它们是胖乎乎的粉红色小动物,有着弯弯的尾巴,笑嘻嘻的圆脸,戴着领结。他凑过去,急切地拉木板。

"用力点。"个子最小的男孩说,"这块烂了,很好抽。只要撬开钉子。"

他把一枚红色的长钉子从松软的木头里撬了出来。

"现在你可以拉开木板,把你的脸……"一个轻轻的声音说。

他已经把脸凑了上去,这时候另外一张脸,灰兮兮、湿漉漉、臭烘烘的脸,从木板后面挤出来,把他撞翻在地上。什么东西呼哧呼哧哼着气冲他来,又撞了他一下,撞得他直打滚,还从后面拱他,他在黄色杂草地上尖叫飞奔,那家伙蹦跶着追着他一个劲儿跑。

三个考尼家的男孩待在原地看。坐在猪圈上的男孩用垂下的脚把松动的木板踢了回去。他们严肃的神情并没有轻快起来，但似乎不那么僵硬了，像是他们巨大的需求得到了部分满足。"妈妈看到他放猪崽出来肯定会不高兴。"最小的那个说。

考尼太太在后廊上抓住了奔上台阶的贝弗尔。猪崽在屋子下面跑了一会儿，终于歇下来，喘着气，但是孩子尖叫了足足五分钟。她终于把他哄好以后，给他早饭，还让他坐在自己腿上吃。猪崽爬上了两级台阶蹿上后廊，站在纱门外面，愠怒地垂头往里看。它的腿很长，弓着背，一只耳朵被咬掉一块。

"滚开！"考尼太太叫道。"这只猪很像开加油站的帕勒戴斯先生，"她说，"今天你会在治疗的时候看到他。他耳朵生了肿瘤，每次都会出现，告诉大家他没治好。"

猪崽站在那儿斜眼看了一会儿，慢慢地走来了。"我不想见到他。"贝弗尔说。

他们向河边走去。考尼太太和他走在前面，三个男孩跟在后面，高个儿女孩萨拉·米尔德丽德殿后，谁要是跑上了马路她就吆喝。他们像是一艘旧船的船骨，两头凸起，缓缓航行于公路边缘。周日白晃晃的阳光紧随其后，飞快地掠过浮沫般的灰色云朵，像是要追上他们。贝弗尔走在外侧，握着考尼太太的手，低头看着水泥地上橘色和紫色的沟槽。

他觉得自己这次挺走运，他们找到了考尼太太，她带着他出门，而不像平常那些保姆，要么坐在家里，要么带他去公园。只有离开自己的住处，才能长见识。他今天早上已经知道自己是由木匠耶稣基督创造的。以前他还以为是斯莱德沃医生——那个黄胡子的胖子给他打过针，以为他叫赫伯特,不过那肯定是和他闹着玩。他住的地方,人们都很爱闹着玩。要是他以前思考过这个问题,他会觉得耶稣基督是一个类似于"哦"或"该死的"或"上帝啊"之类的词语,要不就是某个从他们那儿骗走东西的人。当他问起考尼太太她床头画里面那个披床单的男人是谁时,她张大嘴盯着他看了好一会儿。然后说:"那是耶稣啊。"说完继续瞪着他。

过了一会儿,她起身从另一间房间拿来一本书。"看这个。"她翻开封面,"这是我曾祖母的书。拿任何东西我都不换。"她的手指滑过布满斑点的书页上几行棕色的小字。"艾玛·斯蒂芬·奥克雷,一八三二年,"她说,"是不是很珍贵?字字都是福音真理。"她翻到下一页,读书名给他听:"给十二岁以下孩子看的耶稣基督的一生。"接着她为他念起书来。

书很小,封面是淡棕色的,镶着金边,一股陈年油灰味。里面都是图画,有一张是木匠正把一群猪从一个男人身边赶走。是真的猪,灰色的,脏兮兮的,考尼太太说耶稣把猪统统从这个男人身边赶走了。她读完以后,让男孩自己坐在地板上再看一遍图片。

他们出发去治疗前,男孩趁她不注意,悄悄把书塞进衣服内衬。于是他的外套下摆一边长一边短。路上,他的心情既恍惚又安宁,他们走出公路,拐上一段种满忍冬的红泥路,他放肆地蹦蹦跳跳,拉着她的手往前冲,像是要追赶在他们头顶渐渐升起的太阳。

走了一段泥路,穿过一片点缀着紫色杂草的田野,钻进树荫,地上铺着厚厚一层松针。他过去从没进过树林,走得小心翼翼,不时左右张望,像是来到一个陌生的国度。他们经过一条蜿蜒下坡的马道,两边都是干枯的红叶,有一次,他抓住一根树枝以防摔倒,看到黑漆漆的树洞里有一双冰冷的金绿色眼睛。到了山脚下,树林尽头突然出现一片牧场,四处游荡着黑白相间的奶牛,层层叠叠的坡地往下,是一条宽阔的橘红色溪流,太阳的倒影像钻石般闪烁。

有人围在岸边唱歌。他们的身后放着长长的桌子,轿车和卡车停在河边的路上。考尼太太用手搭在眼睛上眺望,看见牧师已经站在水里了,于是他们加快步伐,穿过牧场。她把篮子放在一张桌子上,把跟前的三个男孩推进人群,不让他们在食物边逗留。她牵着贝弗尔,慢慢走到前面。

牧师站在十英尺外的溪流里,水漫过他的膝盖。他是个高个子的年轻人,卡其色的裤脚卷到了水面以上,上身穿着一件蓝衬衫,系着红围巾,没有戴帽子,一头浅色的头发,修过的鬓角一直弯到他面颊的凹陷处。他的脸棱角分明,映着河水泛出的红光。他看起来十九岁上下。他用细弦似的高音唱歌,盖过了岸上的歌声,他的手背在身后,头仰着。

他用一个高音结束了赞美歌,静静地伫立着,低头看着河水,在水里移动着双脚。然后他抬头看着岸上的人。他们紧紧站在一起,等待着,神情肃穆,但是满怀期待,每双眼睛都注视着他。他再次移动了双脚。

"我或许知道你们为何而来,"他用细弦似的声音说,"或许不知道。

"如果你们不是为了耶稣而来,你们便也不是为我而来。如果你们只是为了来看看能否把痛苦留在河里,便不是为了耶稣而来。你们无法把痛苦留在河里。"他说,"我从没跟任何人说过这样的话。"他停下来看着自己的膝盖。

"我见你治好了一个女人。"人群中突然传出一个尖利的声音,"亲眼看到她瘸着腿来的,后来直起身体,笔直地走了出去。"

牧师抬起一只脚,接着又抬起另外一只,似笑非笑。"如果你为此而来,还是回家吧。"他说。

然后他抬起头,张开胳膊,大声说:"你们听我说!只有一条河,这是生命之河,流淌着耶稣的血液。你们要把痛苦抛进河里,信仰之河,生命之河,爱情之河,丰饶的耶稣鲜血之河,你们这些人啊!"

他的声音变得温柔悦耳。"所有的河流都源于这条河,又回归于此,如同汇入海洋,如果你们有信仰,便可以将痛苦抛进河里,得以摆脱,因为这条河能够承载罪恶。这是一条痛苦之河,流向基督的国度,缓缓地冲刷干净,你们看啊,就和我脚边古老的红色河水一样,缓缓流淌。

"听着,"他唱起来,"我在《马可福音》里读到不洁的人,我在《路加福音》里读到盲人,我在《约翰福音》里读到死者!你们听啊!把河水染红的鲜血让麻风病人净化,让盲人复明,让死者回生!你们这些病人,"他高喊,"把痛苦抛在鲜血之河,抛在痛苦之河,看着它流往基督的国度。"

他布道的时候,贝弗尔昏昏欲睡地看着两只鸟儿无声地在空中慢慢地打转,越飞越高。河对面有一丛低矮的红色与金色相间的檫树,后面是漫山遍野的深青色树林,偶尔有一棵松树耸入云霄。远处,城市伫立在山侧,仿佛丛生的肉疣。鸟儿盘旋往下,轻轻地停在最高的松树顶上,缩起脖子,像是要撑起整个天空。

"如果这是你们想要抛弃痛苦的生命之河,就来吧。"牧师说,"把你们的悲伤抛进去。但不要以为这就是尽头,因为古老的红色河流不会在此终结。古老的红色苦难之流继续流淌,缓缓流向基督的国度。这条古老的红色河流适于施洗,承载信仰,承载痛苦,但是拯救你们的并不是污浊的河水。整整一个星期,我在这条河里上上下下,"他说,"星期二我在命运之河,次日在理想之河,星期五我和妻子驾车去鲁拉威洛看望一个病人。那里的人没能看到病人被治好。"他微微涨红了脸,"我从没说过能治好。"

他说话的时候,一个扇动着翅膀的身影像蝴蝶似的朝他跑来——一个老太挥舞着胳膊,晃着仿佛随时都会掉下来的脑袋。她在岸边俯下身去,胳膊搅动着河水。接着她又弯了弯腰,把脸浸在水里,终于浑身湿透地站了起来;依然挥舞着胳膊,盲目地转了两圈,有人伸手把她拽回人群。

"她这个样子已经十三年了,"有个粗哑的声音喊,"把帽子拿去,把钱给那孩子。他来这儿就是要钱的。"叫声直冲着河里的年轻人,是一个壮硕的老头喊的,他像块石头似的坐在一辆灰色加长老爷车的保险杠上。他戴着顶灰帽,一边遮住耳朵,另一边翻起来,露出左边太阳穴上紫色的瘤子。他向前弯腰坐着,手垂在膝盖间,小小的眼睛半睁半闭。

贝弗尔看了他一眼,立刻钻进考尼太太的大衣皱褶里藏了起来。

河里的年轻人扫了老头一眼,举起拳头。"信仰耶稣还是信仰恶魔!"他嚷嚷,"忠于耶稣还是忠于恶魔。"

"我亲身经历过,"人群里传出一个女人神秘的声音,"我知道这位牧师能够治病。我见识过!我信仰耶稣!"

牧师飞快地举起胳膊,把所有关于河流和基督国度的话又复述了一遍，坐在保险杠上的老头眯眼瞪着他。贝弗尔不时在考尼太太身边看他一眼。

一个穿着工装裤和棕色外套的男人俯身向前，飞快地把手浸在水里，甩了甩，又直起身来，一个女人把婴儿抱到岸边，用河水打湿了他的脚。一个男人走远几步，坐在岸边，脱下鞋子，蹚进水里；他在那儿站了一会儿，用力往后仰着头，然后又蹚水回来，穿上鞋。牧师始终唱着赞美诗，对发生的一切视而不见。

歌声刚刚停下，考尼太太就抱起贝弗尔说："听我说，牧师，我今天从城里带来一个男孩，我是他的保姆。他的妈妈病了，他希望你能为他妈妈祷告。巧的是——他的名字也叫贝弗尔！贝弗尔，"她转头看着身后的人，"和他同名。真是太巧了吧？"

人群里传来窃窃私语声，贝弗尔转身冲她背后一张张看着他的脸笑了起来。"贝弗尔！"他洋洋得意地大声说。

"听着，"考尼太太说，"你受过洗吗，贝弗尔？"

他只是笑笑。

"我怀疑他没有受过洗。"考尼太太冲牧师扬扬眉毛。

"把他抱过来。"牧师上前一步接过了他。

他把男孩抱在臂弯里，看着他笑嘻嘻的脸。贝弗尔滑稽地转着眼珠，把脸凑到牧师旁边。"我叫贝弗——尔。"他用深沉响亮的声音说，舌尖在嘴巴里打转。

牧师没有笑。他骨瘦如柴的脸上没有表情，细长的灰眼睛里映出几乎无色的天空。坐在汽车保险杠上的老头发出一阵响亮的笑声，贝弗尔紧紧拽住牧师的后领。他脸上的笑意已经不见了。他突然发现这不是在闹着玩。他住的地方一切都像是在闹着玩。但是他立刻从牧师的脸上看出来,这个人的所作所为都不是在闹着玩。"我妈妈给我取的名字。"他飞快地说。

"你受过洗吗?"牧师问。

"那是什么?"他嘀咕着。

"如果我为你施洗,"牧师说,"你就可以去往基督的国度。你会被苦难之河冲刷,孩子,你会到达生命之河的深处。你愿意吗?"

"愿意。"孩子想了想说,这样我就不用回公寓了,我要去河底下。

"你会变得和以前不同,"牧师说,"你会懂得数数。"然后他转身面对人群,开始布道,贝弗尔看到他身后,河面上散落着白晃晃的阳光碎片。牧师突然说,"好了,我现在为你施洗。"然后没有做出任何警告,就抱紧了他,把他上下颠倒了个儿,脑袋插进水里。牧师把他浸在水里,口中念诵洗礼经文,然后又猛地把他拽上来,冷冷地看着这个直喘气的男孩。贝弗尔眼前一黑,瞳孔放大。"你现在开始数数。"牧师说,"你以前都没有数过数。"

小男孩吓得哭都哭不出来。他吐了两口污浊的河水,用湿漉漉的袖子擦了擦眼睛和脸。

"别忘了他的妈妈,"考尼太太叫道,"他希望你为他妈妈祷告。她病了。"

"主啊,"牧师说,"我们为一个无法到场声明信仰的受难之人祈祷。你妈妈是生病在医院吗?"他问,"她痛苦吗?"

孩子看着他。"她还没起床呢。"他晕晕乎乎地说,"她酒还没醒。"空气凝滞了,他能听到阳光的碎片撞击着河水。

牧师看起来又怒又惊。他的脸涨得通红，天空在他的眼中暗了下来。岸上爆发出一阵狂笑，帕勒戴斯先生嚷嚷着，"呃！治好那个醉酒的苦难女人！"接着用拳头使劲砸自己的膝盖。

"他今天累了。"考尼太太和他一起站在公寓门口说，严厉地看着正在举办派对的房间。"我估计已经过了他平常睡觉的时间。"贝弗尔一只眼睛闭着，另一只半睁着；他直流鼻涕，只好张着嘴呼吸。潮了的格子外套往一边垂下来。

那个应该就是她了，考尼太太猜测，穿着黑裤子——长长的黑色缎面裤子，夹趾凉鞋，脚趾上涂着红色指甲油。她躺在半边沙发上，双腿交叉高高翘起，脑袋枕在胳膊里。她没有起身。

"你好啊，哈利。"她说，"你今天过得好吗？"她有一张苍白的长脸，头发光滑柔顺，泛着漂亮的浅黄色，直直地往后梳着。

父亲去拿钱了。屋子里还有两对夫妇。其中一个蓝紫色小眼睛的金发男人从椅子里探出身来说："哈利，伙计，今天玩得好吗？"

"他不叫哈利。他叫贝弗尔。"考尼太太说。

"他叫哈利。"她在沙发上说，"怎么会有人叫贝弗尔？"

小男孩站在那儿快睡着了，脑袋越垂越低；他突然站直了，睁开一只眼睛，另外一只还是闭着。

"他今天早上告诉我说他叫贝弗尔，"考尼太太震惊地说，"和我们的牧师同名。我们一整天都在河边听布道，看治疗。他说他叫贝弗尔，和牧师同名。他是这样跟我讲的。"

"贝弗尔！"他母亲说，"天哪！这算哪门子名字。"

"那个牧师叫贝弗尔,附近没有比他更好的牧师了,"考尼太太说,"另外,"她挑衅地说,"他今天早晨为这个孩子施了洗。"

母亲坐直起来。"真有胆子。"她嘀咕着。

"还有,"考尼太太说,"那个牧师能治病,他为你祷告了,希望你早日康复。"

"康复!"她差点叫出来,"看在基督的分儿上,康复什么?"

"你的病痛啊。"考尼太太冷冷地说。

父亲拿着钱回来了,站在考尼太太身边等着把钱给她。他的眼睛里布满红血丝。"接着说啊,接着说,"他说,"我倒要听听她的病痛。真正的病因……"他挥舞着钞票,声音低了下去。"祷告治疗倒是挺便宜……"他嘀咕着。

考尼太太站了一会儿,打量着房间,如同一具看透一切的骷髅。接着,她没有拿钱,转身带上了身后的门。父亲转过身去,暧昧地笑笑,耸耸肩。其余人都看着哈利。小男孩跟跄着朝卧室走去。

"过来,哈利,"母亲说。他眯缝着眼睛,机械地转身朝她走去。"跟我说说今天的事。"他走到她跟前,她伸手帮他脱衣服。

"我不知道。"他喃喃地说。

"你知道。"母亲感到衣服的一边比另一边重。于是她拉开内衬,接住从里面掉出来的一本书和一块脏兮兮的手帕。"这是哪儿弄来的?"

"我不知道。"他说着伸手去抢,"是我的。是她给我的。"

母亲把手帕扔在地上,高高举起书不让他够到,自己读了起来,脸上立刻露出一种夸张的滑稽表情。其他人围过来,站在她身后看。"上帝啊。"有人说。

一个男人透过厚厚的镜片仔细看了看。"这可值钱了，"他说，"是件藏品。"他抢过书来，坐回到另一把椅子里。

"别让乔治拿跑了。"他的女朋友说。

"我告诉你们，这真是件宝货。"乔治说，"一八三二年的。"

贝弗尔再次转身朝他的卧室走去。他回身关上门，在黑暗中慢慢爬向自己的床，坐下来，脱了鞋子，钻进被子里。过了一会儿，一束光映出他母亲瘦长的身影。母亲轻轻踮脚穿过房间，坐在他的床边。"那个笨蛋牧师是怎么说我的？"她低声说，"宝贝，你今天说了什么谎？"

他闭着眼睛，听到她的声音从远处传来，仿佛他沉在河底，而她则在水面上。母亲摇了摇他的肩膀。"哈利。"她俯下身来，嘴巴靠在他的耳边，"告诉我他说了什么。"她让他坐起来，他感觉自己像是从河里被拉上来的。"告诉我。"她轻声说着，酸涩的呼吸喷在他的脸上。

他在黑暗中看到她苍白的鹅蛋脸凑近在他跟前。"他说我现在不一样了，"他喃喃地说，"我会数数了。"

过了一会儿，她拽着他的衬衫前襟让他躺回枕头，俯身看了他一会儿，亲吻了他的额头。然后她起身走了，在光线里轻轻地摆动着屁股。

他醒得不早，但是公寓又暗又闷。他躺了一会儿，抠抠鼻子，揉揉眼睛。然后坐起来望向窗外。太阳惨淡地照进来，被玻璃染灰。马路对面的帝国酒店里，一个黑人清洁女工正把脸撑在抱起的胳膊上，从上面往下看。他起床，穿上鞋，上了个厕所，然后走到前厅。他从咖啡桌上找到两块抹了凤尾鱼酱的薄脆饼干，又喝了些瓶子里剩下的干姜水，找了一圈他的书，没有找到。

房间很安静，只听得见冰箱的嗡嗡声。他走进厨房，找到几块葡萄干面包头，在上面涂了半罐花生酱，然后爬上厨房的高脚凳，坐下来慢慢嚼着三明治，不时在肩膀上擦擦鼻子。吃完以后，他又找到些巧克力牛奶喝。他更想喝跟前的干姜水，但是他们把开瓶器放在他够不到的地方。他查看了一下冰箱里还剩下什么——她忘在里面的几棵缩了水的蔬菜，很多她买来以后没有来得及榨汁的橙子，已经变成了褐色；三四种奶酪，一只不知道装了什么的纸袋子；还有一根猪骨。他没有关上冰箱门，踱回了黑暗的客厅，坐在了沙发上。

他料想他们要出去，一点才能回来，都得去餐馆吃午饭。他的个子够不到桌子，侍者会搬一把高脚椅，但是高脚椅他又嫌小。他坐在沙发中间，用脚跟蹬沙发。然后他站起来，在房间里溜达，看着烟灰缸里的烟屁股，像是个习惯。他自己的房间里有图画书和积木，但是大多已经玩烂了；他发现想要得到新玩具，就要把旧的那些弄坏。不管什么时候，除了吃，他都无所事事；然而，他一点也不胖。

他决定把几个烟灰缸倒翻在地上。如果他只倒翻几个，她会以为是自己掉下来的。他倒了两个，小心地用手指把烟灰揉进地毯里。然后他在地板上躺了一会儿，研究自己举在空中的腿。他的鞋子还是湿的，他开始想起那条河。

他的表情缓缓起了变化，仿佛看到了什么他无意识中寻找的东西。突然他知道自己要做什么了。

他爬起来，踮脚走进他们的卧室，站在昏暗的光线里，寻找她的钱包。他的目光掠过她从床边垂落到地板的长长的苍白的胳膊，掠过他父亲在被子里隆起的白色身影，掠过杂乱的抽屉，看见了挂在椅背上的钱包。他从里面拿了一枚乘车币,和半包"生命拯救者"牌口香糖。然后他走出公寓,在街角上了辆车。他没有拎箱子,那里没有什么他想带着的。

他在终点站下车,走在昨天和考尼太太一起走过的路上。他知道她家里不会有人,三个男孩和一个女孩都去学校了,考尼太太告诉过他,她要去做清洁工。他经过她的院子,走向通往河边的道路。纸砖房渐行渐远,过了一会儿,泥路也走到了尽头,他不得不沿着公路边上走。浅黄色的太阳挂得高高的,天气炎热。

他经过了一间门口放着橘红色油泵的棚屋,但是没有看到坐在门口四处闲看的老头。帕勒戴斯先生正在喝一杯橘色的饮料。他喝得很慢,透过瓶子眯眼看着那个穿着格子外套的小小身影渐渐消失在路上。然后他把空瓶子放在长凳上,依然眯着眼,用袖子擦擦嘴。他走进屋里,从糖果架上拿了一根一英尺长、两英寸宽的薄荷糖棍,塞在屁股口袋里。然后上了车,慢慢开上公路去追那个男孩。

等到贝弗尔来到缀满紫色杂草的田野时,已是灰头土脸,汗流浃背了,他小跑着飞快地穿过田野,钻进树林。一钻进来,便在树木间穿梭,想要找到昨天走过的小路。终于他在松针间找到踩出来的小径,沿着它走,直到看见树木中陡峭蜿蜒的下山路。

帕勒戴斯先生把车停在路边,步行到他几乎每天都坐的地方,他握着没有装诱饵的渔线,看着河水在他跟前流淌。每个从远处看到他的人,都会以为树丛中半藏着一块古老的大卵石。

贝弗尔根本没看到他。他只看到闪烁着红黄色波光的河水,他连鞋子衣服都没有脱,就跳了进去,呛了一口水。他吞下去一点,其余的吐了出来,接着他站在齐胸高的水里,四处张望。天空是一整片清澈的浅蓝色——除了被太阳弄破的洞——底部镶嵌着树冠。他的外套浮在水面上,像一片奇异鲜艳的睡莲叶子般围在他身边,他在太阳底下微笑。他这次不打算再愚弄牧师了,他想要为自己施洗,这次一定要坚持住,直到找到基督的国度。不想再浪费时间了。他立刻把脑袋埋进水里,往前蹚去。

他立刻呛了水,脑袋重新出现在水面;再次钻了下去,还是老样子。河不接纳他。他又试了一次,起来直咳嗽。牧师把他按在水里的时候也是这样——有什么东西把他的脸往回推,他不得不和它对抗。他停下来,突然想到:这又是在闹着玩,不过是在闹着玩罢了!他想着自己走了那么远的路,却一无所获,便开始在肮脏的河里乱踢乱打。他的脚已经悬空了。他低声发出痛苦和愤怒的哀号。然后听到一声吼叫,回头看到一只肥猪似的玩意儿正挥舞着红白相间的棍子,咆哮着朝他蹚过来。他俯冲下水,这次,等待的潮汐如同一只长长的温柔的手,抓住了他,飞快地把他往下推去。一刹那间,他非常震惊,接着他飞速移动,知道自己将要去往何处,愤怒和恐惧就全都消散了。

帕勒戴斯先生的脑袋不时浮出水面。最后,老头在远远的下游站起来,两手空空,像只古老的水怪,黯淡的眼睛注视着目光所及的河水下游。

火中之圈

**A Circle**

**in the Fire**

有时候,最后一排树仿佛一堵坚固的灰蓝色墙壁,比天空略暗,但是那天下午,它们几乎是黑色的,后面的天空却是一片耀目的乌白色。"你知道那个在铁肺里生孩子的女人吗?"普里查德太太问。她和孩子的母亲站在窗户下面,孩子正往下看。普里查德太太靠着烟囱,抱着的胳膊放在凸起的肚子上,蜷起一只脚,脚尖点地。她是个高大的女人,脸尖尖的,眼神沉着,四处张望。科普太太正相反,又矮又瘦,有一张圆圆的大脸,镜片后面的黑眼睛仿佛一直睁得大大的,似乎始终处于吃惊中。她正蹲在地上拔屋子周围花坛里的野草。两个女人戴着原本一模一样的遮阳帽,但现在普里查德太太的帽子褪色了,还走了形,而科普太太的帽子还是那么硬挺,并且保持着亮绿色。

"我看过有关她的报道。"她说。

"她也是普里查德家的,嫁给了一个姓布鲁克林的,和我沾点亲——隔了七八个表亲的姻亲。"

"哦。哦。"科普太太嘀咕着,把一大捆香附子扔在身后。她专心对付杂草和香附子,仿佛它们是魔鬼直接派来摧毁这个地方的恶魔。

"因为她和我们沾点亲，我们去看了她，"普里查德太太说，"还去看了小宝宝。"

科普太太什么都没说。她已经听惯了这些悲惨的故事；她说这些故事把她消耗得疲惫不堪。普里查德太太愿意走上三十里路，就为了心满意足地看一眼随便什么人下葬。科普太太总要岔到高兴的话题上去，但是孩子发现这只会让普里查德太太心生不满。

孩子觉得空荡荡的天空像是顶着树墙，想要突围而出。旁边田野里的树如同一块块灰色和黄绿色的补丁。科普太太总是担心树林里起火。大风的晚上，她便对孩子说："主啊，祈祷不要起火，风太大了。"孩子在书后面哼唧两声，或者压根不做声，因为她太常听到这样的话了。夏天的晚上，她们坐在门廊上，科普太太便对正抓紧最后一丝光线飞快阅读的孩子说："快起来看看落日，太美了。你应该站起来看看。"孩子愠怒着脸不回答，要不就抬头瞪一眼，目光越过草地和前面两片牧场，看到灰蓝色的树木像哨兵似的排成一排，便继续看书，神情不改，有时候还嘀咕两句刻薄的话："好像着火了。你最好起来四处闻闻，看看树林有没有着火。"

"她躺在棺材里抱着宝宝。"普里查德太太继续说，但是声音被拖拉机声淹没了，黑人卡尔弗正从谷仓那边开着拖拉机过来。后面挂着一辆大车，另外一个黑人坐在后面，一路颠簸，他的双脚离地一尺，不停地晃来晃去。开拖拉机的人把车从左边绕过了通往田野的大门。

科普太太转头看到他没进大门，知道他懒得下车开门。他兜了一个大圈子，完全不为她着想。"叫他停车，到这儿来。"她大叫。

普里查德太太从烟囱边直起身子，大幅挥舞着胳膊，但是那人假装没有听到。她径直走到草坪边上嚷嚷:"我叫你下车!她要你过来!"

那人下车朝烟囱走来,每走一步都耸耸脑袋和肩膀,做出一副匆忙的模样。他脑袋上戴着一顶沾着各种汗渍的白色布帽。帽檐儿垂落,遮住了他的脸,只露出他红色眼睛的下半部分。

科普太太跪在地上,把铲子插进地里。"你干吗不走大门?"她闭着眼睛,扁着嘴,仿佛期待着听到什么荒唐的答案。

"那样就得把刀抬到割草机上去。"那人的目光落在她的左侧。她家的黑人就和香附子一样添乱,而且不讲理。

科普太太睁开眼睛的时候,眼珠像是不断放大,直到把她翻了个面。"抬起来。"她用铲子指着路。

那人走开了。

"他们什么都不当回事。"她说,"他们没有责任心。感谢上帝麻烦没有一起来。他们会毁了我。"

"是啊,没错。"普里查德太太压过拖拉机的声音嚷嚷着。那人打开门,抬起刀,一路往下开进了田野;随着大车的远去,噪声也消失了。"我没有亲眼看到她是怎样在铁肺里生小孩的。"她继续用平常的声音说。

科普太太继续弯腰专心地处理香附子。"我们真是有很多值得感恩的事情。"她说,"每天你都要做感恩祈祷。你这样做吗?"

"是啊。"普里查德太太说,"她生孩子前四个月就在那玩意儿里面了。要是换作我的话,我就不生了……你觉得他们……"

"我每天都做感恩祈祷。"科普太太说。"主啊,感谢我们拥有的一切,"她说着叹了口气,"我们什么都不缺。"然后她看了看自己肥沃的牧场，郁郁葱葱的山丘，摇了摇头，仿佛头是个累赘，要把它从背上摇下来。

普里查德太太看了看林子。"我有的只是四颗烂牙。"她说。

"哦，那你应该庆幸没有第五颗。"科普太太猛地折断一把野草扔在身后，"龙卷风一来，我们可能都得完蛋。我总能找到值得感恩的事情。"

普里查德太太抓起一把靠在屋子旁边的锄头，随手砍向烟囱砖块间生出来的杂草。"我想你是可以的。"她不屑地说，鼻音比平常重了一些。

"哎呀，想想那些可怜的欧洲人吧。"科普太太继续说，"他们像牲口一样挤在货车里，一路被运到西伯利亚。主啊，"她说，"我们应该花一半的时间跪下来祈祷。"

"我觉得换作我待在铁肺里，有些事情我可不会做。"普里查德太太说，用锄柄挠了挠脚踝。

"就连那个可怜的女人也有值得感恩的事情。"科普太太说。

"她应该感恩自己没死。"

"当然。"科普太太用铲子指着普里查德太太说，"我这儿是郡里打理得最好的地方，你知道为什么？因为我干活。我得干活才能维持这个地方，干活才能保住这儿。"她挥着铲子强调着每个字眼，"我不让任何事情抢在我前头，我也不太找麻烦。麻烦来的时候我就对付过去。"

"如果有时候麻烦事一起来呢？"普里查德太太说。

"不会一起来的。"科普太太厉声说。

孩子远远望着泥路和公路交会的地方。她看见一辆皮卡停在大门口，三个男孩从车里下来，沿着粉红色的泥路往这边走来。他们排成一溜，中间的男孩侧着身子，提着一只小猪形状的黑色旅行箱。

"哦，如果真是这样，"普里查德太太说，"那你什么都做不了，只能缴械投降。"

科普太太没有回答。普里查德太太抱着胳膊，眺望着道路，像是可以轻轻松松看到茂密的小山被夷为平地。这会儿她看见三个男孩已经快要走到屋前的小道上了。"看啊，"她说，"他们是谁？"

科普太太往后靠了靠，一只手撑在地上，打量着三个男孩。他们朝她们走来，像是打算径直从房子旁边走过去。提着箱子的男孩现在走到了最前面。在离科普太太四英尺远的地方，他终于站住，放下箱子。三个男孩长得差不多，只有中等个子的男孩戴着银边眼镜，提着箱子。他的一只眼睛稍微有些斜视，目光像是同时望着两个方向，把两个女人都围了起来。他的运动衫上印着一艘褪色的驱逐舰，但是他的胸口下陷，于是驱逐舰从中间断开，像是要沉下去了。他的头发汗津津地粘在额头上。他看上去大概十三岁。三个男孩都有着浅色眼珠，目光锐利。"我猜您已经不认识我了，科普太太。"他说。

"你确实有点面熟。"她嘀咕着，打量着他，"我想想……"

"我爸爸曾经在这儿干活。"他提示她。

"博伊德？"她说，"你爸爸是博伊德先生，你是杰西？"

"不是。我是老二鲍威尔，后来只有我还长了点个儿，我老爸他已经死了。死了。"

"死了。我的天哪。"科普太太说，好像死亡总是不同寻常，"博伊德先生怎么了？"

鲍威尔的一只眼睛像是把这个地方看了个遍，打量着房子、后面的白色水塔、鸡棚，还有从两边一直延伸到树林边缘的牧场。另一只眼睛则注视着她。"他死在佛罗里达。"他踢着地上的旅行箱。

"我的天哪。"科普太太嘀咕着。过了一会儿她说,"你妈妈好吗?"

"改嫁了。"他盯着自己踢箱子的脚。另外两个男孩不耐烦地看着她。

"你们现在住在哪儿?"科普太太问。

"亚特兰大,"他说,"你知道的,在一个开发区里。"

"我明白了,"科普太太说,"我明白了。"过了一会儿她又说了一遍,然后她终于开口问,"那两个男孩是谁?"说着朝他们笑笑。

"这是加菲·史密斯,这是W.T.哈珀。"他先指了指身后大个子的男孩,又指了指小个子的。

"你们好啊。"科普太太说,"这是普里查德太太。普里查德夫妇眼下在这儿工作。"

普里查德太太亮晶晶的眼睛紧盯着他们,他们却视而不见。三个人就干站在那儿等着,看着科普太太。

"好啦,好啦,"科普太太瞥了一眼地上的箱子,"你们能过来看看我真是太好了,我觉得你们都是好心肠。"

鲍威尔的眼神像一把钳子似的夹痛了她。"回来看看你过得怎样。"他哑声说。

"听我说,"最小的男孩说,"他一直跟我们说起这个地方。说这儿应有尽有。说这儿还有马。说他在这儿度过了一生中最好的时光。他一直说起这里。"

"说起这个地方真是说个不停。"大个子的男孩嘟哝着,伸出胳膊来回蹭着鼻子,像是要把说出来的话都遮住。

"总是说他在这儿骑过的马,"小男孩继续说,"说他以后也会让我们骑。说有一匹马的名字叫吉恩。"

科普太太一直很担心有人在她的地盘上受伤,起诉她,让她赔个倾家荡产。"它们没钉马掌,"她飞快地说,"确实有一匹叫吉恩,但是它已经死了,我恐怕你们不能骑马,你们可能会受伤。马很危险。"她语速飞快。

大个子男孩一屁股坐在地上,发出不满的咕哝,从网球鞋里往外面扒拉小石子。小男孩迅速地东张西望,而鲍威尔则盯着她,一言不发。

过了一会儿小男孩说:"太太,你知道有一回他怎么说吗?他说他死的时候,想回到这儿来!"

科普太太一时愣住了,涨红了脸;接着露出痛苦的神情,她意识到这些孩子饿了。他们瞪着她是因为饿了!她差点喘着粗气喷到他们脸上,然后她马上问他们想不想吃东西。他们说想,但是不为所动,表情沉着,不满,完全没有高兴起来。他们似乎已经习惯挨饿了,而且这不关她的事。

楼上的孩子已经兴奋得涨红了脸。她跪坐在窗户旁边,窗台上只露出眼睛和额头。科普太太让男孩到房子的另一头来,那儿摆着躺椅,她引路,普里查德太太跟在后面。孩子穿过走廊,从右侧卧室奔到左侧卧室,挨着房子另外一边的窗户往下看,那儿放着三把白色躺椅,两棵榛树之间还挂着一个红色的吊床。她十二岁,是个皮肤苍白的胖女孩,总是皱眉眯眼,一张大嘴里箍着银色的牙套。她蹲在窗户旁边。

三个男孩绕过屋角,大个子的一屁股坐进吊床,点起一个烟屁股。小男孩在黑色旅行箱旁边的草地里滚来滚去,把脑袋搁在箱子上,鲍威尔挨着一把躺椅的边坐下，似乎想把整块地方都看在眼里。孩子听见她母亲和普里查德太太在厨房里小声说话。她站起来，来到走廊，靠在一根栏杆上偷听。

科普太太和普里查德太太四脚相对站在后廊上。"那些可怜的孩子饿了。"科普太太低声说。

"你看见那个箱子了？"普里查德太太问，"如果他们打算在这儿过夜怎么办？"

科普太太轻呼一声。"我不能让三个男孩单独跟我和莎莉·弗吉尼亚待在一起。"她说，"我肯定，他们吃饱了就会走。"

"我只知道他们带着箱子。"普里查德太太说。

孩子赶紧回到窗边。大个子男孩正四仰八叉躺在吊床上，手腕交叉枕在脑袋后面，嘴里叼着烟屁股。科普太太端着一盘薄饼干从屋角走过来的时候，他吐出的烟头划过一道弧线。科普太太顿时停下脚步，像是一条蛇抛在了她跟前。"艾许菲尔德！"她说，"把烟头捡起来。会着火的。"

"他叫加菲。"小男孩愤愤地说，"他叫加菲。"

大个子男孩一言不发地爬起来，满地乱找。他拾起烟屁股，放进口袋，背对她站着，盯着自己前臂上的一个心脏文身。普里查德太太一手里握着三瓶可口可乐的瓶颈走过来，给了他们每人一瓶。

"我记得这儿的一切。"鲍威尔看着瓶口说。

"你们离开以后去了哪儿？"科普太太问完把一盘薄饼干放在椅子扶手上。

鲍威尔看着饼干，却一块都没拿。他说："我记得有一匹马叫吉恩，还有一匹叫乔治。我们去了佛罗里达,然后你知道的,我老爸死了,接着我们去了我姐姐那儿,然后你知道的,妈妈改嫁了,我们就一直待在那儿。"

"吃点饼干吧。"科普太太在他对面的椅子里坐下。

"他不喜欢亚特兰大。"小男孩直起身来,随便拿了一块饼干,"除了这里,他从没喜欢过任何地方。我来跟你说说他是怎么样的吧,我们在开发区那儿好好地打球,他突然就不打了,说,'妈的,那儿有匹叫吉恩的马,如果它在这儿,我就要骑着它把这块水泥地踩碎!'"

"我敢肯定鲍威尔不会这么说话,是吧,鲍威尔?"科普太太说。

"不会,太太。"鲍威尔说。他的脑袋彻底转向一旁,像是在聆听田野里马儿的动静。

"我不喜欢这种饼干。"小男孩说着把饼干放回盘子里,站起身来。

科普太太在椅子里换了个姿势。"这么说你们住在漂亮的新开发区里,是吧。"她说。

"你只能靠味道来判断哪匹马是你的。"小男孩主动说。"它们有四层楼高,十匹,一匹挨着一匹。我们去看看马儿吧。"他说。

鲍威尔对着科普太太露出痛苦的表情。"我们想在您的谷仓里过一夜。"他说,"我们的叔叔开皮卡把我们大老远地带过来,他明天早晨会再来接我们。"

科普太太好一会儿没有说话,窗边的孩子想:她就要从椅子里跳起来去砸那棵树了。

"唔,我觉得这样可不行。"她突然站起来,"谷仓里都是干草,我担心你们抽烟会引起火灾。"

"我们不会抽烟的。"小男孩说。

"抱歉我还是不能让你们在那儿过夜。"她重复了一遍,像是有礼貌地和一个歹徒讲话。

"好吧,那我们就在树林里搭帐篷好了,"小男孩说,"反正我们带着毯子呢。就在那个箱子里。就这样吧。"

"树林里!"她说,"哦,不行!现在树林里很干燥,我不能让人在我的树林里抽烟。你们得在田野里搭帐篷,房子旁边的田野里,那里没有树。"

"在那里她还能监视我们。"孩子轻声说。

"她的树林。"大个子男孩嘀咕着,爬下吊床。

"我们就睡在田野里好了。"鲍威尔说,但好像并不是特别对她说的,"我下午就带他们去看看。"另外两个男孩已经走开了,他跳起来赶上他们,剩下两个女人坐在箱子两边。

"没有说谢谢你,什么都没说。"普里查德太太说。

"我们给他们吃的东西,他们碰都不碰。"科普太太用受伤的口吻说。

普里查德太太觉得他们可能是不喜欢软饮料。

"他们**肯定**是饿了。"科普太太说。

日落时他们走出林子,脏兮兮,汗涔涔,跑到后廊来要水喝。他们没有要吃的,但是科普太太看得出来他们很想要。"我只有一点冷的珍珠鸡,"她说,"你们要不要来点珍珠鸡和三明治?"

"我才不要吃珍珠鸡这种秃脑袋的玩意儿,"小男孩说,"我吃鸡和火鸡,但是不吃珍珠鸡。"

"连狗都不爱吃。"大个子男孩说。他脱了衬衫,塞在裤子后面,看起来像条尾巴。科普太太小心翼翼地不朝他看。小男孩的胳膊上有道口子。

"我叫你们不要骑马,你们没骑吧?"她怀疑地问,他们齐声回答:"没有,太太!"声音响亮热烈,像是在乡村教堂里说阿门。

她进屋为他们准备三明治,一边做,一边在厨房里和他们说话,问他们的父亲是干吗的,他们有多少兄弟姐妹,他们在哪儿上学。他们的回答简短暴躁,互相推搡着肩膀,笑着挤成一团,好像这些问题隐含她不知道的深意。"你们学校里是男老师还是女老师?"她问。

"都有,还有些你看不出男女。"大个子男孩大声说。

"你母亲工作吗,鲍威尔?"她飞快地问。

"她问你妈工作不工作!"小男孩叫起来。"他脑子里只有马,他只看得到马。"他说,"他妈在工厂里干活,让他照看家里其他小孩,但是他根本不上心。我告诉你吧,太太,有一回他把他小弟弟装在盒子里,放在了火上。"

"我相信鲍威尔不会那么干。"她端着一盘三明治走出来,把盘子放在台阶上。他们立刻把盘子里的东西吃得精光,于是她拾起盘子,端着站在那儿,望着太阳在他们跟前沉落,快要落到那排树的树梢上了。烈焰般的太阳膨胀着,悬在一张参差不齐的云朵织成的网上,像是随时都会把网烧穿,坠入树林。孩子透过二楼的窗户看到她哆嗦了一下,两只胳膊放回了身侧。"我们有很多需要感恩。"她突然用悲伤惊叹的口吻说,"你们每晚都为上帝给与你们的一切感谢他吗?你们为每件事情感谢他吗?"

这番话让他们突然安静下来。他们咬着三明治,却好像胃口全无。

"你们感恩吗?"她追问。

他们安静得像躲起来的小偷,默默地嚼着。

"唔,我是会感恩的。"她终于说完,转身回到房子里,孩子看见男孩们的肩膀耷拉下来。大个子迈开步子,似乎刚刚从陷阱里逃出来。阳光猛烈,像是要把眼前的一切都点着。白色的水塔泛着粉色光芒,青草绿得不自然,仿佛就要变成玻璃。孩子突然远远探出脑袋,大声说"乌啦啦",翻着白眼,把舌头吐得长长的,一副快要呕吐的模样。

大个子男孩抬头看到了她。"天哪,"他叫道,"还有一个女人。"

孩子从窗口缩了回去,背靠墙壁站着,眯着眼睛狠狠看过去,像是被人扇了一巴掌却不知道是谁干的。他们一离开台阶,她就下楼来到厨房里,科普太太正在那儿洗碗。"要是我在下面碰见那大个儿的,我要把他打开花。"孩子说。

"你离那些男孩远点。"科普太太猛地回头说,"淑女不把别人的脑袋打开花。你离他们远点,他们明天早上就走了。"

但是到了早上他们没走。

科普太太吃完早饭走出门廊时,他们正围在后门周围,踢着台阶。他们闻见了她早饭时吃的培根味儿。"啊呀!"她说,"我以为你们已经去找叔叔了呢。"他们还是一副饿坏了的表情,她昨天还觉得为难,今天却感到有点生气。

大个子男孩立刻转过身去,小男孩蹲到地上开始扒拉沙子。"我们没有去。"鲍威尔说。

大个子男孩转过头来,刚好能看到她一小截身子,"我们不会打扰你的。"

他看不到她瞪大的眼睛,却能感觉到她意味深长的沉默。过了一会儿她变了一种口吻说:"你们要吃早饭吗?"

"我们自己有足够吃的,"大个子男孩说,"我们不要你的东西。"

她目不转睛地看着鲍威尔。他瘦削苍白的脸像是面对着她,却并没有真地看到她。"我很高兴你们待在这儿,"她说,"但是希望你们能注意自己的言行。希望你们能像绅士一样。"

他们站在那儿,每个人都望着不同的方向,像是在等她离开。"毕竟。"她突然高声说,"这是我的地盘。"

大个子男孩发出些含糊的嘀咕声,他们转身朝谷仓走去,留下一脸震惊的她,仿佛半夜被一束探照灯打在身上。

不一会儿,普里查德太太过来站在厨房门口,脸颊贴在门框上。"我猜你应该知道他们昨天整个下午都在骑马,"她说,"从马具屋里偷了一副马笼头,没用马鞍就骑出去了,因为霍利斯看到他们了。他昨晚九点把他们从谷仓里赶了出去,今天早上又把他们赶出牛奶房,他们满嘴都是牛奶,像是把罐子里的都喝光了。"

"我受不了了。"科普太太站在水斗边,垂在身侧的双手紧握成拳。"我受不了了。"她的表情就和拔野草时一模一样。

"你完全没办法。"普里查德太太说,"我料想你得留他们一个星期,等到学校开学。他们可能只想在乡下度个假,你除了袖手旁观,没别的办法了。"

"我才没有袖手旁观。"科普太太说,"叫普里查德先生把马都关进马厩。"

"他已经照办了。你收留的那个十三岁男孩坏得很,不逊于一个年纪是他两倍的男人。你摸不透他的招数，永远也不知道他接下去要干吗。今天早晨霍利斯看到他们在牛棚后面，大个子的男孩问他们能不能在这儿洗澡，霍利斯说不行，还说你不准他们把烟屁股扔在树林里，他说，'树林又不是她的。'霍利斯说，'她也有份。'接着那个小男孩说，'天呀，上帝的树林，她也有份啊。'然后那个戴眼镜的说，'我觉得连头上的天空她也有份吧。'那个小男孩又说，'天空都是她的，她不同意的话连飞机都飞不过来。'然后大个子说，'我从没见过哪个地方有那么多该死的女人，你怎么受得了？'霍利斯说那会儿他已经受够了他们的夸夸其谈，他转身走了，连个招呼都没打。"

"我去告诉那些男孩，他们可以坐牛奶车走。"科普太太说着从后门走了出去，把普里查德太太和孩子留在厨房里。

"听我说，"孩子说，"我可以更快地搞定他们。"

"什么？"普里查德太太嘀咕着，斜眼看了她一会儿，"你怎么搞定？"

孩子把两只手握在一起，做出扭曲的表情，像是要掐死什么人。

"他们弄死你还差不多。"普里查德太太心满意足地说。

孩子离开她，回到楼上的窗户边，低头看到她母亲正从三个男孩身边走开，他们蹲在水塔旁，从一个饼干盒子里拿东西吃。她听到母亲回到厨房说："他们说会坐牛奶车走，怪不得他们不饿——箱子里装了半箱吃的。"

"多半全都是偷来的。"普里查德太太说。

牛奶车一来，三个男孩便不见踪影，但是车一开走，他们三张脸又出现了，从牛棚顶上的天窗往外张望。"这算什么？"科普太太叉着腰站在楼上的一扇窗户旁边，"不是我不愿意收留他们——看看他们的态度。"

"你从没满意过任何人的态度,"孩子说,"我去叫他们在五分钟内滚蛋。"

"你不许靠近那些男孩,听到没有?"科普太太说。

"为什么?"孩子问。

"我过去和他们谈谈。"科普太太说。

孩子来到窗边,过了一会儿她看到母亲朝牛棚走去,绿色的硬帽子在阳光下一闪一闪。三张脸立刻消失在天窗,转瞬大个子男孩冲出场院,后面跟着另外两个男孩。普里查德太太来了,两个女人朝男孩们逃遁的树林走去。不久两顶遮阳帽消失在树林里,而三个男孩从左边跑了出来,从容地穿过田野,钻进另一片树林。等到科普太太和普里查德太太来到田野时,那儿空荡荡的,她们只能再次徒劳而返。

科普太太回家没多久,普里查德太太便嚷嚷着跑过来。"他们把牛放出来了!"她大叫,"把牛放出来了!"很快她身后便跟来一头黑牛,从容漫步,脚边还有四只嘶嘶叫唤的鹅。直到有人来驱赶它,它才发起火来,普里查德先生和两个黑人花了半个小时才把它重新赶回牛棚。男人们忙着的时候,男孩把三辆拖拉机的油放了,然后又再次消失在树林里。

科普太太的两边额角都暴出青筋,普里查德太太满意地看着。"我告诉过你,"她说,"你根本拿他们没办法。"

科普太太匆匆吃了午饭,完全没注意到自己还戴着遮阳帽。一听到声响,她就跳起来。普里查德太太吃完午饭便立刻过来说:"你想知道他们现在在哪儿吗?"露出一副无所不知、得意扬扬的微笑。

"我现在就要知道。"科普太太快要变得和军人一样警觉了。

"他们在路的尽头，朝你的信箱砸石头。"普里查德太太舒服地靠在门上，"差不多快把它砸下来了。"

"上车。"科普太太说。

孩子也上了车，她们三个人开车到了大门口。男孩们正坐在公路另一边的路堤上，隔着马路用石头瞄准信箱。科普太太几乎把车停在他们鼻子底下，抬头往车窗外看。三个男孩看着她，像是从没见过她似的，大个子男孩脸色愠怒，小男孩眼睛亮亮的，毫无笑意，鲍威尔无精打采地悬空坐在那儿，眼睛透过镜片看着两个方向，衬衫上的驱逐舰破破烂烂。

"鲍威尔，"科普太太说，"你母亲肯定为你感到羞耻。"接着她停下来，等待着自己的话产生效果。他的脸微微有些扭曲，但是他的视线依然穿过她，不知道望着哪里。

"我忍无可忍了，"科普太太说，"我一直努力对你们好。难道我对你们不好？"

他们就像三座雕像，只有大个子几乎嘴都不张地说："我们压根没在您那边的路上，太太。"

"你根本拿他们没办法。"普里查德太太大声嘘道。孩子坐在靠近路边的后座上。她脸上一副愤怒的表情，但是她始终没有探出头去，所以他们没看到她。

科普太太一字一顿慢慢地说："我觉得自己对你们够好了。我给你们吃过两顿饭。现在我要去城里了，要是我回来的时候你们还在这儿，我就报警了。"她说完开车走了。孩子飞快地回头从后窗看出去，三个男孩一动不动，连头都没转一下。

"你现在彻底激怒他们了,"普里查德太太说,"说不准他们会做出些什么来。"

"我们回来的时候他们已经走了。"科普太太说。

普里查德太太受不了虎头蛇尾。她不时需要些刺激来维持平衡。"我认识一个人,他的老婆出于好意收养了一个孩子,结果却被这个孩子毒死了。"她说。她们从城里回来的时候,男孩们已经不在路堤上了,她说,"我宁愿在这儿看到他们的。看到他们就知道他们在做什么了。"

"真可笑。"科普太太嘀咕着,"我吓到他们了,他们已经走了,我们还是忘了他们吧。"

"我忘不了他们。"普里查德太太说,"就算他们的箱子里藏着把枪我也不会觉得奇怪。"

科普太太一向为自己能操控普里查德太太的想法而骄傲。普里查德太太看到迹象和征兆时,她却平静地把它们当成凭空想象,但是这个下午她的神经紧绷,她说:"我已经受够了。那些男孩走了,事情到此为止吧。"

"好吧。我们走着瞧。"普里查德太太说。

这天下午之后,一切都静悄悄的,但是到了晚饭时间,普里查德太太过来说她听到猪圈附近的灌木丛里传出邪恶的高声大笑。像是恶魔的笑声,满满的恶意,她亲耳听到的,三次,确凿无疑。

"我什么都没听到。"科普太太说。

"等天一黑,我就去找他们算账。"普里查德太太说。

那天晚上,科普太太和孩子一起坐在门廊里,直到将近十点,什么都没发生。唯一的声响是树蛙发出来的,还有一只待在黑暗中越叫越快的夜鹰。"他们走了，"科普太太说，"可怜的家伙。"接着她对孩子说她们应该多么感恩，因为她们可能原本自己会住在开发区里，她们可能是黑人，也可能待在铁肺里，或者像牛羊一样被塞在货车里，和那些欧洲人一样。她用低沉的声音开始祷告，孩子没有聆听，她竖着耳朵等待着黑暗中传来突然的尖叫。

第二天早晨男孩们依然不见踪影。堡垒似的树木呈现出花岗石般坚硬的蓝色，风刮了一夜，浅金色的太阳升起来了。四季更迭。即便是最小的天气变化也让科普太太心怀感恩，但是换季时，她却因为幸运地摆脱了追逐她的一切而害怕起来。有时候当一件事情结束，而另外一件事情尚未开始时，她会把注意力转向孩子。孩子在裙子外面套了条工装裤，把一顶男式毡帽尽量压低，然后往腰间饰有花纹的枪套里塞了两把手枪。帽子很紧，把她的脸都勒红了。帽檐儿差不多遮到了她的眼镜上。科普太太苦闷地看着她。"你干吗要把自己弄得像个白痴？"她问，"要是有人来怎么办？你什么时候才能长大？你以后要变成什么样？我看着你就想哭！有时候你看着就像是普里查德太太生的！"

"别管我。"孩子恼怒地高声说，"别管我。别管我了。我不是你。"接着她向树林走去，她向前探着脑袋，两只手各握一把枪，像是在跟踪敌人。

普里查德太太悻悻地过来，因为她没有什么不幸的事情可说。"今天我脸上疼，"她想要挽回些面子，"那些牙齿。每颗都像一粒疖子。"

女孩冲进树林里，脚下的落叶发出不祥的声响。太阳升起来了一些，像一个白色的洞口，风从那儿逃逸，逃到一片比自己更暗沉的天空，树梢在光照下显得黑漆漆的。"我要一个个地抓住你们，把你们打得鼻青脸肿。列队，列队！"她经过一排有她四倍高的松树，朝光秃秃的树干挥舞着手枪。她不断往前走，自言自语，粗声咕哝，偶尔用一把枪打开挡道的树枝。不时停下来拍掉衬衫上的刺藤，嘟哝着："别管我，我告诉你，别管我。"用枪托把刺藤打断，继续赶路。

这会儿她坐在树桩上凉快凉快，但是双脚谨慎地牢牢踩在地上。她几次抬起脚，又放下，用力在泥土里蹑来蹑去，像是要把脚下的什么东西蹑碎。突然她听到一阵大笑。

她坐直起来，头皮发麻。又是一阵大笑。她听到溅水声，站了起来，不确定该往哪边跑。她离树林和后牧场的交界处不远。她慢慢朝牧场走去，小心不发出声音，突然来到了牧场边，看到不足二十英尺远的地方，三个男孩正在牛的水槽里洗澡。他们的衣服叠放在黑色的箱子上，从贮水池边上流出来的水溅不到那里。大个子男孩站着，小男孩想要爬到他的肩膀上。鲍威尔坐着，透过溅着水花的镜片直直望着前方。他没有注意到另外两个人。透过他湿漉漉的镜片看去，那些树一定像是绿色的瀑布。孩子半藏在一棵松树后面，侧脸贴着树皮。

"能住在这儿就好了！"小男孩嚷嚷着，用膝盖夹紧大个子的脑袋保持平衡。

"幸好我他妈的不这么想。"大个子喘着气，跳起来驱赶他。

鲍威尔一动不动地坐着，像是不知道另外两个男孩就在他身后，仿佛从棺材里跳出来的鬼魂一样直视前方。"如果这个地方不复存在，"他说，"你们就永远也不会想着它了。"

"听着，"大个子男孩悄无声息地坐进水里，小男孩还是趴在他的肩膀上,"这个地方不属于任何人。"

"它是我们的。"小男孩说。

躲在树后的孩子没有动弹。

鲍威尔从水槽里跳出来,开始奔跑。他绕着田野跑,像是身后有什么东西在追他,当他再次经过贮水池时,另外两个男孩也跳了出来,与他一起追逐,太阳照耀着他们长长的潮湿的身体。大个子跑得最快,是领头的。他们绕着田野跑了两圈,终于在衣服旁边躺下,肋骨一起一伏。过了一会儿,大个子哑着嗓子说:"你们知道如果有机会的话,我会拿这个地方怎么样吗?"

"不知道,怎么样?"小男孩坐起来,全神贯注地听他讲。

"我要在这儿造一个大大的停车场,或者其他什么。"他咕哝着。

他们开始穿衣服。太阳在他的镜片上留下两个白色光斑,遮蔽了他的眼睛。"我知道该怎么做。"他说。他从口袋里掏出一个小小的东西给他们看。他们坐在那儿足足看了一分钟。然后他们什么话都没说,鲍威尔拎起箱子,他们起身经过孩子身旁,钻进树林,离她站的地方不过十英尺远,现在她往树旁边挪了一小步,树皮在她半张脸上留下红一道白一道的印子。

她茫然地看着他们停下脚步,把身上所有的火柴收拢起来,点燃了灌木丛。他们欢呼、喊叫,用手拍打着嘴巴,不一会儿,一条窄窄的火线就在她和他们中间蔓延开了。她看见火苗蹿到了灌木上,卷住了最低矮的树枝,紧咬不放。风把火苗越扇越高,男孩们尖叫着消失在火焰后面。

她转身想要穿过田野,但是双腿太沉了,于是她站在那儿,感觉到一种从未有过的、无法排解的痛苦重重地压在身上。但是她终于还是撒开腿跑了起来。

科普太太和普里查德太太站在谷仓后面的田野里，科普太太看到牧场对面的树林里冒出浓烟。她尖叫起来，普里查德太太指着路上步履蹒跚的女孩，女孩一边跑一边嚷嚷着："妈妈，妈妈，他们要在这儿造一个停车场！"

科普太太叫黑人帮忙，普里查德太太也接到命令，呼叫着沿路往下跑。普里查德先生从谷仓里跑出来，场院里的两个黑人正在往施肥机里装粪便，也拿起铲子朝科普太太那儿跑去。"快点，快点！"她嚷嚷着，"往那儿撒土！"他们经过她身边，几乎看都不看她一眼，慢慢地穿过田野往浓烟处跑去。她跟在他们身后跑了一小会儿，尖叫着："快点，快点！你们没看到吗！你们没看到吗！"

"我们跑到那边，火会烧过来的。"卡尔维说，他们往前探了探肩膀，继续用相同的速度前进。

孩子在她母亲身边停下，抬头看着她的脸，像是从没见过她。那张脸上有她刚刚感觉到的痛苦，但是对她母亲来说，这种痛苦仿佛是固有的，似乎每个人都会经历，不管是黑种人、白种人，还是鲍威尔他自己。女孩飞快地转头，在黑人缓缓奔跑的身影后面，看到一股浓烟正在坚实的树木间肆意上升、变粗。她紧张地站在那儿，侧耳细听，只能远远地听到一些野蛮的欢叫声，仿佛先知们正在熔炉里跳舞，天使为他们在火中辟出了圆圈。

流离失所
的人

The
Displaced
Person

一

肖特利太太打算站在山上，孔雀跟着她一路上山。她和孔雀一个在前，一个在后，看上去像一列完整的队伍。她抱着胳膊，爬上山顶，就仿佛成了伟大的农妇：发现危险的征兆便出来看看出了什么事。她怀着山脉般的雄伟自信，用两条粗壮的腿站立着，身躯如同狭长坚实的花岗岩，两道冰蓝色的目光直刺前方，探究一切。午后炽白的太阳佯装成入侵者，匍匐在参差的云层后面，她对这些视而不见，注视着由公路岔出来的红泥路。

孔雀停在她身后，它的尾巴——在阳光下闪烁着金绿和蓝色的光泽——稍稍翘起，刚好不拖到地面。两侧的羽翼如同飘浮的裙裾般伸展，脑袋在蓝色芦秆似的长脖子上向后望着，仿佛被远处只有它能看见的什么东西吸引。

肖特利太太看见一辆黑色汽车开出公路驶入大门。差不多十五英尺远的工具屋附近，阿斯特和萨尔克这两个黑人停下手里的活看着。他们躲在一棵桑树后面，但是肖特利太太知道他们在那儿。

麦克英特尔太太走下台阶来迎接那辆车。她绽放着大大的笑容，但即便肖特利太太隔了这么远，还是能察觉到她的不安。来的人只不过是雇来做帮工的，就像肖特利他们一家，或者黑人们一样。但是这个地方的主人却亲自出来迎接。看看她，穿着最好的衣服，戴着一串珠子，这会儿正咧着嘴奔出来。

车在走道前停下，她也停下。神父第一个下车。他是个长腿老头，身穿黑衣，头戴白帽，反系着领结，肖特利太太知道，当神父希望被认出是神父的时候，就会这样打扮。这些人正是这位神父安排来的。他打开后车门，跳出来两个孩子，一个男孩和一个女孩，接着，缓缓走出来一个棕色皮肤、花生形身材的女人。然后前门打开了，走出来一个男人，那个难民。他很矮，背有点凹陷，戴着副金框眼镜。

肖特利太太的视线先是聚焦在他身上，然后又扩展到了女人和两个孩子的全景。最先让她感到特别奇怪的是，他们和其他人没什么不同。之前她每次想象他们，脑海中都会出现三只熊，走成一溜，脚蹬荷兰木鞋，头戴水手帽，身穿系着很多纽扣的鲜艳外套。但是那个女人穿着的衣服她自己也会穿，孩子们也穿得和周围其他人没什么两样。男人穿着卡其布裤子和一件蓝衬衫。当麦克英特尔太太向他伸出手时，他突然弯腰亲吻了那只手。

肖特利太太猛地抬手捂住了嘴，又立刻放下，兴奋地在屁股上搓来搓去。如果肖特利先生要吻她的手，麦克英特尔太太肯定把他痛打一顿，不过反正肖特利先生也不会吻她。他没空四处勾搭。

她眯眼细看。男孩站在人群中间讲话。他大概是那家人里最会说英语的，在波兰学了一点，于是他听他父亲说波兰语，翻成英文，再听麦克英特尔太太说英文，翻成波兰语。神父告诉麦克英特尔太太男孩名叫鲁道夫，十二岁，女孩名叫史莱吉韦格，九岁。史莱吉韦格在肖特利太太听来就像是一只虫子的名字，反过来也一样，好比你叫一个男孩鲍尔维威尔。他们的姓都只有他们自己和神父才能念得出来。肖特利太太只听到什么格波胡克。她和麦克英特尔太太在为他们的到来做准备时，整整一星期都管他们叫格波胡克一家。

为了迎接他们，准备工作可真不少，因为他们自己什么都没有，连一件家具、一条床单和一只碗都没有，所有的东西都得从麦克英特尔太太自己废置不用的物件里拼凑。她们从这儿搜罗到一件不成套的家具，又从那儿搜罗到一件，再把印花的鸡饲料麻袋做成窗帘，因为红色麻袋不够，就做了两块红的，一块绿的。麦克英特尔太太说她没多少钱，买不起窗帘。"他们不会说闲话。"肖特利太太说，"你以为他们能认得出颜色？"麦克英特尔太太说过，这些人经历了那么多事情以后，应该对获得的任何东西都心怀感恩。她说，想想看，他们交了多大的好运才能从那边逃到这儿来。

肖特利太太想起曾经看过一部新闻短片，光着身子的尸体在一间小小的屋子里堆成小山，胳膊和腿缠在一起，一个脑袋耷拉在这儿，一个脑袋挤在那儿，一只脚，一个膝盖，应该被盖住的部分支棱了出来，一只举起的手里什么都攥不住。你还没有来得及意识到这一切都是真的，并且记在头脑中，画面就变了，一个空洞的声音说："时光飞逝！"这样的事情每天都在欧洲发生，那里不如美国发达，肖特利太太怀着优越感，突然冒出这样的念头，他们格波胡克一家就像是带着伤寒病毒的老鼠，会直接把所有杀人的法子都远渡重洋带到这里。如果他们在那儿经历过这样的遭遇，谁能保证他们不会对其他人如法炮制？这个问题的宽泛度差点吓到了她。她的胃像小腹中发生地震一般微微抽搐，她不由自主下山，前去接受介绍，像是打算立刻探究出他们的勾当。

她走上前去，挺着肚子，仰着脑袋，抱着胳膊，靴子轻轻地拍打着粗壮的双腿。距离那群比手画脚的人十五英尺远处，她停下脚步，注视着麦克英特尔太太的后颈，让他们意识到她的存在。麦克英特尔太太是个六十岁的矮个儿女人，长着一张皱巴巴的圆脸，红色的刘海几乎盖住两条描得高高的橘红色眉毛。她有一张小小的娃娃嘴，睁大眼睛的时候，眼珠是淡蓝色的，但是她眯起眼睛检查牛奶罐时，却像是钢铁或花岗岩。她死了一个丈夫，离过两次婚，肖特利太太尊敬她，没人能糊弄她——哈哈，或许除了肖特利一家。她伸手指指肖特利太太，然后对鲁道夫说："这是肖特利太太。肖特利先生是我的牛奶工。肖特利先生呢？"肖特利太太仍然抱着胳膊走上前来，麦克英特尔太太说："我想让他见见古扎克一家。"

现在又变成古扎克了。她不想当面叫他们格波胡克。"强西在谷仓里，"肖特利太太说，"他可不像那些黑人，没工夫在灌木丛里休息。"

她的视线先是掠过这群难民的头顶，然后慢慢往下盘旋，如同滑翔在空中的秃鹰，直到找到尸体的残骸。她站得远远的，这样那个男人就没法亲吻她的手。他用绿色的小眼睛直愣愣地看着她，咧开一个大大的微笑，嘴里的一边没有牙齿。肖特利太太不苟言笑，把注意力转向那个站在母亲身边晃着肩膀的小女孩。她长长的头发编成两根羊角辫，她虽然有个虫子的名字，但不可否认是个美人儿。她比肖特利太太的两个女儿安妮·莫德和萨拉·梅都要好看,那两个女儿一个快要十五岁,一个快要十七岁,但是安妮·莫德不长个子,而萨拉·梅的一只眼睛斜视。她又把这个外国男孩和自己的儿子H.C.比较,H.C.大大占了上风。H.C.二十岁了,身材和她一样,戴着眼镜。他现在去了主日学校,毕业以后要建立自己的教堂。他有一副浑厚美妙的好嗓子,适合唱赞美诗,什么东西都推销得出去。肖特利太太看着牧师,想起来这些人没有高尚的信仰。无从知晓这些人信仰什么,因为愚昧还没有被革除。她眼前再次浮现出堆满尸体的房间。

神父自己也用外国腔说话,他说着英语,却像是塞了一喉咙的稻草。他长着一只大鼻子,秃头,长方脸。她打量着他的时候,他张开大嘴,指着她身后说:"啊!"

肖特利太太转了个身。孔雀站在她身后几尺远的地方,微微昂着脑袋。

"多美的鸟儿啊!"神父咕哝着。

"不过是多了一张要喂的嘴。"麦克英特尔太太朝孔雀瞥了一眼。

"它什么时候会开屏呢?"神父问。

"得看它高兴,"她说,"这个地方曾经有二三十只孔雀,我让它自生自灭了。我不喜欢半夜里听到它们叫个不停。"

"太美了。"牧师说,"满满一尾的阳光。"他轻轻踮脚走过去,低头看孔雀的背,精美的金绿色图案从那儿开始蔓延。孔雀一动不动地站着,像是刚从阳光充沛的高处下来,供他们欣赏。神父其貌不扬的红脸俯在上方,泛着喜悦的光芒。

肖特利太太不悦地往一边撇撇嘴。"不过是只孔雀而已。"她低声说。

麦克英特尔太太挑起橘红色的眉毛,递了个眼神,像是在说老头不过是童心未泯罢了。"哦,我们得带古扎克一家去看看他们的新家。"她不耐烦地说完,把他们赶回车里。孔雀朝着两个黑人藏身的桑树走去,神父转回聚精会神的脸,坐上车,把这群难民带去他们要住的棚屋。

肖特利太太一直等到轿车在视野中消失,才绕到了桑树后面,站在距离两个黑人身后大概十英尺处,一个老头拎着半桶牛食,另一个皮肤发黄的男孩生着一只土拨鼠似的脑袋,戴着顶圆圆的毡帽。"唔,"肖特利太太慢慢说,"你们已经看得够久了,觉得他们怎么样?"

老头阿斯特直起身来。"我们一直在看,"他像是在对她说着什么新闻,"他们是谁?"

"他们从海那边过来,"肖特利太太挥了挥胳膊,"就是所谓的难民。"

"难民,"他说,"哦,天哪!那是什么意思?"

"意思是说他们离开了自己出生的地方,又没地方去——好比你从这儿跑了,又没人收留你。"

"但他们像是要待在这儿。"老头思忖着说,"要是他们待在这儿,不就有地方住了吗?"

"是啊,"另一个人应和着,"他们要待在这儿。"

黑人的思维缺乏逻辑常常激怒肖特利太太。"他们没有待在应该待的地方,"她说,"他们应该回到那边去,那边的一切他们都熟悉。这里比他们来的地方先进。但是你们现在最好小心点,"她点点头说,"现在外面有成百上千像他们那样的人,我知道麦克英特尔太太说了什么。"

"说了什么?"年轻人问。

"现在住的地方不好找,不管是白人还是黑人,但是我听出了她话里的意思。"她扬声说。

"你什么都听得出。"老头说着向前倾了倾身子像是要离开,却又没有挪步。

"我听到她说,'那群懒惰的黑鬼这回要知道敬畏上主了!'"肖特利太太响亮地说。

老头起身离开。"她一天到晚说这个。"他说,"哈哈,真的。"

"你最好去谷仓里帮帮肖特利先生,"她对另一个黑人说,"你以为她付工钱给你是干吗的?"

"是肖特利先生打发我出来的,"黑人咕哝着,"是他叫我去干别的。"

"那你最好马上就去干。"肖特利太太站在原地直到他离开,然后又站了一会儿,思忖着,无神的目光落在孔雀的尾巴前方。孔雀跳在树上,尾巴垂落在她跟前,上面满是长着眼睛的耀眼行星,每只眼睛都镶嵌着绿边,一会儿金色一会儿橘色的阳光在上面闪烁。她原本或许会看到一幅宇宙图景,但是她心不在焉,也没有注意到天空中的斑点打破了树木沉闷的绿色。她的心里有一幅图景。她看到成千上万的黑人正朝这片新大陆涌来,而她自己则像一个巨大的天使,伸出像房子一样宽阔的翅膀,告诉黑人,他们得另觅他处。她转向谷仓的方向,沉思着,露出傲慢满足的表情。

她斜斜走向谷仓,在别人看到她之前便能往里望一眼。强西·肖特利先生正蹲在门口一头黑白花大奶牛脚边,调整最后一台挤奶机。他的下唇中间衔着一根半寸长的香烟。肖特利太太仔细地观察了一小会儿。"她要是看到或者听说你在谷仓里抽烟,会大发雷霆的。"她说。

肖特利先生抬起一张刻满皱纹的脸,他脸颊凹陷,生着水泡的嘴角两边有两道长长的法令纹。"你会告诉她吗?"他问。

"她自己长着鼻子。"肖特利太太说。

肖特利先生看似随意地使出自己的绝招,他用舌尖卷起烟头,吞进嘴里,然后紧闭着嘴唇站起来,走出谷仓,赞许地好好打量了一番自己的老婆,把灭了的烟屁股啐进草丛里。

"呃,强西。"她说,"呃,呃。"她用脚尖挖了个小洞,把烟屁股埋了起来。肖特利先生的这种把戏实际上是在示爱。他追她的时候,既没有弹吉他,也没有送给她任何漂亮玩意儿,而是坐在她家门廊台阶上,一言不发,模仿瘫痪的人,撑起身体吞云吐雾。等香烟烧到合适的长度,他便满怀爱意地注视着她,张开嘴,把烟屁股含进去,然后坐在那儿,假装吞了下去。他每次这么干,她就爱得发狂,恨不得把他的帽子拉下来遮住眼睛,抱着他死在一起。

"哦。"她跟在他身后走进谷仓,"格波胡克家的人来了,她想让你见见他们,她问,'肖特利先生呢?'我说,'他没空……'"

"肯定是叫我帮他们拎行李。"肖特利先生蹲回奶牛旁边。

"你觉得那男人连英文都听不懂,能开拖拉机吗?"她问,"我觉得她在他们身上花这些钱根本不值得。那个男孩会说英文,但是他看起来太秀气了。能干活的不能说英文,能说英文的不能干活。她还不如多雇几个黑人呢。"

"要是我的话就雇黑人。"肖特利先生说。

"她说外面还有成百上千那样的难民,她想要多少,神父就能帮她弄来多少。"

"她最好别和那个神父纠缠不清。"肖特利先生说。

"神父看上去不聪明,"肖特利太太说,"——有点蠢。"

"我才不需要罗马教皇教我怎么挤奶。"肖特利先生说。

"他们不是意大利人,是波兰人,"她说,"波兰尸体成堆。你还记得那些尸体吗?"

"我猜他们最多待三个星期。"肖特利先生说。

三个星期后,麦克英特尔太太和肖特利太太一起开车去甘蔗地,看古扎克先生操作青贮切割机,这台新机器是麦克英特尔太太刚买的,因为她说,第一次有人可以操作了。古扎克先生会操作拖拉机、旋转干草捆扎机、青贮切割机、收割机、碾磨机,她有的机器,他都会用。他是个能干的技工、木匠、泥瓦匠。节俭,有干劲。麦克英特尔太太说单单是维修费用,他一个月就能替她节省二十块。她说雇佣他是她这辈子干过最漂亮的事。他会用挤奶机,而且特别爱干净,从来不抽烟。

她把车停在甘蔗地边上,她们下了车。年轻的黑人萨尔克正把大车往青贮切割机上套,而古扎克先生正把青贮切割机接上拖拉机。他先干完手上的活,把碍事的黑人男孩推开,自己把大车套上了切割机,怒气冲冲地打手势要锤子和螺丝起子。他的手脚太利落,别人帮不上忙。黑人让他不耐烦。

上个星期吃午饭的时候,他正好碰见萨尔克拿着麻袋偷偷钻进关小火鸡的鸡棚。他看到萨尔克从空地上抓了一只大到能烤了吃的火鸡,塞进麻袋,把麻袋藏在外套底下。他跟着萨尔克走到谷仓,把他扑倒,拖到麦克英特尔太太的后门,在她跟前把刚刚发生的一切演示了一遍,而黑人在旁边咕哝着抱怨说,如果他偷了火鸡,万能的主就赐他一死,他只不过把鸡抓出来，往它头上涂黑鞋油，因为它脾气暴躁。他在耶稣面前发誓说，如果有半句假话，万能的上帝就赐他一死。麦克英特尔让他把火鸡放回去，然后花了很长时间和波兰人解释说所有的黑人都偷东西。她最后不得不把鲁道夫叫来，和他说英语，再让他用波兰语向他父亲转述，古扎克先生走的时候一脸震惊和失望。

肖特利太太站在旁边，巴望着青贮切割机出点问题，但是一切正常。古扎克先生的身手迅速准确。他像只猴子似的跳上拖拉机，把巨大的橙色切割机拖进田里；不出一会儿，绿色的青贮就从管子里喷入大车。他沿着一排排甘蔗颠簸前进，直到消失不见，机器的轰鸣声也渐渐远去。

麦克英特尔太太高兴地松了口气。"终于，"她说，"我有了一个可靠的人。这么多年来我都被一群废物扰得团团转。废物啊。没用的白人渣滓，还有黑人。"她嘀咕着。"他们已经把我榨干了。在你们之前，我雇过瑞菲尔德家、考林斯家、杰瑞尔家、博金家、品金家、赫瑞家，天知道还有哪家，没有一家走的时候不从我这儿顺手牵羊的。一家都没有！"

肖特利太太镇静地听着，因为她明白，如果肖特利太太把她也看成渣滓的话，她们就不会在一起讨论渣滓了。她们都不喜欢渣滓。麦克英特尔太太继续长篇大论，肖特利太太已经听过不知多少次了。"我管理这个地方整整三十年，"她紧锁着眉头眺望田野，"常常差点就撑不过去。别人都觉得我有钱。我得缴税，交保险，付维修费，买饲料。"她振作起来，挺起胸膛，小小的手抱住胳膊肘。"自从法官死后，"她说，"我差点入不敷出，他们走的时候还个个顺手牵羊。黑人不走——他们待在这儿偷。黑人觉得有钱人他都能偷，白人渣滓觉得有钱人都雇得起他们这样不中用的货色。我有的只不过是脚下的泥土！"

肖特利太太心想，人来人走还不是你说了算，不过她并不总是把心里话说出来。她站在一旁，等麦克英特尔太太把话说完，但是这次的结束语和往常不一样。"不过我终于得救了！"麦克英特尔太太说。"一人受苦，他人获益。那个人，"她指着难民消失的地方，"——他得干活！他想干活！"她转向肖特利太太，皱巴巴的脸容光焕发。"那个人是我的救世主！"她说。

肖特利太太直直看着前方，视线仿佛穿透了甘蔗地和山丘，刺向另外一边。"我怀疑救世主是恶魔派来的。"她慢吞吞地说。

"你这话是什么意思？"麦克英特尔太太严厉地看着她。

肖特利太太摇摇头，不再说话。事实上她没什么可说的，因为这个念头转瞬即逝。她之前从没仔细思忖过恶魔，因为觉得宗教从本质上来说，是那些没脑子的人用来驱邪的。而对她这样的聪明人来说，宗教不过是一种唱唱圣歌的社交活动；要是仔细想过，她会把恶魔当成首领，把上帝想成拥趸。难民们的到来，让她不得不把很多事情重新想一想。

"我知道史莱吉韦格对安妮·莫德说了什么，"她说，而麦克英特尔太太谨慎得没有发问，却俯身折断一根檫树的嫩枝嚼了起来，于是她用一种欲言又止的口吻继续说，"他们四个人一个月拿七十块，待不长的。"

"给他加点工钱也值，"麦克英特尔太太说，"他给我省了钱。"

这就差不多是在说强西从来没替她省过钱。强西早晨四点就起床给她的奶牛挤奶，不畏严寒酷暑，而且坚持了两年。他们是跟随她时间最长的人。他们得到的感恩却是她暗示说他们从没为她省过钱。

"肖特利先生今天好点了吗?"麦克英特尔太太问。

肖特利太太觉得她差不多该问起这件事了。肖特利先生已经生病卧床两天。古扎克先生除了自己的活之外,还接手了挤奶的活。"没有,"她说,"医生说他操劳过度。"

"要是肖特利先生操劳过度,"麦克英特尔太太说,"那他一定还兼了其他私活。"她几乎眯着眼睛看着肖特利太太,像是在打量牛奶罐头的罐底。

肖特利太太一言不发,但是她心中的疑虑如同黑暗的雷云。事实上肖特利先生确实在偷偷干私活,但这是一个自由的国家,麦克英特尔太太管不着。肖特利先生制作威士忌。他在这地方最偏僻的角落里有个小小的作坊,当然是在麦克英特尔太太的土地上,但是麦克英特尔太太只是名义上拥有那块地,并没有开垦,那是一块与任何人无关的荒地。肖特利先生不怕干活。他早晨四点起床挤牛奶,中午应该休息的时候,他便去料理作坊。不是每个男人都能这么干活的。黑人知道他的作坊,但是他也知道他们的,所以彼此相安无事。不过这个地方现在有外国人了,这些人全知全觉却不通人情,来自战火不断的国家,宗教也没有经历革新——这样的人,你时刻都得提防。她觉得应该有针对他们的法律。他们没理由不能继续待在那儿,取代那些死于战争和屠杀的人。

"还有,"她突然说,"史莱吉韦格说,他爸爸一有钱就要买辆二手车,一旦他有车了,他们就会离开你。"

"我付给他的钱他存不下来,"麦克英特尔太太说,"我不担心这个。当然,"她说,"如果肖特利先生不能干活,我就得让古扎克先生一直挤奶,那就得多付他些钱了。他倒是不抽烟。"这已经是她一周里第五次指出这点了。

"没有人干活比强西努力,"肖特利太太强调说,"没有人挤奶比他熟练,没有人比他更像基督徒。"她抱着胳膊,目光探向远方。又响起拖拉机和青贮切割机的轰鸣声,古扎克先生从那排甘蔗的另一头绕了一圈回来了。"不是每个人都这样。"她嘀咕着。她思忖着要是那个波兰人发现了强西的作坊,是不是能认得出来。那些人麻烦就麻烦在,你说不准他们知道些什么。古扎克先生一笑,欧洲就出现在肖特利太太的想象中,神秘、邪恶,根本就是恶魔的试验站。

拖拉机、青贮切割机和大车轰隆隆地颠簸着,从他们跟前轧过。"要是让人和骡子来干这活,还不知道要干多久。"麦克英特尔太太嚷嚷着,"照这个速度,我们两天就能把整片地收割完。"

"可能吧,"肖特利太太嘀咕着,"只要不发生可怕的事故。"她想着拖拉机竟然让骡子变得不值一钱。如今骡子已经没用了。她提醒自己说,接下来就轮到黑人了。

下午,她对正在牧场上往施肥机里添肥料的阿斯特和萨尔克解释了目前的情况。她坐在小棚下面的盐砖旁边,肚子贴着膝盖,胳膊搁在肚子上。"你们这些黑人最好都当心点,"她说,"你们知道的,从一头骡子身上能捞到多少。"

"什么都捞不到,真的,"老头说,"一点都捞不到。"

"没有拖拉机的时候,"她说,"骡子还有用。没有难民的时候,黑人还有用。快了快了,"她预言,"很快就没有黑人讲话的份了。"

老头礼貌地笑笑。"没错,"他说,"哈哈。"

年轻人什么都没说。他一脸阴沉,等肖特利太太回屋以后,他说:

"大肚婆搞得好像无所不知。"

"没事，"老头说，"你地位太低，没人会和你争论这个。"

直到肖特利先生又回去挤奶了，她才对他讲起对小作坊的担心。一天晚上他们躺在床上，她说："那个男人鬼鬼祟祟的。"

肖特利先生把手放在瘦骨嶙峋的胸口，作挺尸状。

"鬼鬼祟祟的，"她继续说，用膝盖用力踢了踢他的身侧，"谁猜得透他知道什么，不知道什么？谁知道要是他发现了，会不会马上去告诉她？你怎么知道他们在欧洲不酿酒？他们会开拖拉机。他们什么机器都会用。你倒是说啊。"

"别烦我。"肖特利先生说，"我是个死人。"

"他那双小眼睛一看就是外国人，"她嘀咕着，"还有他耸肩的样子，"她支起肩膀耸了几下，"他怎么老耸肩呢？"她问。

"如果大家都像我这样死透了，就没有麻烦了。"肖特利先生说。

"那个神父，"她咕哝着，沉默了一会儿，接着说，"他们在欧洲可能有其他酿酒的办法，但是我估计他们都知道。他们满脑子歪门邪道。他们没有开化革新过。他们的信仰和一千年前没有差别。只能是恶魔干的。总是打来打去。争论不休。然后把我们扯进去。他们不是已经把我们扯进去两次了吗，我们还傻头傻脑地过去，帮他们摆平，然后他们再回到这里，四处打探，发现你的作坊以后再去向她汇报。时刻准备亲吻她的手。你在听我说吗？"

"没有。"肖特利先生说。

"我还要告诉你一件事。"她说，"不管是不是说英语，要是你说什么他都懂我也不吃惊。"

"我不会说其他话。"肖特利先生喃喃。

"我怀疑,"她说,"不出多久,这儿就没有黑人了。我告诉你,我宁可要黑人,也不要那些波兰人。还有,到时候我要护着黑人。你回想一下格波胡克第一次来的时候,是怎么和他们握手的,像是不知道区别似的,像是他和他们一样黑,但是他发现萨尔克偷火鸡时,却逮了个正着去告诉她。我知道萨尔克在偷火鸡。我本可以自己去告诉她的。"

肖特利先生呼吸轻柔,像是已经睡着了。

"黑人不知道自己什么时候有朋友。"她说,"我再告诉你一件事。我从史莱吉韦格那儿打听到很多事。史莱吉韦格说他们在波兰住在一幢砖屋里,一天晚上,一个男人过来叫他们天亮前离开。你相信他们曾经住在砖屋里吗?

"扯淡,"她说,"完全是扯淡。我觉得木屋就够好了。强西,"她说,"转过来。我不想看到黑人被亏待,然后跑掉。我很同情黑人和穷人。我一直这样不是吗?"她问,"我是说,我向来都是黑人和穷人的朋友吧?"

"到时候,"她说,"我要站在黑人一边。我不会眼睁睁看着神父把黑人统统赶走的。"


麦克英特尔太太买了个新拖耙,和一辆带升降机的拖拉机,因为她说自己头一次雇到了会操作机器的人。她和肖特利太太开车去后面的田野检查前一天他耙过的地。"干得太漂亮了!"麦克英特尔太太环顾着起伏的红土地。

自从难民开始为麦克英特尔太太干活,她就变了,肖特利太太仔细地观察到了这些变化：她言行举止像个暗地里发了财的人，不再像过去那样对肖特利太太袒露心扉。肖特利太太怀疑神父是变化的根源。他们都很狡猾。起初他带她进教堂，接着他便把手伸进她的钱包。唉，她真是太傻了！肖特利太太自己有一个秘密。她知道难民正在做一件会把麦克英特尔太太击溃的事情。"我还是那句话，他每个月赚七十块钱，在这儿待不久。"她咕哝着。她打算保守这个秘密，只有肖特利先生知道。

"嗯。"麦克英特尔太太说，"我可能得撵走一个人，好付他更多的钱。"

肖特利太太点点头，表示她已经知道了一段时间。"我不是说那些黑人不应该被赶走，"她说，"但是他们只能尽力干好自己会干的活，你让他们干活就得在旁边盯着他们干完。"

"法官也是这么说的。"麦克英特尔太太赞许地看着她。法官是她的第一任丈夫，这块地方是他留下来的。肖特利太太听说麦克英特尔太太嫁给他的时候，她三十岁，他七十五岁，麦克英特尔太太以为丈夫一死，她就会变成有钱人，但是那个老头是个恶棍，清算遗产的时候，他们发现他一个子都没有。他留给她的就是这五十英亩地和一幢房子。但是麦克英特尔太太说起他的时候总是满怀敬意，常常引用他的话，像是"一人受苦，他人获益"，以及"你知道的魔鬼要好过你不知道的魔鬼"。

"但是，"肖特利太太说，"你知道的魔鬼要好过你不知道的魔鬼"。她不得不转过头去，不让麦克英特尔太太看到她在偷笑。她从老头阿斯特那儿打听到了难民在搞什么勾当，除了肖特利先生，她谁都没告诉。肖特利先生听了像爬出坟墓的拉撒路一样，从床上直直跳了起来。

"闭嘴！"他说。

"真的。"她说。

"不可能。"肖特利先生说。

"真的。"她说。

肖特利先生直直地躺回去。

"波兰人什么都不懂。"肖特利太太说,"我觉得都是神父教唆他干的。都怪神父。"

神父不时过来看看古扎克一家,也会顺路拜访麦克英特尔太太,他们会在这儿四处走走,她指给他看改观的地方,听他说个不停。肖特利太太突然意识到,神父是在说服麦克英特尔太太再雇一家波兰人过来。要是有两家人在这儿,他们就只说波兰语了呢!黑人们走了以后,两家人一起对付肖特利先生和她自己!她开始想象一场语言之战,看见波兰词语和英语词语彼此对抗,围追堵截,没有句子,只有词语,叽里咕噜,叽里咕噜,叽里咕噜,破口大骂,尖声尖气,围追堵截,扭成一团。她看见肮脏的、全知的、未经革新的波兰词语往干净的英语词语上扔泥巴,直到每个词语都变得一样脏。她看见所有死去的脏字儿堆在房间里,他们的词语和她的词语像新闻短片里的裸尸一样堆在一起。她无声地哭喊着:"主啊,把我从撒旦的肮脏势力中拯救出来吧!"从那天起,她特别专注地读起了《圣经》。她细读了《启示录》,引用《先知书》里的话,不久,她对自己的人生有了更深沉的思考。她清楚地认识到世界的意义是一个预先计划好的谜。她怀疑自己是这个计划中特殊的一部分,因为她是个强者,对此她一点也不吃惊。她发现全能的主创造出强者,让他们做他们应该做的,她感到自己被召唤的时候会做好准备。此刻她觉得自己的任务是监视神父。

神父的来访愈发激怒她。上次他来的时候,到处拾羽毛。他找到两根孔雀羽毛、四五根火鸡羽毛、一根棕色母鸡的羽毛,像捧着束花似的带走了。这种愚蠢的举动完全没有骗过肖特利太太。他就在这儿:把游荡的外国人带到不属于他们的地方,引起纠纷,驱赶黑人,在正义之士里安插巴比伦大荡妇!不管他什么时候来,她都藏在暗处监视他,直到他离开。

一个星期天的下午,她产生了幻觉。肖特利先生膝盖疼,于是她去替他赶牛,她抱着胳膊慢慢穿过牧场,注视着远处低低的云层,像一排排白色的鱼被冲刷到浩瀚的蓝色沙滩上。走完一个斜坡后她停了停,筋疲力尽地喘着气,因为她太重了,而且也不复年轻。不时能感觉到自己的心脏像小孩的拳头似的,在她的胸口一紧一松,这种感觉出现时,她的思绪一下子停滞了,就像一具巨大的躯壳漫无目的地走来走去,但是她腿脚抖也不抖地爬上了斜坡,站在坡顶,颇为自得。她正看着的时候,天空突然像舞台帷幕一样从两边合上,一个巨大的身影站立在她面前。像晌午的太阳般泛着白金色的光芒。它没有固定的形状,但是周围飞快转动着火轮,火轮里有凶狠的黑眼睛。她无法判断这个身影是要向前还是向后,因为它光芒万丈。为了看清楚,她闭上眼睛,它变成了血红色,轮子变成了白色。一个非常洪亮的声音说出了那个词:"预言!"

她站在那儿,稍稍蹒跚,却站得笔直,她紧闭双眼,握住拳头,遮阳草帽低低地压在额头上。"邪恶民族的子孙将被屠杀,"她大声说,"腿安在原本胳膊的位置,脚对着脸,耳朵长在手掌里。谁还是完整的?谁还是完整的?谁?"

她立刻睁开眼睛。天空里布满白色的鱼,被看不见的浪头懒懒地托住,远处被淹没的片片阳光不时闪现,像是正被冲刷到彼岸。她木然地把一只脚踏在另一只前面,直到穿过牧场,来到场院。她晕头转向地走过谷仓,没有和肖特利先生说话。她继续沿路往前走,直到看到神父的车停在麦克英特尔太太的屋前。"又来了。"她嘀咕着,"来搞破坏。"

麦克英特尔太太和神父在院子里散步。为了不和他们迎面撞上,她左转钻进了饲料屋,这是一个单间的棚屋,一边堆着装饲料的印花麻袋。一个角落里散落着牡蛎壳,墙上贴着几张脏兮兮的旧日历,上面印着牛饲料和各种专利药的广告。有一张画上印着一个穿礼服留胡子的绅士,他握着瓶子,脚下有一行字:"这个神奇的发现治好了我的便秘。"肖特利太太一直感觉和这个男人很亲近,他像是她熟识的一位大人物,但是现在她满脑子都是神父危险的存在。她站在两块木板的缝隙后面向外张望,看到神父和麦克英特尔太太正漫步走向饲料屋旁边的火鸡孵化棚。

"啊!"他们走近孵化棚的时候神父说,"看那些小鸡仔!"他俯身透过铁丝网眯眼往里看。

肖特利太太撇撇嘴。

"你觉得古扎克一家会离开我吗?"麦克英特尔太太问,"你觉得他们会去芝加哥或其他类似的地方吗?"

"他们现在干吗要这么做?"神父用手指逗弄着一只火鸡,大鼻子靠在铁丝网上。

"为了钱。"麦克英特尔太太说。

"啊,那就多给他们一点钱。"他漠不关心地说,"他们也得过日子啊。"

"我也是啊。"麦克英特尔太太嘀咕,"这样的话,我就得撵走其他人。"

"肖特利一家干得还满意吗？"他问，他对火鸡的兴趣明显更大。

"上个月我有五次发现肖特利先生在谷仓里抽烟，"麦克英特尔太太说，"五次。"

"那黑人怎么样？"

"他们撒谎、偷东西，整天都得看着他们。"她说。

"啧啧。"他说，"你打算让谁离开呢？"

"我打算明天通知肖特利先生，让他在一个月内离开。"麦克英特尔太太说。

神父正忙着把手指伸进铁丝网里，像是没听到她说的话。肖特利太太一屁股坐在一袋敞口的产卵鸡饲料上，周围扬起一片饲料粉末。她发现自己正直直盯着对面的墙，日历上的绅士握着神奇的发现，但她却视而不见。她看着前方，似乎什么都没看见。接着她起身跑回了家，脸红得像爆发的火山。

她打开所有的抽屉，从床底下拖出盒子和破旧的行李箱。她不停地把抽屉里的东西统统倒进盒子，都顾不上摘下头上的遮阳帽。她让两个女儿也跟着一起干。肖特利先生进来的时候，她看都不看他，只是用一只胳膊继续打包，一只胳膊指着他说："把车开到后门，你不想等着被撵走吧。"

肖特利先生这辈子都没有质疑过她的无所不知。他用半秒钟思索了整件事情，便沉着脸退出门去，把车开到了后门。

他们把两个铁床绑上车顶，床里面塞着两把摇椅，又在摇椅间卷了两张床垫。顶上绑了一箱鸡。车里装满旧的行李箱和盒子，留了一小块地方给安妮·莫德和萨拉·梅。他们从下午一直干到半夜，肖特利太太决心已定，他们要在凌晨四点前离开这里，并且认定肖特利先生不应该再在这儿调试挤奶机。她一直在干活，脸色飞快地由红转白，又由白转红。

黎明之前下起毛毛细雨，他们准备上路。一家人挤进车里，蜷在盒子、包袱和一捆捆铺盖中间。方方正正的黑色汽车启动时发出比平常更响的咯吱声，像是在抗议负重。后座上，两个瘦高的金发女孩坐在一叠盒子上，一只比格猎犬和一只带了两只猫仔的猫藏在毯子底下。车子像一辆超载又漏水的方舟，慢慢离开他们的棚屋，经过麦克英特尔太太的白房子，她正在沉沉的睡梦中——根本不知道今天早晨肖特利先生不会帮她的奶牛挤奶了——经过山顶上波兰人的棚屋，沿路往下向大门驶去，两个黑人正一前一后地走去帮忙挤奶。他们直直望着这辆车和车里的人，但即便昏黄的车灯照亮了他们的脸，他们也礼貌地表现得什么都没看到，或者不管怎么说，觉得眼前看到的没有什么大不了的。超载的车或许只是昏暗的清晨飘过的一团迷雾。他们继续匀速前进，没有回望。

空中升起一轮暗黄色的太阳，天空和公路一样平滑灰暗。崎岖不平、杂草丛生的田野往公路两边延伸出去。"我们去哪儿？"肖特利先生第一次发问。

肖特利太太坐着，一只脚搁在包袱上，膝盖抵着肚子。肖特利先生的胳膊肘几乎戳到她的鼻子底下，萨拉·梅光着的左脚支到前座，碰到她的耳朵。

"我们去哪儿？"肖特利先生又问了一遍，她依然没有回答，于是他转过头来看着她。

燥热慢慢膨胀，蔓延到她的整张脸，像是要涌起来做最后一击。尽管一条腿蜷在身子下面,一个膝盖几乎顶到脖子,她仍然坐得直直的,但是冷冷的蓝眼睛毫无神采。眼睛里的一切景象仿佛都翻了个面,看向她的内心。她突然同时抓住肖特利先生的手肘和萨拉·梅的脚,拉扯起来,像是要把这两截多余的肢体安在自己的身上。

肖特利先生骂骂咧咧地立刻停车,萨拉·梅嚷嚷着要下车,但是肖特利太太似乎打算立刻把整辆车重新布局。她拍拍前面,拍拍后面,抓住一切能抓住的东西,抱在怀里,肖特利先生的头、萨拉·梅的腿、猫、一捆白色的铺盖、自己像大大的满月似的膝盖;接着她脸上的狂怒突然转变成惊愕,抓着东西的手也松开了。一只眼睛向另一只靠拢,她一动不动,仿佛安静地崩溃了。

两个女孩不知道她怎么了,开口说:"我们去哪儿,妈妈?我们去哪儿?"她们以为她是在开玩笑,而父母目不转睛地望着她,似乎正在装死。她们不知道母亲经历了很多,在曾经属于她的世界里再也没有容身之地。她们被眼前平滑灰暗的公路吓到了,不断用越来越尖利的声音一遍遍问:"我们去哪儿,妈妈?我们去哪儿?"而母亲巨大的身躯依然靠在座位上,眼睛像是蓝色的玻璃,仿佛第一次认真凝视着祖国广袤的边境。

## 二

"好啦,"麦克英特尔太太对老黑人说,"没有他们我们也能行。我们看着他们来了又走——不管是黑人还是白人。"她站在牛棚里,老黑人正在打扫,而她手里握着个耙子,不时从角落里耙出一根玉米棒子,或者指出一块老黑人没有清扫到的湿湿的地面。发现肖特利一家离开时她很高兴，这样她就不用撵他们走。她雇的人总是离她而去——因为他们就是这种人。她雇过的所有家庭中，除了难民一家，肖特利家是最好的。他们不算是渣滓；肖特利太太是个好女人，她会想念她的，但是法官说过，世事两难全，而且她对难民很满意。"我们看着他们来了又走。"她又满意地说了一遍。

"我和您，"老头弯腰把锄头拖到了饲料架底下，"还在这儿。"

她准确捕捉到了他语气中的意味。一道道阳光透过开裂的天花板照到他的背上，把他分割成三部分。她看着他修长的双手握着锄头，佝偻衰老的身影凑在手上。她对自己说，或许你到这儿的时间比我早，但看来等你走了我还在这儿。"我半辈子都在应付没用的人，"她严肃地说，"现在终于熬到头了。"

"黑人和白人，"他说，"是一样的。"

"我熬到头了。"她又说了一遍，飞快地拉了拉那件深色罩衫的领子，她把罩衫当作斗篷披在肩上。她戴着一顶黑色宽檐儿草帽，是她二十年前花了二十块买的，现在被用作遮阳帽。"钱是罪恶的根源，"她说，"法官每天都这么说。他说他痛恨金钱。他说你们黑人这么傲慢是因为流通的钱太多。"

老黑人认识法官。"法官说他渴望有一天穷得雇不起黑人干活。"他说，"他说到了那一天，世界就再次站起来了。"

她身体前倾，手叉在胯上，伸着脖子说："哼，那天已经快要到来了，我告诉你们每个人：你们最好放聪明点。我不用再忍受愚蠢了。我现在有干活的人。"

老头知道什么时候应该搭话,什么时候不应该。他最后说:"我们看着他们来了又走。"

"但是肖特利家还不是最差劲的。"她说,"我清清楚楚记得加利特家。"

"他们后面是考林斯家。"他说。

"不对,是瑞菲尔德家。"

"主啊,瑞菲尔德家!"他咕哝着。

"他们没一个人想干活。"她说。

"我们看着他们来了又走,"他像是在唱颂,"但是过去从没有过一个人,"他直起身子来和她面对面,"和现在这个人一样。"他肤色发黄,老眼昏花,眼珠像是挂在蛛网背后。

她深深看了他一眼,直到他又俯身握起锄头,把刨花堆到独轮车旁边。她冷冷地说:"就在肖特利先生打定主意要去清扫谷仓的那点时间里,他都已经清扫完了。"

"他是从波兰来的。"老头嘀咕着。

"是从波兰来的。"

"波兰和这儿不一样。"他说,"他们做事的方式不同。"他叽里咕噜不知道在嘟囔些什么。

"你在说什么?"她说,"你对他有什么看法的话,就大声说出来。"

他一言不发,颤颤巍巍地蜷起膝盖,用耙子慢慢清理饲料架底下。

"如果你知道他做了什么不该做的事情,我希望你向我汇报。"她说。

"不是说他应该不应该做,"他嘀咕着,"而是别人都不那么做。"

"你对他没意见吧。"她简慢地说,"他要在这儿待下去。"

"我们只不过是没见过他这样的人。"他低声说着,露出礼貌的笑容。

"时代变了。"她说,"你知道这个世界发生了什么吗?它在膨胀。人太多了,只有聪明、节俭、有干劲的人才能生存。"她在手掌上敲出聪明、节俭、有干劲这几个词语。穿过长长的隔栏一路望过去,她看见难民正握着绿色的水管站在敞开的谷仓门边。他的身影僵硬,她觉得自己得慢慢地走近他,即便在思想上也是如此。她认定这是因为她无法和他轻松攀谈。每次和他说话,她发现自己都在嚷嚷和不住地点头,而且她发觉总有个黑人躲在最近的棚屋里监视。

"真的!"她坐在饲料架上抱起胳膊。"我想好了,我在这儿遇上的渣滓已足够耗尽我一辈子了,我以后再也不要和肖特利家、瑞菲尔德家或考林斯家搅在一起,世界上有的是干活的人。"

"为什么会有那么多多余的人?"他问。

"人都是自私的。"她说,"他们生了太多孩子,已经丧失理智。"

他抓起独轮车把手,退出门去,又停下来,半边身体在阳光里,他站在那儿嚼着口香糖,像是忘了该往哪个方向去。

"你们这些黑人还没有意识到,"她说,"我是这儿管事的。如果你们不工作,我就赚不到钱来付你们工资。你们都倚靠我,但是你们每个人却表现得好像事情是倒过来的。"

从他的脸上看不出他是否听到她的这番话。最后他推着独轮车走出门去。"法官说他知道的魔鬼好过他不知道的。"他口齿清晰地低声说,推着小车走了。

她起身跟在他后面,额头中间的红色刘海下出现一道深深的竖形凹槽。"法官早就不付这儿的账单了。"她尖声说。

他是这儿的黑人里唯一一个认识法官的,他以为这样就了不起。他看不起她的另外两位丈夫克鲁姆先生和麦克英特尔先生,她每次离婚,他都用含蓄礼貌的方式祝贺她。他觉得有必要的时候,会在她的窗下干活。他自言自语,展开一场谨慎的、拐弯抹角的讨论,自问自答,反复几次。有一次她悄悄站起来,重重拉下窗户,以至于他差点跌倒。他偶尔和孔雀说话。孔雀跟着他溜达,眼睛稳稳地盯着他屁股口袋里支出来的玉米穗,或者,孔雀会坐在他身边啄自己。有一次她在敞开的厨房门边听到他对孔雀说:"我记得过去这儿有二十只孔雀,现在只有你和两只母鸡了。克鲁姆在的时候有十二只,麦克英特尔在的时候有五只。现在就剩下你和两只母鸡了。"

她立刻迈出门去站到门廊上说:"克鲁姆**先生**和麦克英特尔**先生**!我不想再听到你说这两个名字了。你搞搞清楚:等这只孔雀死了,就再也没有孔雀了。"

她之所以还养着这只孔雀不过是出于迷信,担心惹恼了坟墓里的法官。他喜欢看着孔雀们在周围走来走去,因为这让他感觉自己很有钱。她的三任丈夫里,法官和她最贴近,尽管她只亲手埋葬过他一个人。他就葬在后面玉米地圈出来的一小片祖坟里,和他的母亲、父亲、祖父、三个姑奶奶以及两个夭折的堂兄埋在一起。她的第二任丈夫克鲁姆先生在四十英里外的州立精神病院,她估计她的上一任丈夫麦克英特尔先生正在佛罗里达某个酒店房间里烂醉。但是法官和他的家人一起埋在玉米地里,永远在家。

她嫁给法官的时候,他已经是个老头了,她看上他的钱,但还有一个她自己都无法承认的原因是,她喜欢他。他是个抽鼻烟的脏老头,在法院工作,有钱到全郡闻名,他穿短靴,系领结,穿黑色条纹的灰西装,不分冬夏地戴一顶发黄的巴拿马帽子。他的牙齿和头发都被烟草熏黄了,面孔是黏土般的粉色,坑坑洼洼的,上面布满一道道神秘的史前记号,像是和化石一起出土的。他身上总有股汗湿钞票的特殊气味,但是他从来不带钱,连一个子都不带。她为他做了几个月秘书,老头犀利的眼睛立刻发现这个女人爱慕他。他们结婚后的三年是麦克英特尔太太人生中最快乐幸福的日子,但是他死了以后,她才知道他破产了。他留给她一幢抵押出去的房子和五十英亩地,他在死前设法把树都砍了。这仿佛是他成功人生的最后一次胜利,他把所有的东西都带走了。

但是她活了下来。尽管遇见一连串连老头自己都很难对付的佃农和挤奶工,她还是活了下来,一直对付着一帮喜怒无常的黑人,甚至还时不时地与敲诈犯、牛贩子、伐木工人较劲,还有凑在一起开卡车来的买卖人,在院子里大声按喇叭。

她身体稍稍往后仰,在罩衫底下抱着胳膊,满意地看着难民关上水管,消失在谷仓里。她同情他,这个可怜人被逐出波兰,穿越欧洲,不得不栖身于陌生国家的一间棚屋里,但是她无需为此负责。她自己也有过艰难的处境。她知道什么是奋斗。人人都得奋斗。穿越欧洲来到这里的路上,古扎克先生的一切都是别人给的,他可能奋斗得还不够。她给了他工作。不知道他是否对此心怀感恩。除了他干活努力外,她对他一无所知。事实上他对她来说还不够真实。他就仿佛是她见证和谈论的奇迹,她却仍然无法相信。

她看见他从谷仓里出来,和正从场院后面走来的萨尔克打了招呼。他比画着从口袋里掏出什么东西,然后他们两个人便站在那里盯着看。她沿着小路朝他们走去。黑人的身影又高又懒,像平常那样傻乎乎地探着圆脑袋。他比白痴好不了多少,要真是白痴的话,多半是好工人。法官说过,不管什么时候都要雇白痴黑人,因为他们不停地干活。波兰人飞快地比画。他把什么东西交给黑人男孩以后便走开了,她还没走到转弯处,就听到拖拉机的声响。他下田里去了。黑人原地站着,目瞪口呆地看着手里的东西。

她走进场院,穿过谷仓,赞许地看着干净潮湿的水泥地。现在才九点半,肖特利先生从没在十一点之前洗干净过任何东西。她从谷仓另一头走出去时,看见那个黑人正在她跟前慢吞吞地斜穿过去,眼睛还盯着古扎克先生给他的东西,没有看到她。黑人停下脚步,蜷起膝盖,看着手里的东西,舌头在嘴巴里打着圆圈。他拿的是一张照片。他举起一根手指,轻轻地拂过照片的表面。接着他抬头看到她,一下子怔住了,举着手指,似笑非笑。

"你干吗不去田里?"她问。

他抬起一只脚,咧开嘴,拿着照片的手往屁股口袋里伸。

"那是什么?"她说。

"没什么。"他咕哝着,自觉地把照片交给了她。

照片上是一个十二岁左右的女孩,穿着白裙子,金色的头发上戴着花冠,浅色的眼睛向前望去,眼神安静温和。"这个孩子是谁?"麦克英特尔太太问。

"他的表妹。"男孩高声说。

"那你拿着照片干吗?"她问。

"她要嫁给我。"他的声音更响了。

"嫁给你!"她尖叫起来。

"我掏一半钱让她过来。"他说,"我每个星期付给那人三块钱。她现在长大了。她是他的表妹。她一心想要离开那儿,不在乎嫁给谁。"他大着嗓门连珠炮似的说,接着看着她的脸色,声音渐渐平缓起来。他注视着她的时候,她的眼睛像蓝色花岗岩,但是她没有看他。她沿路望去,远远传来拖拉机的声响。

"我想她是来不了了。"男孩咕哝着。

"我会帮你把钱都要回来的。"她不动声色地说,把照片对半折起,转身走了。从她矮小冷硬的身影完全看不出她非常震惊。

她一回房间就躺到床上,闭上眼睛,把手压在心头,像是要把心脏摁住。她张开嘴巴,发出两三声干涩的轻吼。过了一会儿,她坐起来,大声说:"他们都一样。向来如此。"接着又直直地躺回去,"二十年来我不断遭受打击,他们甚至连他的坟也要扒!"想到这个,她便无声地哭了起来,不时用罩衫的卷边擦眼泪。

她想起的是法官墓碑上的小天使。有一天,老头在城里一家墓碑店的橱窗里看到一个裸着身子的花岗岩小天使。他立刻买下来,一方面是因为小天使的脸让他想起自己的妻子,另外一方面是因为他希望自己的墓碑上有一件真正的艺术品。在回家的火车上,他让小天使坐在他身边绿色的长绒坐垫上。麦克英特尔太太从没注意到她和小天使容貌间的相似。她觉得它非常吓人,但是当赫瑞家把它从老头的坟墓上偷走时,她还是震怒了。赫瑞太太觉得小天使很漂亮,常常跑去墓地里看它,赫瑞一家离开的时候带走了天使,只剩下它的脚趾,因为赫瑞老头挥舞斧头的时候砍得稍微高了一点。麦克英特尔太太一直没钱再去买个新的。

她尽情哭完以后,起身来到后厅,这个密室般的地方又黑又安静,像个礼拜堂，她挨着法官黑色机械椅的椅边坐下，手肘撑在书桌上。这是一张巨大的卷盖书桌，上面都是文件格，里面塞满沾灰的文件。旧的银行存折和分类账本装在半开着的抽屉里，还有一个小小的保险箱，空的，却上了锁，像壁龛似的放在中间。自打老头走后，她从未动过房间的这个角落。这是对他的纪念，有点神圣，因为他曾在这里打理工作。稍稍往旁边动一动，椅子就发出骷髅般刺耳的呻吟，听着像是他在抱怨没钱。他的第一条行为准则便是说话口气要像世界上最穷的人，她也学会了，不是因为他这么做，而是因为这是事实。当她皱紧眉头坐在空空的保险箱跟前时，她便知道这个世界上没有人比她更穷了。

她一动不动地在书桌前坐了十到十五分钟，接着像是累积了些力气，起身钻进车里，往玉米地开去。

道路穿过一片阴暗的松树丛，通往山顶，山上一大片绿穗般的树木像扇子似的连绵起伏。古扎克先生正绕着圈从玉米地的外围往中间收割，中心的墓地被玉米遮住了。她远远地看见他在山坡顶上坐在拖拉机上，身后是青贮切割机和大车。黑人还没来，他不时得从拖拉机上下来，爬进大车里把青贮散开。她站在黑色汽车跟前，不耐烦地看着，胳膊抱在罩衫底下，他慢慢沿着田地的边缘往前开，渐渐向她靠近，看见她朝他挥手，叫他下来。他停下机器，跳下车，一边跑上前来，一边用一块油腻腻的抹布擦着红红的下巴。

"我想和你谈谈。"她招呼他到林子边的树荫里来。他脱下帽子，笑着跟在她身后，但是当她转身面对他的时候，他的笑容消失了。她的眉毛像蜘蛛脚一样又细又凶，不祥地纠在一起，深深的竖形凹槽从红色的刘海底下一直插到鼻梁。她从口袋里掏出折起来的照片，默默地交到他手上。接着她后退一步说:"古扎克先生,你要把这个可怜的小家伙弄到这儿来,嫁给一个肮脏的偷东西的白痴黑鬼!你真是一个禽兽!"

他接过照片,笑容又慢慢回到脸上。"这是我的表妹,"他说,"她那会儿十二岁。第一次领圣餐。现在十六岁了。"

禽兽!她对自己说,她看着他,像是第一次见到他。他被帽子护着的额头和脑袋还是白色的,脸的其他部分都晒红了,覆盖着密密匝匝的黄色汗毛。他金边眼镜后面的眼睛像是两颗闪亮的铆钉,眼镜靠近鼻梁的位置用捆干草的铁丝修补过。他的整张脸仿佛是由好几张脸拼起来的。"古扎克先生,"她起初说得很慢,接着越说越快,直到气喘吁吁地停顿在一个词语中间,"那个黑人不能娶一个欧洲来的白人老婆。你不能和黑人这么说话。你会刺激他,而且这是不可能的。或许在波兰可能,但是在这儿不可能,你得住手。这太蠢了。那个黑人没有脑子,你会刺激……"

"我表妹在集中营里待了三年。"他说。

"你的表妹,"她肯定地说,"不能过来和我的黑人结婚。"

"她十六岁,"他说,"在波兰。妈妈死了,爸爸死了。她在集中营里等着。等了三年。"他从口袋里掏出钱包,翻来翻去,又找出另外一张照片,还是这个女孩,年长了几岁,穿着不像样的深色衣服。她靠在一面墙上,身边站着一个看上去没有牙齿的矮个儿女人。"她的妈妈。"他指着那个女人说,"她两年前死在集中营里了。"

"古扎克先生,"麦克英特尔太太把照片推回他手里,"我不想让我的黑人不高兴。这儿不能没有黑人。我可以没有你,但是不能没有黑人,如果你再对萨尔克提起这个女孩,你就不用再替我干活了。你明白吗?"

他一头雾水,仿佛要把头脑里所有的词语都拼在一起想个明白。

麦克英特尔太太想起肖特利太太的话:"他什么都明白,只是假装不懂,这样就能肆意妄为。"她的脸上又浮现出起初的震怒。"我不明白一个自称是基督徒的人,"她说,"会把一个无辜的可怜女孩带到这儿来,嫁给那样一个玩意儿。我不明白啊。不明白!"她摇摇头,蓝眼睛痛苦地望着远方。

过了一会儿,他耸耸肩,像是累了似的垂下胳膊。"她不在乎是不是黑人,"他说,"她在集中营里待了三年。"

麦克英特尔太太感到膝盖一软。"古扎克先生,"她说,"我不想再和你讨论这件事情了。如果再这样,你就得自己滚蛋了。你明白了吗?"

那张拼凑起来的脸没有说话。她感到他压根儿没有看她。"这是我的地盘,"她说,"我决定去留。"

"没错。"他重新戴上帽子。

"世界上的苦痛与我无关。"她想了想说。

"没错。"他说。

"你有一份好工作。你能待在这儿应该感恩,"她补充说,"但是我不知道你是不是感恩。"

"没错。"他稍稍耸耸肩,回到拖拉机里。

她看着他爬上拖拉机,发动机器开回玉米地里。他开过她身边,转了个弯,她爬上坡顶,抱着胳膊站着,严肃地眺望着田野。"他们都是一路货色,"她咕哝着,"不管是从波兰来的,还是从田纳西来的。我对付得了赫瑞家、瑞菲尔德家、肖特利家,我也能对付古扎克家。"她眯起眼睛,视线聚焦在拖拉机上那个渐行渐远的身影,像是正通过瞄准镜盯着他。她一辈子都在和世界容不下的人斗争,现在她要对付一个波兰人。"你和其他人都是一路货色,"她说,"——不过是聪明、节俭、有干劲罢了,但我也一样。这是我的地盘。"她站在那儿,黑帽黑衫的矮小身影,一张苍老的天使般的脸庞,她抱着胳膊,像是没有什么能难得住她。但是她的心脏怦怦直跳,仿佛已经受了内在的打击。她睁开眼睛把整片田野尽收眼底,在她宽阔的视野中,拖拉机还不如一只蚱蜢大。

她在那儿站了一会儿。微风吹来,山坡两边的玉米晃动着掀起巨浪。庞大的青贮切割机单调地咆哮着,源源不断地把切碎的青贮粉末喷进大车。夜幕降临前,难民应该已经绕了一圈又一圈,最后两座山丘的两边只剩下残茬,中间的墓地像小岛一样升起,法官正微笑着躺在他被亵渎的墓碑下面。

三

神父用一根手指撑着温和的长脸,就炼狱大谈了十分钟,麦克英特尔太太坐在他对面的椅子里,愤怒地眯眼看着他。他们在前廊上喝干姜水,她不断地晃着杯子里的冰块,珠串和手镯也晃个不停,像一头不安的小马驹把马具摇得叮当响。她低声说,没有道义上的责任要留他,完全没有任何道义上的责任。她突然蹒跚着站起来,打断了他的爱尔兰土腔,像是钻头钻进了机械锯子。"听着,"她说,"我不懂神学。我是个务实的人!我想和你谈一下现实问题!"

"呃。"他呻吟着,刺耳的声音停止了。

她往自己的干姜水里倒了起码一指深的威士忌,这样她才能坚持到他离开，她笨拙地坐下，发现椅子比她预料中离得更近。"古扎克先生不行。"她说。

老头不无惊奇地挑起眉毛。

"他是多余的人，"她说，"他不适合这里。我得找到适合这里的人。"

神父小心地把帽子放在膝盖上。他耍了个小小的心机，沉默地等上一会儿，然后再把话题转回自己的轨道。他差不多八十岁。她从没和神父打过交道，直到她在雇用难民的时候遇见这一位。他为她找来波兰人以后，便利用生意的机会向她传教——她知道他会这么做。

"给他点时间，"老头说，"他会学会适应的。你那只漂亮的鸟儿去了哪里？"他问道，接着说，"啊，我看到了！"他站起来向外望去，那只孔雀正和两只母鸡在草坪上紧张地迈着步子，它们长脖子上的毛竖着，孔雀是蓝紫色的，母鸡是银绿色的，在傍晚的阳光下闪闪发光。

"古扎克先生非常能干，"麦克英特尔太太竭力用平稳的声音继续说，"我承认这一点。但是他不知道如何和我的黑人相处，他们不喜欢他。我不能没有黑人。我也不喜欢他的态度。他待在这儿，却丝毫不觉得感激。"

神父推开了纱门，准备告辞。"啊，我得走了。"他咕哝着。

"我告诉你，要是我能找到一个理解黑人的白人，我就要让古扎克先生跑路。"她说完再次站了起来。

神父转身看着她的脸。"他没有地方可去。"他说。接着他说："亲爱的太太，我很了解你，你不会因为这点小事赶他走的！"他没等她回答便挥了挥手，叽里咕噜说了一通祝福的话。

她生气地笑着说："这一切又不是我造成的。"

神父的目光落在鸡和孔雀身上。它们走到了草地中间。孔雀突然停下来,向后弯起脖子,同时翘起尾巴,展开一片炫目的光芒。一层层饱满的小太阳飘浮在它头顶金绿色的迷雾中。神父张着下巴,看傻了眼。麦克英特尔太太心想从没见过这么蠢的老头。"耶稣降临时就是这样。"他欢快地大声说,用手擦了擦嘴,目瞪口呆地站着。

麦克英特尔太太露出一副清教徒似的古板神情,涨红了脸。谈及耶稣让她感觉难堪,就像谈论性会让她母亲觉得尴尬一样。"古扎克先生无处可去不是我的责任,"她说,"我不必为世界上所有多余的人负责。"

老头仿佛充耳不闻。他全神贯注地看着孔雀,孔雀迈着小步往后退,脑袋抵着开屏的尾巴。"变容啊。"他低声说。

她不知道他在说什么。"古扎克先生一开始就不应该到这儿来。"她狠狠地看了他一眼。

孔雀垂下尾巴,吃起草来。

"他一开始就不应该来。"她又一字一顿地说了一遍。

老头心不在焉地笑了。"他是来救赎我们的。"他温和地握了握她的手,说他要告辞了。

要不是肖特利先生几个星期后又回来了,她就得重新去雇个人了。她并不希望他回来,但是当她看到那辆熟悉的黑色汽车一路开过来停在房子旁边时,感觉自己才是那个经历了痛苦的长途跋涉的归家之人。她立刻意识到自己是多么想念肖特利太太。肖特利太太走了以后,她就没有人说话了,她跑到门口,期望能够看到她走上台阶。

肖特利先生一人站在那儿。他戴着一顶黑色的呢帽,穿着一件印有红蓝色棕榈树图案的衬衫,但是他那张被虫咬得起了水泡的长脸比一个月前更瘦了。

"呵!"她说,"肖特利太太呢?"

肖特利先生沉默不语。他的脸像是由内而外地发生了变化;他仿佛一个走了很久却滴水未沾的人。"她是上帝的天使,"他大声说,"她是世界上最好的女人。"

"她人呢?"麦克英特尔太太低声问。

"她死了,"他说,"她离开这儿的那天中风了。"他脸上有种死尸般的沉静。"我知道是那个波兰人杀了她。"他说,"她一开始就看穿了那个人。知道他是恶魔派来的。她告诉我的。"

麦克英特尔太太花了三天才接受了肖特利太太的死讯。她告诉自己,每个人都会觉得她们很亲密。她又雇了肖特利先生来干农活,尽管实际上没有了他妻子,她并不想要雇他。她告诉他,月底她会通知难民在三十天里离开,到时候他就可以重新干回挤奶的活。肖特利先生更喜欢挤奶的活,但是他觉得他可以等。他说看着波兰人离开这个地方会给他一点安慰,麦克英特尔太太说她会大感欣慰。她坦白说一开始她就应该知足,不该去世界上其他地方找帮手。肖特利先生说他参加过一战,所以他从来不待见外国人,知道他们是什么货色。他说他见过各种各样的,但是他们都和我们不一样。他说他想起一张曾经朝他扔手榴弹的男人的脸,那个男人戴着小小的圆形眼镜,就和古扎克先生的一样。

"但是古扎克先生是波兰人,不是德国人。"麦克英特尔太太说。

"他们没有多大区别。"肖特利先生解释。

黑人们很高兴看到肖特利先生回来。难民要求黑人和自己一样卖力工作，而肖特利先生知道他们的局限。有肖特利太太看着的时候，他自己也向来不是一个好工人，现在没有了她，他更加健忘和磨蹭。波兰人和往常一样努力工作，仿佛并不知道自己快要被撵走了。麦克英特尔太太看到那些她觉得永远也干不完的活转瞬就干完了，可她铁了心要摆脱他。看见他矮小坚定的身影飞快地到处移动，她便怒不可遏，觉得自己被老神父耍了。他说过，如果难民不能令她满意，没有法律规定说她一定要把他留下，但是接着他又搬出道义责任。

她打算告诉他，她只对自己人承担道义上的责任，她对为自己国家打过仗的肖特利先生负有责任，但是对只来这儿捞便宜的古扎克先生没有。她觉得在撵走难民前得先和神父说说清楚。到了月初，神父没有来，她决定晚几天再通知波兰人。

肖特利先生告诉自己，他早就应该知道没有一个女人会说到做到。他不知道对于她的犹豫不决他还能忍多久。他私下以为她大概是心软了，担心把波兰人赶走以后他们找不到新的容身之所。他可以告诉她事实是这样的：如果她让波兰人走，不出三年，他就会有自己的房子，屋顶上还架着电视天线。作为策略，肖特利先生每天晚上都去她的后门给她讲道理。"有时候白人得到的关照不及黑人。"他说，"但是这没关系，因为他终究是白人。但是有时候，"说到这儿他停下来看着远处，"一个为自己国家浴血奋战、甘心赴死的人，得到的照顾却比不上他的敌人。我问你：这样对吗？"他问她这种问题时会盯着她的脸，看看自己的话是否奏效。这段时间来她脸色不好。他留意到她眼睛周围的皱纹，之前只有他和肖特利太太两个白人帮手时，还没有那些皱纹。他一想起肖特利太太就感到心脏像铁桶一样沉入干涸的水井。

老神父迟迟不出现，似乎对上一次的来访心有余悸，但是他发现难民没有被撵走，终于大胆再次登门，打算接着上次断了的话题继续向麦克英特尔太太传教。她并没有要求他传教，但是他执意如此，不管和谁说话，在交谈中都要扯一些圣礼或者教义的解释。他坐在她的门廊上，对于她半是嘲讽半是愤怒的神情视而不见，而她晃着腿坐着，随时准备打断他。"因为，"他的口气就像是在说昨天发生在镇子里的事情，"上帝派他的独生子，耶稣基督我们的主"——他慢慢低下头——"作为人类的救世主，他……"

"弗林神父！"她的声音差点让他惊跳起来，"我想和您谈点要紧事。"

老头右眼的眼皮抽了抽。

"照我看来，"她狠狠地看了他一眼，"耶稣不过是另外一种难民。"

他稍稍举起手，又放在膝盖上。"啊。"他嘀咕着，像是在思考这句话。

"我得让那个人走。"她说，"我对他没有义务。我对那些为国家作出贡献的人有义务，而不是那些随便过来占便宜的人。"她说得飞快，想起了所有论据。牧师的注意力像是退回到一间私人祈祷室，直到她讲完。有一两次，他的视线徘徊在外面的草坪，仿佛在寻找逃离的方法，但是她没有停下。她告诉神父自己如何在这个地方坚持了三十年，总是在对付那些不知从哪儿冒出来，也不知道要去哪里的人，那些人只想要一辆车罢了。她说她发现他们都是一路货色，不管是从波兰来的，还是从田纳西来的。她说，古扎克一家翅膀一硬，就会毫不犹豫地离开她。她告诉神父那些看起来富有的人，其实是最穷的，因为他们有很多东西要维护。她问神父，他以为她是怎么支付饲料账单的。她告诉神父，她想要翻新房子，但是没钱。她甚至没钱修葺她丈夫的墓碑。她问神父知不知道她的保险金累积到今年有多少。最后她问神父，是否觉得她浑身都是钱，老头突然发出一声难听的大吼，仿佛这是一个滑稽的问题。

神父告辞以后，她没精打采，尽管她明显占了上风。她立刻决定月初便给难民三十天的期限，她把这个决定告诉了肖特利先生。

肖特利先生沉默不语。他的妻子是他认识的唯一一个说到做到的女人。她说波兰人是恶魔和神父派来的。肖特利先生很肯定神父对麦克英特尔太太施加了特殊的控制，不久麦克英特尔太太就会去他那儿做弥撒。她仿佛被什么东西从身体里吞噬着。她更消瘦，更焦虑，不再敏锐。她现在看着牛奶罐，却看不出它有多脏，他还见过她明明没有说话，却动着嘴唇。波兰人从没做错任何事情，但一直在惹恼她。肖特利先生自己做事情随心所欲——并不按照她的来——可是她仿佛并不在意。尽管她注意到波兰人一家都变胖了，却还是向肖特利先生指出，他们的脸颊凹陷，肯定是把所有的钱都存起来了。"是啊，夫人，有一天他会把你的地买了，再卖个精光。"肖特利先生大胆地说，他看得出来这番话吓到了她。

"我就等月初了。"她说。

肖特利先生也等着，然后月初来了又走，她没有解雇波兰人。他本可以告诉随便任何一个人。他不是一个粗暴的男人，但是他讨厌看到一个女人毁在外国人手上。他觉得男人不能袖手旁观。

麦克英特尔太太没有理由不立刻解雇古扎克先生，但是她拖了一天又一天。她担心账单和自己的健康。她晚上失眠，就算睡着也会梦见难民。她从没撵走过哪个人，都是他们自己离开她的。一天晚上，她梦见古扎克先生和他那一家子搬进了她的房子,而她搬去和肖特利先生住了。她吓坏了,醒来以后几个晚上都无法入眠;还有一天晚上她梦见神父来访,喋喋不休说个不停。"亲爱的太太,我知道你是个好心人,不会把可怜的波兰人赶走。想想外面还有成千上万的难民,想想焚尸炉、运尸车、集中营,还有生病的孩子们,以及我主耶稣。"

"他是多余的人,他破坏了这里的平衡。"她说,"我是个有脑子的务实的女人,这里没有焚尸炉,没有集中营,没有我主耶稣,他走了以后会赚更多的钱。他能在工厂干活,买辆车,再也不用和我说话——他们就是想要辆车。"

"焚尸炉、运尸车和生病的孩子,"神父喋喋不休,"还有我们亲爱的主。"

"太多了。"她说。

第二天早晨,她一边吃早饭一边下定决心要立刻去通知他,她起身走出厨房,沿着路往下走,手里还拿着餐巾。古扎克先生正在冲洗谷仓,像往常一样佝偻着,手叉在胯上。他关上水管,不耐烦地看着她,仿佛她干扰他干活了。她没有想好怎么开口就过来了。她站在谷仓门口,严肃地打量着一尘不染的湿地板和滴水的柱子。"有事吗?"他问。

"古扎克先生,"她说,"我现在无法履行我的责任了。"接着她提高嗓门,又用更坚定的声音一字一顿地说,"我得付账单。"

"我也是,"古扎克先生说,"账单很多,钱却很少。"他耸耸肩。

她看到一个高高的长着鹰钩鼻的身影像蛇一样从谷仓那一头滑过,太阳照在敞开的谷仓门上,身影停留在了那儿;她意识到一分钟前黑人还在她身后某处铲地,现在却寂静一片。"这是我的地盘,"她愤怒地说,

"你们都是多余的人。个个都是。"

"是的。"古扎克先生说着再次打开了水龙头。

她用手里的餐巾擦擦嘴走开了,像是完成了任务。

肖特利先生的身影从门边缩了回去,他靠在谷仓旁边,从口袋里掏出半截香烟点上。他现在什么都做不了,只能听从上帝安排,但是他清楚一件事:他不会闭上嘴干等着。

从那天早晨起,他开始对遇见的每个人抱怨和申诉自己的遭遇,不管是黑人还是白人。他在杂货店里抱怨,在县政府抱怨,在街角抱怨,直接对麦克英特尔太太抱怨,因为他从不偷偷摸摸。如果波兰人能听明白,肖特利先生也会对他说。"人人生来自由平等。"他对麦克英特尔太太说,"我出生入死证明了这个。在那里打仗、流血、赴死,回来以后发现是谁抢了我的工作——正是我的敌人。有一颗手榴弹差点要了我的命,我看见是谁扔的——一个戴着和他一样眼镜的小个子。他们可能是在同一家商店里买的。世界真小。"他微微苦笑一下。既然没有肖特利太太来替他说话了,便干脆自己说,他发现自己挺有天赋的。他有办法让其他人觉得他有道理。他对黑人说了很多。

"你为什么不回非洲。"一天早晨他们清理青贮窖的时候他问萨尔克,"那是你的国家,不是吗?"

"我不去那儿,"男孩说,"他们会生吞了我。"

"唔,如果你守规矩,就没有理由不能待在这儿,"肖特利先生和蔼地说,"因为你不是从哪里逃出来的。你祖父是被买下来的。他自己完全不想来。我讨厌那些从自己国家逃出来的人。"

"我向来觉得旅行没有必要。"黑人说。

"哦,"肖特利先生说,"如果我再次旅行,我就去中国或者非洲。去其中随便哪一个地方,你都能立刻说出你和他们的区别。你去其他地方,唯一的区别就是语言。而且不一定能发现,因为有一半人都说英文。我们就是在这里犯了错误。"他说,"——让所有的人都学说英文。如果每个人都只会说自己的语言,那就少了很多麻烦。我老婆说通晓两门语言就好像是在后脑勺长了只眼睛。你什么都瞒不过她。"

"当然瞒不过她。"男孩低声说,接着补充,"她很好。她是个好人。我从没见过比她更好的白种女人。"

肖特利先生转过身去,沉默地干了会儿活。过了一会儿他站起来,用铲柄拍了拍黑人男孩的肩膀。他凝视了他一会儿,湿润的眼睛里仿佛有千言万语。然后他轻声说:"主说,申冤在我。"

麦克英特尔太太发现城里每个人都听肖特利先生说了她的事情,每个人都批评她的所作所为。她开始意识到她有道义要解雇波兰人,她在逃避,因为做起来太难。她再也忍受不了日积月累的愧疚感,一个寒冷的星期六早晨,她吃完早饭就要去解雇他。她听到他正在发动拖拉机,便向机器棚屋走去。

地面上结了厚厚的霜,田野看起来像是绵羊后背上蓬乱的羊毛;太阳几乎是银色的,树木像干干的鬃毛一样直插向天际线。棚屋周围漾起一小圈噪声,乡野仿佛向四周退去。古扎克先生蹲在小拖拉机旁边的地上,正往里装一个零件。麦克英特尔太太希望他在剩下的三十天里还能为她把土地翻一翻。黑人男孩站在旁边,手里拿着工具,肖特利先生正在棚屋下面,打算爬上大拖拉机,把它倒出去。她打算等到他和黑人走开后再履行自己不愉快的义务。

她看着古扎克先生，上升的寒气麻痹了她的脚和腿，她不得不在坚实的地板上直跺脚。她穿着一件厚实的黑色大衣，系着红色头巾，上面压着一顶黑帽子替她遮挡阳光。黑色的帽檐儿下，她一副心不在焉的神情，嘴唇无声地动了一两次。古扎克先生盖过拖拉机的噪声嚷嚷着，让黑人递给他一把螺丝起子，他拿到以后就背贴在冰冷的地上，钻进机器底下。她看不到他的脸，只看见他的脚、腿以及身体从拖拉机的一边贸然伸出来。他脚上穿着一双溅满泥浆的破胶鞋。他抬起一只膝盖，又放下，稍稍转了点身。在所有憎恨他的事情里，她最憎恨的一点是，他没有自己主动离开。

肖特利先生爬上大拖拉机，从棚屋下面往外倒。他像是被它温暖了，它的热气和力量一波波地传送给他，他立刻驯服了。他朝小拖拉机的方向驶去，却停在小坡上刹了车，跳下拖拉机，转身往棚屋走去。麦克英特尔太太目不转睛地看着古扎克先生平伸在地上的腿。她听到大拖拉机的刹车滑脱了，抬头看见它自说自话地向前驶来。后来她记得她看到黑人无声地跳开，像被地上生出来的弹簧弹了一下，她看到肖特利先生以不可思议的慢动作转身，沉默地回头看，她记得自己朝难民喊，但是没有喊出声。她感觉到她的眼神、肖特利先生的眼神，还有黑人的眼神汇聚在一起，把他们永远定格成了同谋，她听见拖拉机碾过波兰人的脊椎骨时，他轻轻叫了一声。两个男人飞奔过去帮忙，她昏倒在地。

她记得她醒来以后跑去了什么地方，可能是跑进房子又跑出来，但是想不起来是为什么，也想不起来跑过去的时候有没有再次昏倒。等她最后跑回拖拉机旁边时，救护车已经到了。古扎克先生的身体上伏着他的妻子和两个孩子，旁边站着一个黑衣人，低声说着她听不懂的话。起初她还以为那是医生，后来她恼怒地意识到那是坐救护车一起来的神父，他正往被轧死的男人嘴里放东西。过了一会儿他站起来，她先是看到他沾血的裤腿，然后看到他的脸，他直视着她，但是一如四周的乡野，既萧瑟又冷漠。她只是看着他，因为她受了极大的惊吓，无法自处。她的头脑还不能完全接受发生的一切。当救护车把死者带走时，她感觉自己身处国外，伏在尸体上的人都是当地人，而她则如同异乡客。

那天晚上，肖特利先生不辞而别，另谋出路，黑人萨尔克突然想要去闯荡世界，出发去了这个州的南部。老头阿斯特无法单独工作。麦克英特尔太太几乎没有注意到她已经没有帮工了，因为她患了神经疾病，不得不去医院。她回来后发现自己已经操持不了这个地方，就把奶牛都交给了职业拍卖商（损失了很多钱），靠手头的余款生活，还得维持每况愈下的健康。她的一条腿开始麻痹，双手和头部发颤，最后不得不终日卧床，只有一个黑人妇女照看她。她的视力不断下降，嗓子也说不出话来。没有多少人记得来乡下看她，除了老神父。他每周定期过来一次，带着一包面包屑，喂完孔雀后，便进屋坐在她的床边，为她讲解教会教义。

圣灵之神殿

A Temple

of

the Holy Ghost

整个周末，两个女孩都互相叫对方"一号神殿"和"二号神殿"，她们笑得花枝乱颤、面红耳赤的，非常难看，尤其是乔安娜，脸上本来就有雀斑。她们来的时候穿着在圣斯考拉思蒂卡山必须穿的棕色修道服，但是一打开箱子，她们便脱了制服，换上红裙子和花衬衫。她们涂上唇膏，穿上高跟便鞋在房子里走来走去，每次经过走廊里长长的镜子便放缓脚步，打量一下自己的腿。她俩的一言一行，孩子都看在眼里。如果只有一个人来，或许还会陪她玩，但既然她俩都来了，孤单单的她只能在远处疑惑地看着她们。

她们十四岁——比她大两岁——但是都不聪明，因此被送去了修道院。如果她们去了普通学校，那除了和男孩鬼混，她们什么都做不好；她母亲说，修道院的修女会看着她们的。孩子观察了她们几个小时后认定她们真的特别白痴，她很庆幸她们只是远房表亲，她不可能遗传她们的愚蠢基因。苏珊称自己为苏赞。她很瘦，但是一头红发，有张漂亮的尖脸。乔安娜有一头天然卷的金发，不过用鼻音说话，而且笑起来的时候，脸上青一块紫一块。她们两个人都说不出一句聪明话，每句话都是这样开头的:"你知道我那会儿认识一个男孩……"

她们要在这儿待上一个周末,她母亲说不知道怎么招待她们,因为不认识她们这个年纪的男孩。这时候孩子突然灵机一动,嚷嚷着:"有骗子呀!叫骗子来!让科比小姐把骗子叫来和她们玩!"她差点被嘴里的食物噎住。她弯腰大笑,用拳头捶桌子,看着两个困惑的女孩,眼泪都掉出来了,滚落在肥嘟嘟的脸庞上,嘴里的牙箍像锡铁一样闪光。她以前从没想到过那么有趣的事情。

她母亲谨慎地笑起来,科比小姐红着脸,小心翼翼地用叉子把一粒豆送进嘴里。她是学校老师,长脸金发,住在她们家,奇特姆先生是她的追求者,他是个富有的老农,每周六下午都开一辆十五年车龄的浅蓝色庞蒂亚克车来拜访,车上落满红泥灰,里面坐着黑人,每个周六下午他都以每人十美分的价格捎这些黑人进城。放下他们以后,他便来见科比小姐,总是带着礼物———一袋煮花生,一只西瓜,或者一截甘蔗,有一次他还带来一盒批发来的露思宝贝牌糖果。他是个秃子,两鬓残留一点铁锈色的头发,面孔几乎和没有铺过的泥路一个颜色,也像泥路般被冲刷得叠叠沟壑。他穿着一件浅绿色的细黑条纹衬衫,系着蓝色吊带,裤腰卡在凸出的肚子上,胖乎乎的大拇指不时轻轻地摁着肚子。他牙齿都镶了金,会淘气地朝科比小姐翻翻眼睛,发出"嚯嚯"的声音,他叉着腿坐在她们门廊的秋千上,踩在地板上的短靴朝着两个方向。

"我觉得骗子先生这个周末不会进城。"科比小姐说,完全没弄明白这只是个玩笑,于是孩子再次笑抽,在椅子里前仰后合,摔了出来,在地板上打滚,躺在那儿喘气。她母亲告诉她说如果再瞎胡闹,就请离开饭桌。

昨天她母亲安排了阿隆佐·迈尔斯驱车四十英里路，去梅维尔的修道院接女孩们来度周末，然后星期天下午再雇他送她们回去。他是个十八岁男孩，体重二百五十磅，在出租车公司工作，他是能找到的唯一一个可以开车送你去任何地方的人。他抽烟，要不就嚼一种短短的黑雪茄，他的黄色尼龙衬衫里透出汗涔涔圆滚滚的胸膛。他开车的时候，所有的车窗都得开着。

"还有阿隆佐！"孩子在地上嚷嚷，"叫阿隆佐过来！叫阿隆佐过来！"两个女孩见过阿隆佐，气愤地叫起来。

她母亲也觉得好笑，但还是说，"你闹够了。"换了个话题。她问她们为什么称对方为"一号神殿"和"二号神殿"，这又引得她们咯咯大笑。最后她们开始解释。梅维尔慈善修女会最年长的修女培尔佩图曾经教过她们，如果一个年轻男人——说到这儿她们笑得太厉害，不得不从头说起——如果一个年轻男人——她们把头埋进膝盖——如果——她们最后终于嚷嚷出来——如果他"在汽车后面对她们行为不轨"，培尔佩图修女说她们应该说，"住手，先生！我们是圣灵的神殿！"这样就没事了。孩子茫然地从地板上坐起来。她一点不觉得好笑。真正好笑的是奇特姆先生或阿隆佐·迈尔斯陪她们玩。她都要笑死了。

她母亲也不觉得她们说的有什么好笑。"我觉得你们两个姑娘真是太傻了，"她说，"毕竟你们确确实实就是——圣灵的神殿。"

两个女孩抬头看着她，礼貌地压住笑意，但是满脸震惊，像是才开始意识到她和培尔佩图修女是一种人。

科比小姐的表情一如平常，孩子想她现在一定满脑子都想着这个。我是圣灵的神殿，孩子对自己说，很喜欢这个词语。这让她觉得像是收到了一件礼物。

午饭过后,她母亲倒在床上说:"我再不给那些女孩找些乐子,她们就要把我逼疯了。她们真可怕。"

"我打赌我知道你应该把谁叫来。"孩子说。

"听着,不许再提奇特姆先生的名字了。"她母亲说,"你让科比小姐很难为情,奇特姆先生是她唯一的朋友。主啊。"她坐起来,悲伤地望着窗外,"那个可怜人太孤独了,她甚至得坐在那辆闻起来像最后一层地狱的车上。"

孩子心想,她也是圣灵的神殿啊。"我说的不是他,"孩子说,"我说的是那威尔金斯家的那两个,温德尔和科里,他们在布谢尔老太太的农场做客呢。他们是老太太的孙子,为她干活。"

"这主意不错。"她母亲低声说着,赞许地看了她一眼。但是接着她又倒了下去,"他们不过是乡下男孩。那两个女孩会看不起他们。"

"哈,"孩子说,"他们穿长裤。他们十六岁,而且有辆车。有人说他们都要去教堂做牧师,因为做牧师什么都不用懂。"

"她们和那两个男孩在一起一定很安全。"她母亲立刻起身给他们的祖母打了个电话,她和老太太讲了半个小时,说好让温德尔和科里过来吃晚饭,然后带两个女孩去逛游园会。

苏珊和乔安娜很高兴,她们洗了头发,卷上铝卷。孩子盘腿坐在床上看她们拆发卷,心想,哈哈,你们会见识到温德尔和科里的!"你们会喜欢那两个男孩的。"她说,"温德尔六英尺高,红头发。科里六英尺六,黑头发,穿运动夹克,他们的汽车前面挂着一条松鼠尾巴。"

"你这么个小孩怎么对那两个男人那么了解?"苏珊把脸凑到镜子

跟前，盯着自己放大的瞳孔。

孩子躺回到床上，开始数天花板上窄窄的木板，直到数不清。我当然了解，她对某个人说。我们一起参加过世界大战。他们都听命于我，我五次把他们从日本自杀式潜艇跟前救了出来，温德尔说我要娶那个女孩，另外一个说不行，我才要娶她，我说你俩都不行，因为你俩眨眼的工夫，我便能让你们乖乖听命。"我不过是常常在周围遇见他们。"她说。

他们来了以后，女孩们盯着他们看了一秒钟就开始咯咯直笑，互相说着修道院的事。她们一起坐在秋千里，温德尔和科里坐在栏杆上。他们像猴子一样坐着，膝盖齐肩，胳膊垂在中间。他们又矮又瘦，红脸蛋，高颧骨，浅色的眼睛像种子似的。他们带来了一只口琴和一把吉他。一个人轻轻吹起口琴，一边吹一边看着女孩，另一个开始拨弄着吉他唱起歌，向上歪着脑袋，没有看她们，仿佛沉浸在自己的歌声中。他唱的是一支乡间民谣，听起来既像情歌又像赞美诗。

孩子把一只水桶踢到房子旁边的灌木丛里，站了上去，脸和门廊地板一样高。太阳下山，天空变成青紫色，仿佛和甜美悲伤的歌声连在一起。温德尔一边唱歌一边微笑地看着女孩们。他望着苏珊的目光满怀小狗似的爱慕，唱道：

耶稣是我良友，

他是我的所有，

他是谷中百合，

他给与我自由。

然后他用同样的目光望着乔安娜唱道：

我被火墙包围，
心中无所畏惧，
他是谷中百合，
永远把我守卫。

女孩们互相看了一眼，抿着嘴唇不笑出声来，但是苏珊还是忍不住，连忙用手捂住了嘴巴。歌手皱了皱眉，下面几秒钟只拨弄着吉他。接着他开始唱《古旧的十字架》，她们礼貌地聆听，但是等他唱完，她们说，"让我们唱一首！"他还没来得及再唱一首，她们便用修道院训练过的声音唱了起来：

皇皇圣体尊高无比，
我们俯首致钦崇，
古旧教理已成陈迹，
新约礼仪继圣功。

孩子看到男孩严肃的脸上露出困惑的表情，他们皱着眉互相看了看，不是很确定自己是否被取笑了。

五官之力有所不及，
应由信德来补充。

赞美圣父赞美圣子,

欢欣踊跃来主前。

男孩的脸色在灰紫色的暮光里变得暗红。他们看起来又残忍又吃惊。

歌颂救主凯旋胜利,
颂扬主德浩无边,
圣神发自圣父圣子,
同尊同荣同威严。
阿门。

女孩们拖长声音说"阿门",接着是一片寂静。

"那肯定是犹太人的歌。"温德尔给吉他调了调音。

女孩子们白痴似的咯咯笑起来,但是孩子在水桶上直跺脚。"你这头大蠢牛!"她嚷嚷着,"你这头要做牧师的大蠢牛!"她叫着从水桶上摔下来,他们从栏杆上跳下来看是谁在嚷嚷,她赶紧爬起来一溜烟地跑过屋角。

她母亲为他们在后院准备好了晚餐,她摆好桌子,上面还挂着一些花园派对用的日本灯笼。"我不和他们吃饭。"孩子从桌子上拿走自己的盘子,放到了厨房,和一个牙龈发青的瘦厨子坐在一起,吃自己的晚饭。

"你有时候怎么那么难伺候?"厨子问。

"那些愚蠢的白痴。"孩子说。

灯笼把和它们并排的树叶染成了橘色，上面的树叶是黑绿色的，底下则是各种昏暗轻柔的颜色，坐在桌边的女孩们比平时看起来更美了。孩子不时转过头去，朝着厨房窗户底下怒目而视。

"上帝应该让你又聋又哑又瞎，"厨子说，"这样你就不会这么聪明了。"

"我还是会比有些人聪明。"孩子说。

晚饭以后他们去游园会了。她也想去游园会，但不想和他们一起，所以即便他们问她她也不会去。她上了楼，在长长的卧室里走来走去，双手背在身后，脑袋探在前面，脸上一副既残酷又梦幻的表情。她没有开电灯，黑暗慢慢聚拢，房间显得更小，也更私密。每隔一段时间，便有一束光穿过开着的窗户，把阴影打在墙上。她停下脚步，驻足眺望外面黑暗的山坡，越过闪着银光的池塘，越过一排排树木，望向斑斑点点的天空，一束细长的光线在空中搜寻，盘旋向上，绕着圈，又隐去，像是在追踪消失的太阳。那是游园会的灯标。

她远远听见风琴声，脑海里浮现出锯末般的灯光底下支起的一只只帐篷，摩天轮闪着钻石的光芒在空中上上下下转了一圈又一圈。欢呼的旋转木马也在地面转个不停。游园会持续五到六天，有为学生准备的下午场，还有为黑人准备的晚场。她去年去了学生下午场，看到了猴子和胖子，还坐了摩天轮。有些帐篷关着，因为里面的内容只能给成年人看，但是她兴致勃勃地看了看帐篷外面的广告画，帆布上的画已经褪色了，画里的人穿着紧身衣，阴沉的脸僵硬紧绷，像是等待着被罗马士兵割舌的殉道者。她想象帐篷里面的东西和药物有关，决心长大以后要做个医生。

她后来改变了主意，想成为工程师，但是当她眺望着窗外，看着盘旋的探照灯变粗、变短，沿着弧度绕圈，她感觉自己不仅仅要成为医生或工程师。她必须成为圣人，因为圣人无所不知；而她知道自己永远也成为不了圣人。她不偷窃，不杀人，但是她生来就是个撒谎精，而且懒惰——她顶撞母亲，故意和几乎所有的人闹别扭。最糟糕的是，她被傲慢的罪孽吞噬。她取笑在学校毕业典礼上传教的浸礼会牧师。她咧着嘴巴扯着额头，做出痛苦的样子，还呻吟着："圣父，我们感谢你。"完全就是神父的模样，她被警告过很多次别再这样了。她永远也成不了圣人，但是她觉得如果他们能赶紧杀了她，她还是可以成为殉道者。

她可以忍受被射杀，但不能被油烧死。她不知道自己能不能忍受被狮子或者其他东西撕成一块一块。她已经准备好了殉道，想象自己穿着紧身裤站在竞技场中央，早期的基督徒被吊在火笼里，照亮了整个竞技场，一道灰蒙蒙的金光落在她和狮子身上。第一头狮子冲过来，拜倒在她脚下，归顺于她。其他所有的狮子都一样。狮子们太喜欢她了，和她睡在一起，最后罗马人不得不烧死她，但是他们吃惊地发现她烧不死，太难杀掉她，他们最终用一把剑飞快地砍下她的脑袋，她立刻去了天堂。她把这一幕排练了好几遍，每次都在天堂的入口处回到狮子身边。

最后她从窗户边起身，没有做祷告就准备睡觉。房间里有两张大大的双人床。女孩们睡另外一张床，她试图想些又冷又黏的东西可以藏在她们的床上，但是想不出来。能想到的东西她都没有，像是死鸡，或者一片牛肝。窗外不断传来风琴声，她睡不着，想起还没有祷告，便起床跪下来，开始祷告。她开头说得很快，说完《使徒信经》的背面，她把下巴搁在床边，发起呆来。她想起来要祷告时总是敷衍了事，但有时候她做了错事，或是听了音乐，或是掉了东西，或者有时候完全没有理由，她会被热情打动，想到基督在前往受难地的漫长旅途中，被粗糙的十字架压倒三次。她的思维会停滞一会儿，然后放空，被唤醒时，她会发现自己正在想着另外一件完全没关系的事情，想着一只狗，一个女孩，或者是她某天要做的某件事情。今晚想起温德尔和科里，她满心感恩，几乎要高兴到啜泣，她说："主啊，主啊，感谢您，我不在教堂任职，感谢您啊主，感谢您！"她回到床上，不断念叨着，直到睡着。

女孩们回来的时候是十一点三刻，咯咯的笑声吵醒了她。她们打开一盏蓝色灯罩的小灯照明，在旁边脱衣服，瘦瘦的影子映在墙上，从中间一折为二，继续温柔地映上天花板。孩子坐起来听她们谈论游园会。苏珊买了一把装满便宜糖果的塑料手枪，乔安娜则买了一只红色波尔卡圆点的纸板猫。"你们看见猴子跳舞了吗？"孩子问，"你们看见胖子和侏儒了吗？"

"各式各样的怪物。"乔安娜说。接着她对苏珊说，"我从头到尾都玩得挺高兴，除了那个，你知道。"她的脸上浮现出奇怪的表情，像是咬了一口什么东西，不知道是喜欢还是不喜欢。

另一个女孩静静站着，摇了一下头，朝孩子轻轻点了点。"小孩耳朵长。"她声音很低，但是孩子听到了，心脏开始跳得飞快。

她下床爬到她们床脚的踏板旁边。她们关了灯，钻进被窝，她还是一动不动。她坐在那儿，使劲盯着她们，直到她们的脸在黑暗中也显出清晰的轮廓。"我没有你们年纪大，"她说，"但是我比你们聪明一百万倍。"

"有些事情，"苏珊说，"像你这个年纪的孩子不懂。"她俩都笑起来。

"回到你自己的床上去。"乔安娜说。

孩子还是不动。"一次,"她的声音在黑暗中回荡,"我看见兔子生小兔子。"

沉默了一会儿。苏珊冷冷地说:"怎么生的?"她知道自己吸引了她们的注意。她说不会告诉她们,除非她们告诉她看到了什么。实际上她从没见过兔子生小兔子,但是她们说到帐篷里的见闻时,她很快就忘记了这个。

那是一个怪胎,名字很怪,她们不记得了。帐篷被黑色的窗帘隔成两半,一半给男人,一半给女人。怪胎从一边走到另一边,先和男人说话,再和女人说话,但所有的人都能听见。门口一圈都是舞台。女孩们听到怪胎对男人说:"我给你们看看这个,但如果你们发笑,上帝会让你们遭受相同的折磨。"怪胎有着乡巴佬的嗓音,慢条斯理,拿腔拿调,既不高也不低,就这样平平淡淡。"上帝把我造成这样,如果你们发笑,他会让你们遭受相同的折磨。他希望我这样,我不会违背他的意愿。我给你们看是因为我会好好利用它。我希望你们能表现得像绅士和女士。我从没对自己做过这个,这和我无关,但是我希望好好利用它。我不反抗。"帐篷的另一边传来长长的沉默,终于怪胎离开了男人,来到了女人的这边,说了一样的话。

孩子感到肌肉紧绷,像是谜语的答案比谜语本身更加使人疑惑。"你是说它有两个头?"她说。

"不是的。"苏珊说,"它既是男人又是女人。它撩起裙子给我们看。它穿着蓝色的裙子。"

孩子想问要不是有两个头,怎么能够既是男人又是女人,但是她没问。她想要回到自己的床上仔细想想,便爬下了踏板。

"兔子是怎么回事?"乔安娜问。

孩子停下来,从踏板上露出一个脑袋,出神地、心不在焉地说:"从嘴里吐出来的。"她说,"六只。"

她躺在床上试图想象出怪胎在帐篷里从一边走到另一边的情形,但是她太困了,想不出。倒是更容易想象周围观赏着的乡巴佬,男人们比平常在教堂里更严肃。女人们眼神做作,严峻而礼貌地站着,像是在等待钢琴奏响赞美诗的第一个音符。她能听到怪胎在说:"上帝让我变成这样,我不反抗。"周围的人们说:"阿门。阿门。"

"上帝让我变成这样,我赞美他。"

"阿门。阿门。"

"他也能让你遭受相同的折磨。"

"阿门。阿门。"

"但是他没有。"

"阿门。"

"站起来。圣灵的神殿。你!你是上帝的神殿,你知不知道?你知不知道?上帝的灵魂栖息于你,你知不知道?"

"阿门。阿门。"

"任何人玷污上帝的神殿,上帝就会毁灭他,如果你发笑,他会让你遭受相同的折磨。上帝的神殿是神圣的。阿门。"

"我是圣灵的神殿。"

"阿门。"

人们开始小声鼓掌,和着一声声的阿门,有节奏地鼓掌,越来越轻柔,像是知道旁边有一个慢慢进入梦乡的孩子。

第二天下午,女孩子们重新穿上棕色的修道服,孩子和她母亲送她们回圣斯考拉思蒂卡山。"哦,上帝啊,哦,天哪,"她们说,"又要回到那个该死的地方。"阿隆佐·迈尔斯开车送她们,孩子和他坐在前排,她母亲坐在后排两个女孩中间,告诉她们说她们能来她真是太高兴了,她们一定要再来啊,还说起她和她们母亲年轻时在修道院一起度过的好时光。孩子完全没有理会这些废话,紧紧靠在锁住的车门上,脑袋探出窗户。她们本以为阿隆佐星期天闻起来应该不那么臭,但并不是。透过被风吹拂的头发,她能直视下午蓝色的天空中镶嵌着的象牙色的太阳,但是当她把头发拨开,便只能眯起眼睛了。

圣斯考拉思蒂卡山是一座红色砖房,矗立在镇子中间的一座花园后面。一边是加油站,另一边是消防所。四周围着高高的黑色铁篱笆,老树和开满花朵的山茶树之间铺着窄窄的砖道。一个圆脸盘的高个子修女奔到门边让她们进去,修女拥抱了她的母亲,也想要拥抱她,但是她伸出手,冷冷地皱了皱眉,目光从修女的鞋子移到壁板。修女们就连长相普通的孩子也要亲一亲,但是这个修女却只是使劲握了握她的手,把她的指关节都捏响了,说她们必须得去礼拜堂看看,赐福祈祷刚刚开始。你踏进她们的门,她们就要让你祷告,孩子一边想着,一边跟着她们快步走过干干净净的走廊。

你还以为她在赶火车呢,她继续邪恶地想,她们走进礼拜堂,修女们跪在一边,穿着清一色棕色修道服的女孩们跪在另外一边。礼拜堂里散发着一股薰香味。满眼都是浅绿和浅金,飞拱一个接一个,一直延伸到圣坛顶上,神父跪在那儿,面对圣体匣,低低俯身。一个穿着白色法衣的小男孩站在他身后,摇着香炉。孩子跪在她母亲和修女中间,她脑子里邪恶的想法还没停下来,她们便唱起"尊高无比",她开始意识到自己是在上帝面前。帮帮我,让我不要那么坏,她机械地唱起来。帮帮我,让我不要顶撞她。帮帮我,让我不要像这样说话。她的头脑安静下来,接着空空如也,但是当神父举起圣体匣,中间的圣体散发出象牙的光泽时,她想起游园会帐篷里的怪胎。怪胎说:"我不反抗。他希望我生来如此。"

她们要离开修道院大门时,高个子修女调皮地俯身抱住她,黑色修道服差点让她透不过气,修女把她的半边脸按在她腰带上挂着的耶稣受难十字架上,接着松开她,用海螺似的小眼睛看着她。

回家路上,她和母亲坐在后排,阿隆佐自己在前排开车。孩子注意到他脖子后面有三圈叠起来的肥肉,又发现他耳朵尖尖的和猪一样。她母亲没话找话地问他有没有去游园会。

"去过,"他说,"什么都没落下,幸好我去了,他们说是要办到下周,但是下周就没有了。"

"为什么?"她母亲问。

"被取缔了。"他说,"镇上的牧师过来视察了一番,就让警察来取缔了。"

她母亲没有再接话,孩子的圆脸若有所思。她转向窗外,连绵起伏的牧场,蔓延出一整片绿色,直到与黑暗的树林相接。太阳是一个巨大的红色圆球,像鲜血中被举起的圣体,当它消失于视野时,在空中留下一道线,仿佛悬挂在树梢上的红泥路。

黑人雕像

**The**

**Artificial**

**Nigger**

海德先生醒来时发现满屋月光。他坐起来盯着地板看——银光闪闪——接着又注视着像是用锦缎做成的枕套，转眼看到五英尺外的刮胡镜里挂着半轮月亮，似乎在等待他的入门许可。月亮向前滚动，威严地照亮一切。墙边的靠背椅直挺挺的，严阵以待，海德先生的裤子尊贵地挂在椅背上，像是什么伟人刚刚递给仆人的衣物；但月亮一脸肃穆。它巡视了房间一圈，迈出窗户，飘浮在马厩上，陷入沉思，好像一个年轻人注视着自己老迈的模样。

海德先生原本可以告诉它，岁月是最好的福分，只有上了年纪才能心平气和地看待人生，成为年轻人合适的导师。至少这是他自己的体会。

他坐起来抓住床脚的铁栏杆，撑起身子，去看放在椅子旁边一只倒扣的水桶上的闹钟。现在是凌晨两点。闹铃坏了，但是他不需要依靠机械装置叫醒自己。六十年的岁月没有使他反应迟缓；他的身体反应和精神一样，受到意志和强烈性格的控制，他的五官清晰地证明了这一点。他的脸很长，像根管子，张开的下巴又长又圆，还有一只长长的塌鼻子。他的眼睛警觉而安静，在神奇的月光下散发着沉着智慧的光芒，仿佛人类伟大的导师。他可能是半夜被但丁召唤的维吉尔，或者更像是被上帝的光芒唤醒，要飞往托拜厄斯身边的拉斐尔。房间里唯一的黑暗角落是窗户底下阴影里尼尔森的那张小床。

尼尔森侧身蜷缩着，膝盖抵着下巴，脚跟碰着屁股。他的新外套和帽子还装在原来的盒子里，放在床脚边的地板上，一醒来便能摸到。阴影之外的尿壶在月光底下一片雪白，仿佛小小的私人天使般立在一旁守护着他。海德先生躺回床上，信心十足，感觉自己第二天能担负起道义上的责任。他打算在尼尔森醒来之前起床做好早饭。男孩总是恼怒海德先生起得比他早。他们四点就得出门，这样才能在五点半赶到火车站。火车五点四十五分会为他们停一下，他们必须准时，因为火车是专门为了接他们才靠站的。

这是男孩第一次进城，但他声称是第二次，因为他生在那儿。海德先生试图向他指出，他出生那会儿根本不知道自己在哪儿，但是没用，孩子坚持说这是他第二次进城。这是海德先生第三次进城，尼尔森说："我才十岁，但我已经去过两次了。"

海德先生反驳过他。

"要是你十五年没去过那儿，怎么知道你还认识路？"尼尔森问，"怎么知道路没变过？"

"你有没有——"海德先生问，"见过我迷路？"

尼尔森当然没见过，但他不顶嘴不行，于是他回答："这附近怎么可能迷路。"

"总有一天，"海德先生预言，"你会发现自己根本不如想象中那么聪明。"他琢磨这次旅行好几个月了，但是大多是出于道义教育的考虑。对男孩来说这会是难忘的一课。他会认识到出生在城里没什么了不起的。他会发现城市也不是什么了不得的地方。海德先生想让他见识到城里的一切，这样他便能安心在家里度过余生了。他想着男孩会发现自己并没有想象的那么聪明，想着想着便睡着了。

三点半他被煎肉的味道唤醒，起身下床。小床空了，放衣物的盒子也打开着。他穿上裤子跑到另一间房间。男孩煎好了肉，正在烙玉米饼。房间里半黑半明，他坐在桌边，喝着罐子里的冷咖啡。他穿上了新外套，崭新的灰帽子低低地压在眼睛上。帽子有点大，买的时候要大了一号，因为觉得他的脑袋还会再长。他什么都没说，但是他整个人都因为比海德先生起得早而洋洋得意。

海德先生走到灶台边，连锅带肉端到桌子上。"不用着急，"他说，"很快就能到那儿了。你去了还不一定会喜欢呢。"他坐在男孩对面，男孩的帽子慢慢向后滑去，露出一张凶狠冷漠的脸，和老头的轮廓几乎一样。他们是祖孙，但是看起来像兄弟，而且是年纪相差无几的兄弟，因为海德先生在白天露出年轻的神情，而男孩则很老成，仿佛已经看透万物，只想要遗忘。

海德先生曾经有过一个妻子和一个女儿，妻子死了以后，女儿跑了，隔了几年带着尼尔森回来。接着有一天早晨，她没有起床就死了，留下海德先生独自照顾一岁的孩子。他本不该告诉尼尔森他出生在亚特兰大。如果没有告诉他，尼尔森就不会坚称这是他第二次进城。

"讲不定你一点也不喜欢那个地方，"海德先生继续说，"那儿都是黑人。"

男孩做了个鬼脸,仿佛觉得黑人不算什么。

"好吧。"海德先生说,"你都没见过黑人。"

"你起得可不早。"尼尔森说。

"你都没见过黑人,"海德先生又说了一遍,"自从十二年前我们赶走一个黑人以后,这个镇上就没有黑人了,那会儿你还没出生呢。"他盯着男孩,像是要挑衅他说出曾经见过黑人这样的话。

"你怎么知道我没见过呢,我以前就住在城里,"尼尔森说,"我可能见过很多黑人呢。"

"就算你见过,你也记不清了,"海德先生彻底恼了,"六个月的孩子根本不知道什么黑人不黑人的。"

"我觉得我只要见到一个就能认出来。"男孩起身把明显皱了的灰帽子拉拉直,去外面上厕所了。

赶到车站的时候火车还没进站,他们站在距离第一组铁轨两英尺远的地方。海德先生拿着一个纸袋子,里面装着饼干和沙丁鱼罐头作为午饭。一轮粗野的橘红色太阳从东边的山脉后面爬上来,把他们身后的天空映成阴沉的红色,而面前的天空依然是灰蒙蒙的,他们看着透明的灰色月亮,比一枚指纹清晰不了多少,黯淡无光。只有一个小小的铁皮电闸盒和一个黑色油罐能证明这地方是个车站;双轨铁道始终没有交汇,直到从两头延伸转弯以后才汇合。经过的火车像是从树木的隧道里钻出来的,被寒冷的天空撞了一下,又再次慌张地消失在树林里。海德先生不得不让售票处特别安排火车停一下,他暗暗担心火车万一不停,那样的话,尼尔森一定会说:"我从没想过还有火车能特意为你停下来。"在清晨黯淡的月光下,铁轨看起来又白又脆弱。老头和小孩都向前望着,像是在等待幽灵出现。

接着,海德先生还没来得及决定打道回府,一阵低沉的汽笛响起,火车出现了,缓缓地滑行在铁轨上,从两百码远的地方几乎无声地穿过树丛,车头上亮着一盏黄灯。海德先生还是不能确定它是否会停下来,如果它慢慢从他们身边开走的话,那他就显得更蠢了。然而他和尼尔森都打定主意,如果火车开过去了,他们就装得毫不在乎。

火车头开过去了,一股炽热的金属味扑鼻而来,然后第二节车厢正好停在了他们站的地方。踏板上站着一个列车员,长着一张老迈浮肿的斗牛犬面孔,他像是在等他们,尽管他看起来并不在乎他们上不上车。"往右边走。"他说。

他们立刻就上了车,刚踏进安静的车厢,火车就已经在加速了。大部分旅客还在睡觉,有人脑袋耷拉在椅子扶手上,有人占了两个座位,有人伸长身子,脚伸在走廊里。海德先生看到两个空座位,推着尼尔森走过去。"靠窗坐吧。"他用平常的嗓门说话,但是在清晨这种时候显得特别响。"没人管你坐在哪里,那儿没人,就坐那儿吧。"

"我听见了。"男孩咕哝着,"没必要嚷嚷。"他坐下,转头望向窗外。他看见一张鬼魂般惨白的脸,藏在一顶鬼魂般惨白的帽子底下,怒气冲冲地看着自己。他的外祖父也飞快地看了一眼,看到一个不一样的鬼魂,一样惨白,但是戴着黑帽,咧着嘴笑。

海德先生坐下来安顿好,掏出车票,开始大声朗读上面打印的每个字。人群起了骚动。有些人醒过来瞪着他。"摘下帽子。"他对尼尔森说,摘下自己的帽子放在膝盖上。他的后脑勺上紧贴着些白发,早些年还是烟草色的。脑门秃了,皱巴巴的。尼尔森也摘下帽子放在膝盖上,他们等着列车员过来检票。

走廊对面的男人四仰八叉地占了两张座位，脚搁在窗户上，脑袋伸出走廊。他穿着件浅蓝色的外套，黄色衬衫的领口没有系纽扣。他刚刚睁开眼睛，海德先生正要自我介绍的时候，列车员从后面走过来，粗声说："车票。"

等列车员走了，海德先生把还回来的半张票递给尼尔森说："放在口袋里，如果丢了你就要留在城里了。"

"那也不一定。"尼尔森觉得这是个不错的建议。

海德先生不理他。"这孩子第一次坐火车。"他向走廊对面的男人解释，男人现在已经双脚着地挨着椅边坐直了。

尼尔森拉拉帽子，愤怒地扭头望向窗外。

"他没见过世面，"海德先生继续说，"和他生下来的时候一样无知，但是我打算让他见识见识，以后就不用来了。"

男孩向前探出身体，越过他的外祖父和陌生人说："我是在城里出生的。"他说，"我生在城里，这是我第二次进城。"他坚定地高声说，但是走廊对面的男人似乎不明白。他的眼睛底下有两个深深的黑眼圈。

海德先生把手伸过走廊，拍拍他的胳膊。"对付孩子的好办法，"他深明事理地说，"就是什么都让他见识见识。什么都别落下。"

"是啊。"男人说。他低头看了看自己肿胀的脚，把左脚抬离地面十英寸。过了一分钟，他放下左脚，抬起右脚。车厢里的人开始起身走动，打哈欠，伸懒腰。四处都响起交谈声，一会儿就变成了嗡嗡声。海德先生沉着的表情突然变了。他几乎闭着嘴，眼睛里呈现出既凶狠又谨慎的神情。他看着车厢的尽头，头也没回地拽住尼尔森的胳膊，把他往前拉。"看。"他说。

一个棕色皮肤的壮汉正慢慢走过来。他穿着一件浅色的外套，系着黄色缎面领带，别着红宝石别针。扣好的上衣底下神气地挺着一个肚子，一只手放在肚子上，另一只手里握着根黑色手杖，每走一步，就故意举起手杖又放下。他走得很慢，大大的褐色眼睛打量着乘客的脑袋。他留着白色的小胡子和一头卷曲的白发。身后有两个年轻女人，都是棕色皮肤，一个穿黄裙子，一个穿绿裙子。她们的步履和他保持一致，跟在他身后小声交谈着。

海德先生握紧尼尔森的胳膊。三个人从他们身边经过时，握手杖的棕色手指上有一枚蓝宝石戒指闪闪发光，光芒射进海德先生的眼睛，但是他没有抬头看，那个壮汉也没有看他。这队人穿过走廊，走出车厢。海德先生松开尼尔森的胳膊。"那是什么人？"他问。

"一个男人。"男孩愤愤地看了他一眼，像是感觉自己的智商受到侮辱。

"什么样的男人？"海德先生继续冷冷地说。

"一个胖子。"尼尔森说。他觉得最好小心点说话。

"你不知道那是什么人？"海德先生下了最后通牒。

"一个老头。"男孩突然预感到他这一天都不会好过了。

"那是一个黑人。"海德先生坐了回去。

尼尔森跳起来，站着往车厢尽头看，但是黑人已经不见了。

"我以为你认得黑人呢，你第一次在城里的时候不是见过很多吗？"海德先生继续说，"这是他见过的第一个黑人。"他朝走廊对面的男人说。

男孩滑坐到座位里。"你说他们是黑色的，"他生气地说，"你没说他们是棕色的。你都不好好和我说,我怎么会知道?"

"你就是无知。"海德先生起身坐到走廊对面男人旁边的空座位上。

尼尔森再次回头看着黑人消失的地方。他觉得这个黑人故意穿过走廊愚弄他,他恨他,非常恨他,现在他理解为什么外祖父不喜欢黑人了。他看着窗户,窗户里的那张脸像是示意他这一天可不好过。他思忖他们到城里的时候他是否还认得出那个地方。

海德先生说了几个故事以后发现,他的交谈对象睡着了,于是他起身向尼尔森提议把火车走一遍,四处看看。他特别想要男孩见识一下盥洗室,于是他们首先来到男盥洗室,查看了一下水管。海德先生把冷却器当成是自己的发明来展示,又给尼尔森看了有一个水龙头的盥洗台,旅客们在这儿刷牙。他们穿过几节车厢,来到餐车。

这是火车里最优雅的车厢。墙壁刷成鲜艳的蛋黄色,地板上铺着葡萄酒颜色的地毯。桌边有宽大的窗户,沿途变换的壮阔景色都缩映在咖啡壶侧和玻璃杯上。三个格外黝黑的黑人穿着白外套和围裙在走廊里跑来跑去,晃着托盘,对正在吃早饭的旅客鞠躬点头。其中一个冲到海德先生和尼尔森跟前,伸出两根手指说:"两人座位!"但是海德先生大声回答:"我们出门前就吃过了!"

服务员戴着大大的褐色眼镜,放大了他的眼白。"那请靠边站。"他像赶苍蝇似的在空中挥挥胳膊。

尼尔森和海德先生都一动不动。"看啊。"海德先生说。

餐车的角落里放着两张桌子,用藏红花颜色的帘子和其他桌子隔开。一张桌子已经摆好了,但是没有人,还有一张桌子旁边,面对他们,背对帘子,坐着那位壮硕的黑人。他一边往玛芬上抹奶油,一边温柔地和身边两个女人说话。他有一张忧伤的脸,脖子从白色的衣领两边鼓出来。"他们被隔离开了。"海德先生解释。他接着说,"我们去厨房看看。"他们穿过餐车,但是服务员飞快地跟了过来。

"乘客不能进厨房!"他傲慢地说,"乘客不能进厨房!"

海德先生原地停下,转过头来。"这很有道理。"他冲那个黑人的胸口嚷嚷,"因为蟑螂会把乘客赶出来。"

所有的旅客都笑开了,海德先生和尼尔森也笑着走出来。海德先生在家乡向来以机智闻名,尼尔森此刻也为他感到骄傲。他意识到在他们将要去的陌生地方,老头是他唯一的倚靠。如果他失去了外祖父,那他在这个世界上便无依无靠了。他感到一阵强烈的兴奋,想要抓住海德先生的衣服,孩子似的一直抓着。

他们回到座位上,从窗户往外看,田野上出现了星星点点的房子和农舍,还有一条高速公路与火车并行。汽车在上面飞驰,又小又快。尼尔森觉得空气里呼吸的气息比半小时前少了。走廊对面的男人走了,所以海德先生身边没人可以讲话,他只好透过自己的影子看着窗外,大声地念出他们经过的楼房的名字。"南方化工公司!"他念着,"南方少女面粉!南方大门!南方美人棉产品!帕蒂花生酱!南方妈咪甘蔗糖浆!"

"别念了。"尼尔森嘘道。

车厢的乘客都起身从头顶的行李架上拿行李。女人们穿戴起了大衣和帽子。列车员探出脑袋来嚷嚷:"第一站到了。"尼尔森战战兢兢地从座位上跳起来。海德先生摁着他的肩膀让他坐下。

"好好坐着,"他威严地说,"第一站在城边。第二站才是大站。"他知道这些是因为他第一次来城里的时候,第一站就下了车,结果不得不付了十五美分雇人捎他进城。尼尔森一脸惨白地坐下。第一次意识到，自己离不开外祖父。

火车进站，让一些乘客下车，又继续滑行，像是从未停下来过。窗外一列列摇摇欲坠的棕色房子后面矗立着一排蓝色的楼房，浅玫瑰灰色的天空在上面渐渐隐去。火车开进了铁路调车场。尼尔森低头看到一条条银色的铁轨纵横交错。他还没来得及开始数，窗户里的脸又盯着他了，清晰的面孔一片死灰，他把头扭向一边。火车到站了。他和海德先生同时跳起来往门边跑。两个人都没有注意到他们把装着午饭的纸袋落在座位上了。

他们僵硬地走出小火车站，推开厚重的大门，汇入滚滚车流。人群正赶去上班。尼尔森不知道该往哪儿看。海德先生靠着楼房的侧墙，对眼前的一切怒目而视。

尼尔森终于说："唔，那么多东西该从哪儿看起？"

海德先生没有回答。接着，过路人像是给了他线索，他说："边走边看吧。"便开始沿着马路走起来。尼尔森扶着帽子，跟在他后面。太多的景色和声音朝他涌来，走过第一个街区时，他都不知道看到些什么。在第二个转角，海德先生转身看了看他们刚刚离开的车站，油灰色的建筑上有一个水泥圆顶。他心想只要圆顶一直在视线里，下午就能回到这里赶上火车。

走了一会儿，尼尔森渐渐看出些名堂，他注意到商店的橱窗，里面应有尽有——五金、纺织品、鸡饲料、酒。海德先生叫他特别留意一家商店，客人走进去坐在一张椅子上，脚搁在脚凳上，让黑人替你擦鞋。他们走得很慢，在各家商店门口驻足，好让尼尔森看看里面的模样，但是一家都没有进去。海德先生打定主意不走进任何一家城里的商店，因为他第一次来的时候，在一家大商场里迷了路，出来的时候受了不少侮辱。

他们走到下一个街区中间，看见一家商店门口放着台秤。他们轮流踩上去，放了一便士，然后收到一张小票。海德先生的小票上写着："你体重120磅。你正直、勇敢，朋友们都称赞你。"他把小票塞进口袋，吃惊地想：机器说对了他的性格，却搞错了他的体重，因为不久前他刚刚在谷粒秤上称过，只有110磅。尼尔森的小票上写着："你体重98磅。你有一个大好前程，不过要警惕黑皮肤的女人。"尼尔森不认识任何女人，而且他只有68磅，但是海德先生指出：机器可能把数字打反了，9应该是6。

他们继续走，走过五个街区，车站的圆顶不见了，海德先生往左转去。要不是因为总有更有趣的东西出现，尼尔森可以在每个橱窗前站一个小时。他突然说："我生在这儿！"海德先生转身惊恐地看着他。他脸上喜气洋洋的，直冒汗。"我是从这儿来的！"他说。

海德先生惊慌失措，感到应该采取一些厉害手段了。"我带你看一样你从没见过的东西。"他把男孩领到了下水道边上。"蹲下。"他说，"把头伸过去。"他从后面拉住男孩的外套，而男孩俯身把脑袋伸进下水道。男孩听到人行道底下传来汩汩的水声，飞快地把头缩了回来。海德先生解释了下水道系统，整个城市底下都铺着下水道，里面都是污水和老鼠，有人掉下去的话就被困在无尽黑暗的水沟里。城里任何人随时都可能掉进去，再也爬不出来。他描述得绘声绘色，尼尔森吓坏了。他想象下水道通往地狱之门，第一次明白世界的底层是如何连接的。他连忙从路边退开。

接着他说,"没错,但我可以离这些洞远远的。"他脸上那副固执的神情激怒了外祖父。"我就是从这儿来的!"他说。

海德先生非常气馁,但只是低声说:"你会见识够的。"便接着往下走。又走了两个街区,他往左转,感觉自己在围着圆顶绕圈子;他想得没错,半个小时以后他们又路过了火车站。起初尼尔森没有注意到同样的商店他已经看到了两次,但是当他们经过那个可以搁脚休息,有黑人帮你擦鞋的商店时,他发现他们在绕圈。

"我们来过这里了!"他嚷嚷,"我看你是迷路了!"

"我刚才没辨清方向。"海德先生说着,换了条路走。他还是不想离开圆顶太远,朝着新方向走了两个街区以后,他再次左转。这条马路上有一些两三层高的木结构房屋,每个路人都能看到房间里面,海德先生往一扇窗户里看,看到一个女人躺在一张铁床上,盖着一条床单往外张望。女人意味深长的表情吓了他一跳。一个气势汹汹的男孩骑着自行车不知从哪里冒出来,海德先生不得不跳到另一边才没被撞到。"他们可不管会不会撞到你。"他说,"你最好挨我近点。"

他们又沿着几条这样的街走了一会儿,他才想起来要转弯。这会儿他们经过的房子都没有粉刷过,而且木头都烂了;中间的道路也很窄。尼尔森看到一个黑人。接着又是一个。又是一个。"这些房子里住的都是黑人。"他说。

"快点,我们去其他地方,"海德先生说,"我们可不是来看黑人的。"于是他们走上另外一条马路,但依旧到处都是黑人。尼尔森的皮肤开始刺痛,他们加快步伐,想要尽快离开这个居民区。黑人穿着背心站在门口，女人在破烂的门廊里晃来晃去。小孩们在阴沟里玩，停下手里的玩意儿瞧着他们。很快他们开始经过成排的商店，里面都是黑人，他们没有在店门口停留。黑色面孔上的黑眼睛从四面八方打量着他们。"是啊，"海德先生说，"你就生在这儿——就生在这些黑人中间。"

尼尔森皱起眉头。"我觉得你迷路了。"他说。

海德先生突然四处张望，寻找圆顶。它不见了。"我可没有迷路，"他说，"是你走累了。"

"我不累，我饿了。"尼尔森说，"我要吃饼干。"

他们这才发现午饭不见了。

"是你拿着袋子的，"尼尔森说，"要是我就不会弄丢。"

"你想要指手画脚的话，我就自己走了，把你留在这儿。"海德先生说，很欣慰地看到男孩的脸都白了。然而他意识到他们迷路了，每分钟都离开车站更远。他自己也饿了，还口渴，周围都是黑人，他俩直冒汗。尼尔森穿着鞋子很不习惯。水泥路很硬。他们都想找个地方歇歇脚，但是找不到，不得不继续走，男孩低声嘀咕："先是弄丢了纸袋，现在又迷路了。"海德先生不时粗声说："你想要生在黑人的天堂，就生在这儿好了！"

这会儿太阳已经高挂在空中。他们闻见午饭的香味。黑人们都站在门口看着他们经过。"你干吗不找个黑人问问路？"尼尔森说，"我们迷路了。"

"你生在这儿，"海德先生说，"你可以自己去找一个问问。"

尼尔森害怕黑人，也不想被黑小孩取笑。他看到前面有一个高大的黑女人，靠在一扇朝着马路敞开的门上。她的头发向四周竖着，大概有四英寸,她光着一只脚撑着身体,脚的两侧是粉红色的,她穿着粉色的裙子,很显身材。他们走到她跟前时,她懒懒地举起一只手,手指插进头发里。

尼尔森停下脚步。他感到自己的呼吸都被女人的黑眼睛抽走了。"你知道怎么回城吗?"他的声音听起来不像是自己的。

过了一会儿女人才说:"你们现在就在城里。"低沉浑厚的声音让尼尔森觉得仿佛一注冷水浇在身上。

"怎么去火车站?"他用同样牧笛般的声音问。

"你们可以坐车去。"女人说。

尼尔森知道女人在逗他,但是他瘫软着甚至没法发脾气。他站在那儿品味着她身上的每个细枝末节。目光从她肥大的膝盖移到额头,然后转了个三角形,一路从她闪着汗光的脖子,往下到她肥硕的屁股,掠过她赤裸的胳膊,再回到她插着手指的头发。他突然希望她俯身抱住他,挨着她,他想要感受到她的呼吸。他想深深地看进她的眼睛,想被她越抱越紧。他以前从未有过这样的感受。他感觉自己正在黑暗的隧道里晕头转向。

"你们再走一个街区,然后坐车去火车站,甜心。"她说。

要不是海德先生粗暴地把尼尔森推开,他大概就要瘫倒了。"你已经失去理智了!"老头咆哮着。

他们匆匆走开,尼尔森没有再回头看那个女人。他突然把帽子往前拉了拉盖住已经羞红的脸。他在火车车窗里看到的讥笑的鬼魂和他之前有过的预感再次涌上心头,他想起秤里面吐出来的小票,上面写着"要当心黑皮肤女人",而他外祖父的那张却写着"正直勇敢"。他握住老头的手,他很少表现出这样的依赖。

他们沿路走向电车轨道,一辆长长的黄色电车咔嗒咔嗒驶过来。海德先生从来没搭过电车,因此错过了一辆。尼尔森沉默着。他的嘴唇不时轻轻颤抖,但是外祖父正在自己想心事,没注意他。他们站在街角,看都不看经过的黑人,黑人和白人一样忙着自己的事情,唯一不同的是他们大多会停下来打量海德先生和尼尔森。海德先生想到,既然电车是沿着轨道开的,他们只要跟着轨道走就行了。他轻轻推了推尼尔森,解释说他们可以跟着轨道走去火车站,便出发了。

他们很快又看到白人了,大大松了口气,尼尔森背靠一座楼房一屁股坐在人行道上。"我得歇歇脚。"他说,"你丢了纸袋,又迷了路。能不能让我歇一会儿。"

"前头还有轨道,"海德先生说,"我们只要跟着走就行,而且你也应该记得拿好纸袋的。这是你出生的地方。这是你老家。这是你第二次进城。你应该知道怎么做。"他蹲下来,继续用这种口吻说话,但是男孩把走路走到发烫的脚从鞋子里拔出来,没有接话。

"那个黑女人给你指路的时候,你站在那儿笑得像头黑猩猩似的。主啊。"海德先生说。

"我只说过我生在这儿,"孩子颤颤巍巍地说,"从没说过我会不会喜欢这儿。从没说过我想来。我只说我生在这儿,这和我没关系。我想要回家。我一开始就不想来。都是你的主意。你怎么知道你沿着铁轨没有走反?"

海德先生也想到了这个。"那些人都是白人。"他说。

"我们之前没有到过这里。"尼尔森说。这一带都是砖房,或许有人住,也或许没有。路边停着些空车,偶尔有人路过。路面的热气钻进尼尔森的薄外套。他的眼皮耷拉下来,过了一会儿,他歪下脑袋,肩膀抽动了一两下,接着便倒在一边,疲惫地摊开手脚,睡着了。

海德先生一言不发地看着他。他自己也很累,但他们不能同时睡着,他不管怎么样都不能睡,他还不知道自己在哪儿。尼尔森过一会儿就会醒来,养足了精神,趾高气扬,又要开始抱怨他弄丢了纸袋还迷了路。海德先生心想,要不是因为我在,你现在肯定完蛋了;接着他又冒出来一个念头。他朝四仰八叉的身影看了一会儿,站起来。他认为接下来要做的事是因为有时候必须给小孩一点难忘的教训,尤其是这个孩子总是出言不逊屡教不改。他悄悄走到二十英尺外的街角,坐在巷子里一个盖着的垃圾桶上,从那儿他能往外看,看着尼尔森独自醒来。

孩子断断续续地打盹,半梦半醒间觉得有模糊的声响,还有黑色的影子从他内心黑暗的部分移到了光亮里。他睡着的时候脸还在动,把膝盖蜷到了下巴底下。太阳将黯淡干燥的光线照到狭窄的街上;万物现出本来的样子。过了一会儿海德先生像老猴子一样蜷在垃圾桶盖子上,心想如果尼尔森还不醒,他就要踢垃圾桶弄出些响声来。他看了看表,发现已经两点了。他们的火车是六点,误了火车太可怕了,他想都不敢想。他向后踢了一脚垃圾桶,一阵空洞的巨响在巷子里回荡。

尼尔森大喊一声醒来。他看着原本外祖父待着的位置,盯着看。他像是晕头转向了几次,接着仰着头拔腿就跑,像一匹疯了的小野马似的冲向马路。海德先生从垃圾桶上跳下来,奋起直追,但是孩子已经不见了。海德先生看到一道灰色的身影消失在一个街区外的对角。他拼命地跑,每经过一个路口就两边看看,但是没有再看见孩子。经过第三个路口时,他喘得上气不接下气,半个街区开外的地方发生的一幕让他完全停下脚步。他蹲在垃圾桶后面张望,想要认清形势。

尼尔森叉着双腿坐在地上,旁边躺着个尖叫的老妇。食物散落在人行道上。一群女人已经聚在一起维持正义,海德先生清楚地听到地上的老妇嚷嚷着,"你把我的脚踝撞断了,叫你爸爸赔钱!所有的钱!警察!警察!"几个女人在拽尼尔森的肩膀,但是男孩吓坏了,站都站不起来。

海德先生不由自主地从垃圾桶后面走出来,蹑手蹑脚地走上前来。他这辈子都没和警察打过交道。女人们围在尼尔森旁边,像是要立刻扑过去把他撕碎,而那个老妇还在继续嚷嚷着她的脚踝断了,要叫警察。海德先生走得很慢,每走一步都预备着往后退,但是他走到十英尺远的地方,尼尔森看到了他,孩子跳起来抱住他的大腿,喘着气粘在他身上。

女人们都转向海德先生。受伤的那个坐起来嚷嚷:"先生!都是你家小孩害的,你要付我医药费。他是个少年犯!警察呢?有没有人把这个人的名字和地址记下来!"

海德先生想把尼尔森紧紧抓住他大腿后侧的手指松开。老头像乌龟似的把脑袋缩进领口;眼睛里充满了恐惧和谨慎。

"你家小孩撞断了我的脚踝!"老妇嚷嚷着,"警察!"

海德先生感到警察从身后走来。他直直注视着眼前的女人,她们怒气冲冲地围成一堵墙,挡住了他的去路。"这不是我家小孩,"他说,"我从没见过他。"

他感到尼尔森的手指松开了。

女人们后退一步，惊恐地看着他，这个男人竟然那么不要脸，她们都恶心坏了，碰都不想碰到他。她们沉默地空出一条道路，海德先生走了出去，把尼尔森留在身后。眼前原本是马路的地方，现在变成了一条空荡荡的隧道。

男孩还站在原地，伸着脖子，双手垂在身侧。他的帽子卡在头上，上面一道皱褶都没有。受伤的女人站起来，朝他挥挥拳头，其他人同情地看着他，但他却视而不见。周围没有警察。

过了一会儿他开始机械地往前走，并不费力去追赶祖父，只是保持着二十步的距离跟在他身后。他们这样走了五个街区。海德先生垂着肩膀，脖子向前压着，从背后看不见。他不敢回头。最后他怀着希望匆匆回头看了一眼。他看见一双小小的眼睛从二十英尺开外像叉子的利齿一样扎进他的后背。

男孩没有宽宏的天性，这是他第一次有事情需要去宽恕。海德先生之前从未做过难堪的事。又走了两个街区，他转身用欢欣的口味不顾一切地说："我们上哪儿买可口可乐去吧！"

尼尔森以从未有过的尊严背对着外祖父站着。

海德先生开始感觉到他之前拒认孩子的严重性。他们走着走着，他的脸颊凹陷，只剩下高高的颧骨。经过的一切他都熟视无睹，但是他意识到他们找不到车轨了。圆顶也不见踪影，临近傍晚。他知道如果天黑前还不能离开这儿，他们就会被暴打，抢劫。他只希望自己迅速受到上帝的惩罚，但是一想到他的罪孽会连累到尼尔森，甚至现在就要受到惩罚，他就受不了，他正带领着男孩走向厄运。

他们就走过一个又一个街区，穿过无尽的小砖房，直到海德先生差点绊倒在一个水龙头上,这个大约六英寸长的水龙头从一片草地边上支出来。他从清晨起便滴水未沾,但是觉得他现在不配喝水。接着他想到尼尔森肯定也渴了,他们可以一起喝水,重归于好。他蹲下来,把嘴凑在龙头边上,一股冰凉的水流淌进他的喉咙。他用绝望的语调高声说:"过来喝点水吧!"

这一次,孩子盯着他看了差不多一分钟。海德先生站起来,像是喝了毒药似的往前走。尼尔森自从早上在火车上喝过一杯水后就再没喝过什么,但他还是走过水龙头,不愿和外祖父在同一个地方喝水。海德先生意识到的时候,彻底绝望了。他的脸在黯淡的暮色里像是被踩躏抛弃了。他感觉到男孩顽固的恨意,不紧不慢地从背后传递过来,他知道(即便出于什么奇迹他俩没有在城里被谋杀)恨意会跟着孩子一辈子。他知道他现在正走向一个黑暗的陌生地带,一切都和以前不同了,之后将是一段漫长而不受尊重的老年,一个受欢迎的结局,因为那毕竟是结局。

至于尼尔森,他的意识凝固在外祖父背叛他这件事上,仿佛要将它完整地呈现在最后审判跟前。他目不斜视地走着,不时抽动一下嘴角,这种时候他便感到内心深处有一个黑暗神秘的形象出现,攥住他,融化他冰冻的想象。

太阳落在了一排房子后面,他们不知不觉走进一片高档的郊区住宅,宅邸和马路之间隔着草坪,上面放着供小鸟喝水的盆儿。这儿杳无人烟。他们走了几个街区都没有遇见一只狗。巨大的白色房子像远处露出尖角的冰川。没有人行道,只有车道,而且没完没了地绕着可笑的圈子。尼尔森还是离海德先生远远的。老头想到如果他再碰到一个下水道,就跳下去任水流卷走;他能想象当他消失的时候,男孩就站在旁边,无动于衷地看着。

一声响亮的狗吠惊到了他,他抬头看到一个胖男人牵着两条斗牛犬朝他们走来。他挥舞着双手,像沉船以后被困在荒岛上的人。"我迷路了,"他叫,"我迷路了,我找不到路了,我和这个男孩要去赶火车,我找不到火车站了。主啊,我迷路了!帮帮我啊,主,我迷路了!"

这个穿着高尔夫短裤的秃头男人问他要赶哪趟火车,海德先生开始掏车票,手抖得差点捏不住。尼尔森站在十五步开外的地方看着。

"哦,"胖男人把票还给他,"你来不及赶回城里去坐这趟车了,但是你还是能在郊区车站坐。离这儿只有三个街区。"他开始解释怎么去那儿。

海德先生目不转睛地看着,像是慢慢起死回生,那人说完,牵着脚边上蹿下跳的狗走了,海德先生转身对尼尔森气喘吁吁地说:"我们要回家了!"

孩子站在大概十步开外,灰帽子底下的脸蛋血色全无。他的眼神流露出胜者的冷漠。没有神采,没有感情,没有兴趣。他只是在那儿等待着,一个小小的身影。家对他来说什么都不是。

海德先生慢慢转身。现在他知道没有四季的时间,没有光芒的温度,没有救世主的人类是怎样的。他不在乎永远赶不上那趟车又如何,要不是在暮色渐浓的时候突然有叫声惊醒了他,他可能都忘记还要去车站了。

他走了不到五百码远,便看到触手可及处有一座黑人的石膏像,一圈黄色的砖墙围住宽阔的草坪,石膏像便弯腰坐在砖墙上。石膏像和尼尔森差不多身材,把它固定在墙上的灰泥脱落了,于是它摇摇晃晃地向前俯着身子。它的一只眼睛完全是白色的,手里拿着一片棕色的西瓜。

海德先生静静地看着,直到尼尔森在不远处停下脚步。于是他俩就这么站着,海德先生呼了口气说:"黑人雕像!"

无法分辨黑人雕像的年纪;他看起来太糟糕,既不像年轻人也不老。嘴角上扬,所以应该是在笑,但是缺损的眼睛和扭向一边的姿势却让它看起来有点悲伤。

"黑人雕像!"尼尔森用海德先生的腔调又说了一遍。

他俩站在那儿,脖子一样向前探去,肩膀一样耸起,双手一样在口袋里发抖。海德先生看起来像个老孩子,而尼尔森则像是小老头。他们注视着黑人雕像,像是面对着一个巨大的秘密,或是一座纪念他人胜利的纪念碑,共同的失败把他们带到一起。他俩都感觉到它像是慈悲之举,消融着他们之间的隔阂。海德先生之前不知道慈悲是怎样的,因为他一直是个好人,现在他明白了。他看着尼尔森,明白他必须对这孩子说点什么,以证明他依然智慧,从这个孩子回馈过来的眼神中,他感到尼尔森迫切需要这个保证。尼尔森的眼睛似乎在他身上探索,希望他一次解答人生所有的奥秘。

海德先生张嘴说出一个重大发现,他听见自己说:"这里黑人不够多,他们只好自己造了一个。"

孩子随即点点头,嘴角奇怪地抽动了一下,说:"我们回家吧,别又迷路了。"

他们刚刚到达郊区火车站,火车就进站了,他们一起上车,在火车到站前十分钟便等到了门口,万一火车不停他们就跳下去;但是火车停了,这时月亮光芒万丈,从一片乌云后面露出来,照亮了车站的空地。

他们下车时，鼠尾草在银色月光照不到的阴影里温柔地摆动，脚底的煤渣也泛着黑黝黝的光彩。围绕着车站的树梢像是花园的围墙，空中飘浮着大片云朵，仿佛灯笼一样发光，树梢比天空还暗。

海德先生一动不动地站着，再次被慈悲打动，但是这次他觉得世上没有词语能够形容。他明白它源于痛苦，人人都要经历，孩子尤其敏感。他明白人面对死亡时，只能带着它去见造物主，他突然羞愧地涨红了脸，因为他能带去的慈悲并不多。他惊恐地站着，以上帝的目光彻底审视自己，慈悲像火焰一样遮蔽和摧毁了他的骄傲。从没想过自己是个大罪人，但是现在他明白自己真正的恶性被隐藏起来，以免自己感到绝望。他意识到自己从一开始就被宽恕，从他内心孕育着亚当的罪恶，到他现在拒绝可怜的尼尔森。他发现没有什么罪恶可怕到不能承认，既然上帝对人类的爱等同于宽恕，他在那一刻便已经做好准备步入天堂。

尼尔森借着帽檐儿的阴影调整自己的表情，疲惫而狐疑地看着他，但是当火车从他们身边经过，像受惊的蛇一样消失在树林里时，他的脸快活起来，低声说："我很高兴我进过城了，但是以后再也不去了！"

善良的乡下人

Good

Country

People

弗里曼太太独处的时候总是一副事不关己的表情，但她还有两种其他表情，一种是进击，一种是推翻，她以此来应付一切世事。她进击的表情很沉着，像驾驶着重型卡车般突进。她的眼睛从不左顾右盼，却跟随故事的转折而转动，仿佛压着限行黄线直达核心。她很少用到另一种表情，因为她不太需要撤回言辞，但是如果她这样做了，神情便陷入彻底的停滞，她的黑眼珠不易察觉地渐渐分开，旁人会发现，尽管弗里曼太太还是站着，像一袋袋堆在一起的粮食般实在，精神却已经游离。这种时候霍普威尔太太便不再对她抱什么指望。她会喋喋不休说个没完。弗里曼太太从来不承认自己犯错。她就这么站着，如果非要她说些什么，她就会说："我不可能说过是，也不可能说过不是。"或者目光扫荡过厨房货架顶上各种积灰的瓶子，她会说："我发现您都没怎么吃去年夏天放在那儿的无花果。"

她们吃早饭的时候在厨房讨论最重要的事情。每天早晨霍普威尔太太七点起床，把自己和乔伊的煤气炉点上。乔伊是她的女儿，一个安着条假腿的高大的金发女孩。尽管她已经三十二岁了，而且学历很高，霍普威尔太太还把她当成孩子。乔伊在母亲吃饭的时候起床,笨拙地走进浴室,砰地关上门,过了一会儿弗里曼太太便来到后门口。乔伊听到她母亲喊:"进来吧。"接着她们便压低嗓门聊一会儿,在浴室里听不清。等乔伊过来的时候,她们已经聊完了天气,正说着弗里曼太太的哪个女儿,格林尼斯或卡拉梅,乔伊叫她们甘油和焦糖。格林尼斯十八岁,红头发,有很多追求者;卡拉梅金发,只有十五岁,已经结婚并且怀孕了。她什么都吃不下。弗里曼太太每天早晨都告诉霍普威尔太太,自从她们上一回聊天以来她又吐了多少次。

霍普威尔太太喜欢告诉别人,格林尼斯和卡拉梅是她认识的最好的两个女孩,而弗里曼太太是位淑女,她从来不耻于带弗里曼太太去任何地方,或者介绍她给任何人认识。接着她会说起当初如何碰巧雇了弗里曼家,他们是上帝派给她的,她雇了他们四年。她这么长时间都没把他们打发走是因为他们不是渣滓。他们是善良的乡下人。她给他们说的那位前雇主打电话,他告诉她弗里曼先生是个善良的农民,而他的妻子是世界上最吵闹的女人。"她什么都要管,"那人说,"如果她在事情尘埃落定前没能赶到那儿,那她肯定是死了,就是这样。你的事情她都要管。我和弗里曼先生相处得不错。"那人说,"但是我和我妻子都没法忍受那个女人再在我们这儿多待一分钟。"这番话让霍普威尔太太愁了几天。

她最终还是雇了他们,因为没有其他候选人,但是她事先已经想好了怎么对付那个女人。既然弗里曼太太是那种什么都要管的人,霍普威尔太太打算不仅让她管,而且还要确保她对一切负责——她要让她全权负责,做主管。霍普威尔太太自己没什么坏毛病,她知道如何有效运用别人的坏毛病，从不觉得有缺憾。就这样她雇用了弗里曼一家，一用就是四年。

人无完人，这是霍普威尔太太最爱用的口头禅之一，还有一句是：这就是生活！还有一句最重要的是：别人也有别人的看法。她常常在桌边说这些话，语气温柔坚持，像是别人都没有她这样的见解，高大笨拙的乔伊每当这种时候便稍稍斜眼望去，乔伊有一双冰蓝色的眼睛，像是有人故意把眼睛弄瞎，也不打算复明，她脸上总是怒气冲冲的，覆盖住了其他一切表情。

每当霍普威尔太太对弗里曼太太说这就是生活，弗里曼太太便说："我也常这么说。"所有的事情她都先知道。她比弗里曼先生敏捷。他们在这儿干了一阵子以后，霍普威尔太太对她说："你知道，你就是方向盘后面的方向盘。"冲她眨眨眼睛，弗里曼太太便说："我知道。我一直很敏捷，有些人就是比其他人都敏捷。"

"每个人都是不同的。"霍普威尔太太说。

"是啊，大多如此。"弗里曼太太说。

"世界上的人形形色色。"

"我也常这么说。"

女孩已经习惯了早餐时这样的对话，午饭时说得更多；有时候晚饭还这样。没客人的时候，她们便在厨房吃饭，图个方便。弗里曼太太总是在她们吃到一半的时候出现，然后看着她们吃完。夏天她就站在门口，冬天，她便一只手肘撑在冰箱顶上俯视着她们，或者站在暖气炉旁边，稍稍拉起一点裙子的后摆。有时她会靠在墙上，脑袋转来转去。她从不急着走。霍普威尔太太简直无法忍受，但是她的耐心很好。她意识到人无完人，弗里曼一家是善良的乡下人，这年头如果遇见善良的乡下人，就应该好好珍惜。

她碰到过很多渣滓。在弗里曼家之前，她每年都要换一家佃户。那些农民的妻子不是能够长久相处的类型。霍普威尔太太很久以前便和丈夫离婚了，需要有人能和她一起漫步田间；乔伊不得不陪着溜达时，常常说出难听的话，脸色也很阴沉，霍普威尔太太便说："如果你不情不愿的，我根本不要你来。"女孩直直地站着，绷紧肩膀，脖子稍稍向前伸着，嘴里说道："如果你需要我，我就在这儿——我就是这副样子。"

霍普威尔太太因为乔伊的腿而原谅了她的态度（乔伊十岁出去打猎时出了意外，被打断了一条腿）。霍普威尔太太很难意识到她的孩子已经三十二岁了，二十多年来她都只有一条腿。她还是把乔伊当成孩子，否则一想到这个可怜的大块头女孩三十岁了还没跳过舞，也不曾拥有过平常的好时光，她的心都要碎了。她的名字真的叫乔伊，但是她年满二十一岁离家以后，便正式改了名。霍普威尔太太确定她反复思虑过，直到她找到了一个在任何语言里都最难听的名字。然后她便把乔伊这个美丽的名字改了，直到改完才告诉自己的母亲。她登记在册的名字是哈尔加。

霍普威尔太太一想起哈尔加这个名字，便想起战船宽阔粗糙的船身。她才不用这个名字。她继续叫她乔伊，女孩也会应答，但纯粹是机械的敷衍。

哈尔加学会了容忍弗里曼太太，因为她不用再陪母亲散步了。甚至连格林尼斯和卡拉梅都很有用，她们分散了原本集中在她身上的注意力。起初她觉得自己受不了弗里曼太太，因为发现对她粗鲁根本没用。

弗里曼太太会莫名其妙记仇，会闷闷不乐很多天，但是搞不清楚她到底在发什么愁；直接的攻击、放肆的嘲弄、公然的当面让她难堪——她都无动于衷。有一天她毫无征兆地开始喊她哈尔加。

她不会当着霍普威尔太太的面这么叫，因为霍普威尔太太会发火，但是当她和女孩碰巧一起走出屋子时，她说完什么都会在最后加上哈尔加这个名字，大块头戴眼镜的乔伊——哈尔加涨红了脸，非常生气，像是自己的隐私被揭穿。她觉得名字是私事。她起初想到它纯粹是因为难听的发音，但是这个名字太适合她了，她自己也吓了一跳。她想到这个名字就想起丑陋的伏尔甘汗流浃背地待在火炉里，女神一经召唤就得来看他。她觉得起了这个名字是她最大的创举。她的一个得意之处是她的母亲没能把灰尘变成欢乐[1]，而得意的是她自己把它变成了哈尔加。然而弗里曼太太饶有兴趣地使用这个名字却惹恼了她。仿佛弗里曼太太尖利的小眼睛看穿了她的脸，直达她内心秘密的部分。在她身上不知道是什么迷住了弗里曼太太，后来有一天哈尔加意识到是她的假腿。弗里曼太太对神秘的传染病、隐疾、儿童侵犯这类事情有着特殊的癖好。至于疾病，她对久治不愈者无法治疗的更感兴趣。哈尔加听到霍普威尔太太向弗里曼太太描绘那次打猎意外的细节，她的腿是怎么样被整个炸飞的，以及她是如何保持着清醒。弗里曼太太任何时候都听得津津有味，当作是一小时前刚刚发生的。

早晨哈尔加重重走进厨房（她走路时可以不发出这么可怕的声音，但是她偏要这样——霍普威尔太太确定——因为这样听上去很难听），一

---

[1] 乔伊（Joy）在英语里的意思是快乐。

言不发地瞥了她们一眼。霍普威尔太太会穿一件红色的睡衣,头发用破布条扎起来。她坐在桌边吃早饭,弗里曼太太则站在那儿,胳膊肘向外撑在冰箱上,低头看着餐桌。哈尔加总是在炉子上煮鸡蛋,抱着胳膊站在旁边看,霍普威尔太太会朝她看看——像是看弗里曼太太时又顺便瞥她一眼——心想如果她能振作一点,便不会那么难看了。她的脸挺好看的,只需要表情愉快些。霍普威尔太太说乐观的人即便不美,看起来也是美的。

她每次这样看着乔伊,都忍不住想,如果这孩子没有读博士就好了。学位没有带来任何好处,但既然她拿到了学位,就没理由再回学校。霍普威尔太太觉得女孩去学校玩玩挺好的,但是乔伊已经"读穿了"。不管怎样,她身体不好,不能再去读书。医生告诉霍普威尔太太,就算精心照顾,乔伊也只能活到四十五岁。她的心脏不好。乔伊曾经清楚地说过,要不是因为这种情况,她早就离开这些红红的山丘和善良的乡下人远远的了。她会在一个大学里给大家上课,他们能听懂她的话。霍普威尔太太能生动地想象出这幅画面,乔伊像个稻草人似的给一群和她一样的人讲课。她在这儿整天穿着一条穿了六年的裙子,一件黄色的汗衫,上面印着个褪色的骑马牛仔图案。她觉得这很有趣;而霍普威尔太太则觉得很蠢,直接说明她还是个孩子。乔伊很聪明,但是没脑子。在霍普威尔太太看来,乔伊一年年地愈发和常人不同,愈发像她自己——傲慢、粗鲁,斜眼睨视。她还总说些莫名其妙的话!她对自己的母亲说——毫无征兆和理由,吃饭吃了一半突然站起来,脸憋得青紫,嘴里塞着食物——"女人啊!你有没有反省过自己?你有没有反省过自己,看看你是什么东西?主啊!"她嚷嚷着坐下,盯着自己的盘子,"马勒伯朗士说得对：我们**不是**自己的光。我们**不是**自己的光！"霍普威尔太太完全不知道这是怎么了。她不过是说了一句"微笑不会伤害任何人"，希望乔伊可以听进去。

女孩拿的是哲学博士学位，这让霍普威尔太太陷入彻底的茫然。你可以说"我女儿是护士"或"我女儿是老师"，甚至"我女儿是化学工程师"，你不能说"我女儿是哲学家"。哲学家已经和希腊罗马人一起绝种了。乔伊整天都垂头坐在椅子里看书。有时候她出去散散步，但是不喜欢狗啊猫啊鸟啊花朵啊大自然啊，也不喜欢年轻的小伙子。她看着不错的年轻人，就像是能嗅到他们的愚蠢。

有一天霍普威尔太太随手翻开一本女孩刚刚放下的书，读道："从一方面来说，科学必须重申其理性和严肃性，并且宣布它只和事物的本质有关。虚无——科学除了恐惧和幻觉外还能是什么？如果科学是对的，那么有一件事便确凿无疑：科学无意探究虚无。毕竟这才是讨论虚无的严谨的科学态度，我们对虚无不感兴趣，才得以了解科学。"这些句子用蓝色的钢笔画了线，在霍普威尔太太看来，都是胡扯的恶魔的符咒。她飞快地合上书走出房间，像是打了个寒战。

这天早晨女孩进屋时，弗里曼太太正在聊卡拉梅。"她晚饭以后吐了四次，"她说，"晚上三点以后还起了两次夜。昨天她除了在五斗橱的抽屉里乱翻，什么都没干。整天就这样。她就站着，看看能找点什么。"

"她得吃东西。"霍普威尔太太低声说，喝了口咖啡，一边看着乔伊在炉子边的背影。她思忖着这个孩子对《圣经》推销员说了什么。她无法想象他俩间的对话。

那是个高高瘦瘦的年轻人，没戴帽子，昨天上门来推销《圣经》。

他提着一只黑色的大箱子出现在门口,箱子太重了,把他一边的身子直往下坠,他不得不靠在门上。他眼看就要崩溃了,却用欢欣的口吻说:"早上好啊,松树太太!"说着把箱子放在脚垫上。尽管他穿着一身明蓝色的西装,黄色的袜子也没有拉拉直,却长得不难看。他有一张棱角分明的脸,一绺黏糊糊的棕色头发耷拉在额头上。

"我是霍普威尔太太。"她说。

"哦!"他假装一脸疑惑,眼睛却闪着光,"我看见信箱上写着'松树',还以为您是松树太太!"说完爆发出一阵愉快的笑声。他拎起箱子,借着喘口气的工夫,跌进她的门廊。仿佛箱子先进来,再把他拽进来似的。"霍普威尔太太!"他握住她的手说,"我希望您过得不错!"他再次大笑,但旋即又换上严肃的神态。他顿了顿,热忱地看着她说:"女士,我是来和您谈正经事的。"

"那好吧,请进。"她低声说,不情不愿,因为午饭快做好了。他来到客厅,贴着靠背椅的边坐下,把箱子放在双脚之间,四处打量了一下,像是要借此来衡量她。她的银器在两只餐柜上闪闪发光;她估计他从没踏进过这么高雅的房间。

"霍普威尔太太,"他用几乎亲热的语气唤她的名字,"我知道你们都信任基督教服务处。"

"没错。"她嘀咕着。

"我知道,"他顿了顿,歪着脑袋,看起来很机智的模样,"您是个善良的女人。朋友们告诉我的。"

霍普威尔太太不喜欢被愚弄。"你是卖什么的?"她问。

"《圣经》。"年轻人飞快地把四周打量了一圈,又补充说,"我发现您的客厅里没有家庭版《圣经》,您缺的就是这个!"

霍普威尔太太不能说:"我女儿是个无神论者,不让我把《圣经》放在客厅里。"她稍有些不自然地说:"我把圣经放在床头。"这不是真的,它被扔在了阁楼上。

"太太,"他说,"上帝的旨意应该放在客厅里。"

"唔,我觉得这是个人喜好的问题,"她说,"我觉得……"

"太太,"他说,"对于基督徒来说,上帝的旨意除了放在他的心里之外,还应该放在家里的每个房间。我知道您是基督徒,你脸上的每道纹路里都写着呢。"

她站起来说:"哦,年轻人,我不想买《圣经》,而且我闻到我的午饭烧焦了。"

他没有起身。他低头看着自己绞起来的双手,轻声说:"太太,我跟您实话实说吧——现在不太有人买《圣经》了,另外我知道自己头脑简单。我说话直来直去。我只是一个乡下男孩。"他注视着她并不友善的脸,"像您这样的人不喜欢和我这样的乡下男孩打交道。"

"哎呀!"她嚷嚷起来,"善良的乡下人才是世上的盐呢!另外,我们都有不同的处事方法,这样世界才能运转。这就是生活!"

"您说得太对了。"他说。

"哎呀,我认为世界上善良的乡下人还不够多!"她振奋地说,"我觉得这就是问题所在。"

他的脸上露出神采。"我还没自我介绍呢,"他说,"我叫曼雷·波恩特,从维罗霍比边上的乡下来,那地方连个名字都没有,就在维罗霍比边上。"

"你稍等,"她说,"我得去看一看锅子。"她跑进厨房,发现乔伊正站在门边听着呢。

"把世上的盐打发走,"乔伊说,"我们吃饭去。"

霍普威尔太太痛苦地看了她一眼,把蔬菜下面的火关小。"我没法对人粗鲁。"她咕哝着回到客厅。

那人打开了箱子,坐在那儿,每个膝盖上各放了一本《圣经》。

"你最好把这些收起来,"她告诉他,"我不想买。"

"我感谢您的坦诚,"他说,"现在很少能遇见真正坦诚的人了,除非去乡下。"

"我认识一些,"她说,"真正坦诚的人。"她听到门缝里传来哼的一声。

"我猜有很多男孩会跟您说他们正在勤工俭学,"他说,"我不会这么说,不知道怎么的,"他说,"我不想上大学。我想把自己奉献给基督教服务处。知道吗,"他压低声音说,"我心脏不好。我可能活不久了。当你知道你身体出了问题,而且活不久了,那么太太……"他顿了顿,张着嘴看着她。

他和乔伊生了一样的病!她知道自己热泪盈眶,但是她飞快地克制住了自己,低声说:"你愿意留下来吃饭吗?我们很乐意和你一起吃饭!"话一说出口她就后悔了。

"好啊,夫人,"他局促地说,"我很乐意!"

乔伊在被介绍给他的时候看了他一眼,接下来的整顿饭,都没再正眼瞧他。他对她说了几句话,她都装作没听见。霍普威尔太太不能理解乔伊的故意失礼,尽管她忍了下来,但是为了弥补乔伊的无礼她不得不表现得过分热情。她敦促小伙子谈谈自己的情况，他照做了。他家里有十二个孩子，他排行老七，他八岁的时候，父亲被压死在一棵树下。压得很严重，差点被砍成两半，几乎认不出来。他母亲努力赚钱养家，让孩子们去礼拜学校，每天晚上读《圣经》。他现在十九岁，卖了四个月《圣经》。那会儿他已经卖了七十七本，还有人答应要再买两本。他想要成为传教士，觉得这样可以更好地为人们服务。"丧失生命的，将要得着生命。"他简单地说，那么真诚，那么坦率，那么热切，霍普威尔太太想笑也笑不出来。他用一块面包阻止豆子滚落到桌子上，接着又用这块面包擦干净了盘子。她发现乔伊偷偷观察他如何使用刀叉，也发现每隔一会儿，男孩就会飞快地朝女孩投去欣赏的一瞥，像是要引起她的注意。

吃完饭以后，乔伊收拾了碗筷就消失不见了，霍普威尔太太留下来和男孩聊天。他再次和她聊起他的童年和父亲的事故，还有发生在他身上的其他各种事情。每隔五分钟左右霍普威尔太太都要强忍住一个哈欠。男孩坐了将近两个小时，直到她告诉他，她得走了，她在城里还有个约会。他收起《圣经》，感谢了她，打算离开，却在门口停下脚步，握住她的手，说他从没碰到过像她这么好的女士，问能不能再来拜访。她说很乐意再见到他。

乔伊站在路中间，似乎正望着远处什么东西，男孩侧身拎着沉重的箱子，步下台阶朝她走过去。他在她跟前停下，面对面地站着。霍普威尔太太听不见他在说什么，但一想到乔伊会对他说什么，就哆嗦起来。她看到过了一会儿，乔伊说了些什么，男孩开始说，空着的手激动地比画着。又过了一会儿，乔伊接着说了什么，男孩又说起来。令霍普威尔太太吃惊的是，他俩并肩朝大门走去。乔伊陪他一路走到门口，霍普威尔太太无法想象他们彼此说了些什么，也不敢问。

弗里曼太太继续说个没完。她从冰箱走到炉子旁边，这样霍普威尔太太就不得不扭过头来对着她，做出在听的样子。"格林尼斯昨晚又和哈维·希尔一起出门了，"她说，"她长了针眼。"

"希尔？"霍普威尔太太心不在焉地说，"是那个在修车厂工作的吗？"

"不是，是上按摩学校的那个。"弗里曼太太说，"格林尼斯长了针眼。整整两天了。她说希尔那天送她回来的时候说，'我帮你治治吧。'她说，'怎么治？'他说，'你就躺在车子的座位上，我来告诉你。'于是她照做了，他就拍她的脖子。一直拍，直到她喊他住手。今天早上，"弗里曼太太说，"针眼没了。针眼就这样没了。"

"闻所未闻啊。"霍普威尔太太说。

"希尔要她在法官面前嫁给他。"弗里曼太太继续说，"格林尼斯说，她可不会在办事处登记结婚。"

"嗯，格林尼斯是个好女孩，"霍普威尔太太说，"格林尼斯和卡拉梅都是好女孩。"

"卡拉梅说她和莱曼结婚的时候，莱曼理所当然感觉很神圣。卡拉梅说莱曼说过，他可不会花五百美元请牧师来主持婚礼。"

"那他愿意花多少？"女孩站在炉子边问。

"他说他不会花五百块。"弗里曼太太重复了一遍。

"我们都还有活要干。"霍普威尔太太说。

"莱曼说他觉得这样更神圣。"弗里曼太太说，"医生让卡拉梅吃梅干。代替药物。说腹部绞痛是因为压力。你知道我觉得是因为什么？"

"她过几个星期就会好的。"霍普威尔太太说。

"是输卵管出了问题，"弗里曼太太说，"否则她不会病得那么厉害。"

哈尔加把自己的两个蛋敲在碟子里，和一杯倒得太满的咖啡一起端上了桌。她小心地坐下，开始吃，弗里曼太太要是想走，她就打算不断问问题来留住她。她感觉到母亲的目光。母亲第一个拐弯抹角的问题便会是关于《圣经》推销员的，她希望不用扯到那个。"他是怎么拍她的脖子的？"她问。

弗里曼太太描述了一番他是如何拍打的。她说他有一辆一九五五年款的水星，但是格林尼斯说她宁愿嫁给一个开一九三六年款普利茅斯的人，只要他同意让牧师主持婚礼。女孩问那如果他有辆一九三二年款的普利茅斯呢，弗里曼太太说格林尼斯说的是一九三六年款的。

霍普威尔太太说现在已经不太有女孩怀有格林尼斯这样的想法了。她说她欣赏这些女孩的想法。说这让她想起昨天来的客人，一个卖《圣经》的年轻人。"主啊，"她说，"我快被他烦死了，但是他那么真诚坦率，我没法对他无礼。他就是一个善良的乡下人，你知道，"她说，"——就像是世上的盐。"

"我看见他走过来的，"弗里曼太太说，"后来——又看见他离开。"哈尔加能感觉到她语气里微妙的变化，有点含沙射影，他不是一个人走的，是吧？她依然面无表情，但是脖子开始往上泛红，她又吞了一口鸡蛋，连同这句话一起吞了下去。弗里曼太太看着她，像是她们分享了一个共同的秘密。

"唔，世界需要形形色色的人来运转，"霍普威尔太太说，"我们各不相同多好啊！"

"有些人之间更相像。"弗里曼太太说。

哈尔加起身，故意弄出平时两倍的声响，重重地回到房间，锁上门。她十点要和《圣经》推销员在门口见面。她想了半个晚上。起初她觉得这是个巨大的玩笑，接着她开始理解里面深远的意义。她躺在床上想象着他们之间的对话，表面上看来没头没脑，却含有深意，《圣经》推销员不可能理解。他们昨天的交谈便是如此。

他在她跟前停下，就这样站着。他的脸棱角分明，汗涔涔的，神采飞扬，中间有一个尖尖的鼻子，神情和饭桌上很不一样。他怀着一览无遗的好奇和迷恋看着她，像一个孩子在动物园里看到新奇的动物，而且他还气喘吁吁的，仿佛跑了大老远才追上她。他的目光不知怎么的很熟悉，但是她想不起来之前在哪里遇见过。有差不多一分钟，他一言不发，接着似乎倒吸一口气以后低声说："你吃过才两天大的鸡仔吗？"

女孩冷酷地看着他。他可能是想把这个问题放在哲学学会的会议上讨论吧。"吃过。"她过了一会儿回答，仿佛全面思考了一番。

"那肯定很小！"他得意扬扬地说，紧张得咯咯直笑，浑身都在发抖，脸涨得通红，最后才恢复正常，无限崇拜地看着女孩，而女孩则始终面无表情。

"你多大？"他温柔地问。

她顿了顿，不动声色地说："十七岁。"

他脸上洋溢起微笑，仿佛小小的湖面上涌起的波浪。"我看见你有一条木腿，"他说，"我觉得你很勇敢，我觉得你很可爱。"

女孩子茫然地站着，坚定，沉默。

"陪我走到门口吧。"他说,"你是个勇敢的可爱的小家伙,你一进门我就喜欢上你了。"

哈尔加开始往前走。

"你叫什么?"他冲她的头顶微笑。

"哈尔加。"她说。

"哈尔加,"他咕哝着,"哈尔加,哈尔加。我从没听过有人叫哈尔加。你很害羞,是吗,哈尔加?"他问。

她点点头,盯住他握着大箱子的红红的大手。

"我喜欢戴眼镜的女孩。"他说,"我想得很多。我和那些从来不认真想事情的人不同。因为我可能会死。"

"我也可能会死。"她突然说,抬头看着他。他小小的棕色眼睛闪着狂热的光芒。

"听着,"他说,"你不觉得吗,有些人注定会因为他们之间共同的东西而相遇?比如那些都思考严肃问题的人?"他把箱子换到另一只手,这样靠近她的那只手就空出来了。他握住她的手肘,轻轻地晃了晃。"我星期六不工作,"他说,"我想去树林里走走,看看山的那头和更远的地方大自然母亲的模样。去野餐什么的。我们明天一起去野餐吧?答应我吧,哈尔加。"他快要死了一样看着她,仿佛他的内脏就要漫出来了。他甚至稍稍朝她靠了过来。

她整夜想象自己勾引他。她想象他俩散着步,走过后面两片田野,来到贮藏谷仓,她想象事情就在那里发生了,她轻易地勾引了他,接着她还安慰他无需自责。真正的天才能把想法传达给愚蠢的头脑。她想象自己把他的自责握在手里,将它变成对生活更深刻的理解。她把他的羞耻转变成了某种有用的情感。

她躲开了霍普威尔太太，十点准时向门口走去。她没有带吃的，忘记了野餐得带吃的。她穿着一条宽松裤，一件脏兮兮的白衬衫，后来想了想，又往领子上抹了点薄荷膏，因为她没有香水。她到门口的时候，那儿空无一人。

她眺望着空荡荡的公路，愤怒地感到自己被耍了，他只不过想要她听他的话走到门口罢了。这时他却突然出现了，高高的个子，从对面路堤的灌木丛后面钻了出来。他微笑着，抬了抬头上那顶崭新的宽檐儿帽。他昨天没有戴，她心想，他是不是特意买的。烘焙色的帽子上系着红白相间的带子，稍微有点大。他从灌木后面钻出来，依然提着那只黑色的箱子。还是昨天那套衣服，一样的黄色袜子，走着走着就耷拉到鞋子里。他穿过公路说，"我知道你会来！"

女孩不快地想，他怎么会知道。她指着箱子问："你干吗要带《圣经》啊？"

他握着她的手肘，低头朝她微笑，像是停不下来似的。"你可说不准什么时候需要上帝的旨意，哈尔加。"他说。她有一瞬间怀疑这是不是真的，接着他们爬过路堤，穿过牧场，朝树林走去。男孩轻快地走在她身边，踮着脚蹦跶。今天箱子看起来不重；他甚至甩来甩去。他们一言不发地穿过半个牧场，他轻松地把手搭在她的后腰，温柔地说："你的木腿接在哪儿？"

她脸涨得通红，怒气冲冲地看着他，男孩顿时有些尴尬。"我没有恶意，"他说，"我只是觉得你很勇敢。我想上帝一定眷顾你。"

"不，"她看着前方加快了步子，"我压根不信上帝。"

他停下来吹了声口哨。"不是吧!"他吃惊得说不出话来。

她继续走,他很快便蹦到她身边,扇着帽子。"像你这样女孩可不常见。"他用眼角瞥她。他们走到树林旁边时,他再次把手搭在她背后,把她拉过来,一言不发地重重吻了她。

这个力量大于感情的吻,能让其他女孩分泌大量肾上腺素,能让人从着火的房子里搬个塞得满满的箱子出来,但是对她来说,效力却立刻传递到了大脑。她的头脑始终清醒,疏离和嘲讽,即便在他松开她之前,她也像是远远地打量着他,既消遣,又怜悯。她之前从未被人吻过,她高兴地发现这也没什么特别的,一切都在头脑的掌控之中。对于有些人来说,只要告诉他们那是伏特加,就连阴沟水他们都喜欢得很。男孩温柔地松开她,看起来期待而犹豫,而她转身继续走路,什么都没说,仿佛对她来说这样的事情再寻常不过。

他气喘吁吁地赶上她,看到一个可能会绊倒她的树根,便想帮她一把。他拨开荆棘藤摇晃的长枝,让她可以走过去。她走在前面,他喘着粗气跟在她身后。然后他们来到一个洒满阳光的山坡,山坡缓缓延伸到另一个小小的山丘。他们看到远处老谷仓生锈的屋顶,多余的干草就存在那里。

山坡上点缀着粉色的杂草。"这么说来你不会得救了?"他突然停下来问。

女孩笑了。这是她第一次对他笑。"照我的经济观点来说,"她说,"我得救了,你完蛋了,但是我告诉你,我不信上帝。"

似乎没什么能摧毁男孩崇拜的模样。他凝视着她,仿佛动物园里新奇的动物伸出爪子来怜爱地戳了他一下。她觉得他看起来像要再次吻她,于是没等他得逞便又往前走去。

"我们能不能找个地方坐一会儿?"他咕哝着,声音越来越轻柔。

"去谷仓吧。"她说。

他们飞快地赶到那里,仿佛那是一辆会开走的火车。谷仓很宽敞,有两层,里面又暗又冷。男孩指着通往阁楼的梯子说:"真可惜我们上不去。"

"为什么不能?"她问。

"你的腿。"他恭敬地说。

女孩轻蔑地看了他一眼,两手握住梯子,爬了上去,他在底下看着,肃然起敬。她熟练地钻进入口,然后向下看着他说:"想上来就快上来吧。"他开始爬楼梯,手里还笨拙地拎着箱子。

"我们不需要《圣经》。"她说。

"你可说不准。"他气喘吁吁地说。他爬上阁楼以后花了几秒钟才喘过气来。一道宽宽的阳光斜照在她身上,阳光里布满尘埃。她靠在干草垛上,转过脸去,望着谷仓前面的开口,干草便是经由那儿从车里被扔上阁楼的。两片点缀着粉色小草的山坡,后面是一排黝黑的树木。晴空万里,一片冷冷的蓝色。男孩在她身边躺下,一只手放在她的身体底下,另一只手绕过她,开始不紧不慢地吻她,像鱼一样发出细小的声响。他没有脱下帽子,把帽子推到脑后,免得碍事。她的眼镜碍到了他,他把它摘下来,悄悄放进口袋。

女孩起初无动于衷,但是过了一会儿她也开始吻他,她吻了他的脸,又吻他的嘴唇,停在那儿,不断不断地吻他,像是要抽干他的呼吸。他的呼吸像孩子一样清澈甜美,那些吻也像孩子一样湿漉漉的。他喃喃说着爱她，对她一见钟情，但是喃喃声就像是孩子被母亲哄睡发出的呓语。而她从头到尾都没有停止思考，也没有被感情冲昏了理智。"你还没说你爱我呢，"他终于呢喃着，松开她，"你得说啊。"

她扭头望向空荡荡的天空，又低头望向黑色的山脊，接着望向更远处两片碧绿的湖泊，湖水正在上涨。她没有意识到他摘去了她的眼镜，但是这片景色看起来也没有什么不同，她原本就很少关注周遭的事物。

"你得说啊，"他重复着，"你得说你爱我。"

她的言行向来小心谨慎。"从某种意义上来说，"她开始说，"如果你宽泛地使用这个词语的话，或许是可以这么说。但是我不用这个词语。我没有幻想，我是那种看穿了虚无的人。"

男孩皱起眉头。"你得说啊，我说了，你也得说。"他说。

女孩近乎温柔地看着他。"可怜的宝贝，"她咕哝着，"你就是不能理解啊，"她挽住他的脖子，让他面朝下对着她，"我们都是被诅咒的，"她说，"但是有些人摘掉了眼罩，发现一片虚无。这是一种救赎。"

男孩吃惊的眼神茫然地穿过她的发梢。"好的，"他几乎呜咽着说，"但是你爱不爱我？"

"爱，"她补充说，"从某种意义上来说，但是我得告诉你。我们之间不能有欺瞒。"她抬起他的头，看着他的眼睛。"我三十岁了，"她说，"我有好几个学位。"

男孩的神情又愤怒又顽固。"我不在乎，"他说，"我不在乎你的一切。我只想知道你爱不爱我？"他抱住她，野蛮地亲吻她，直到她说，"爱，爱。"

"那好，"他放开她，"证明给我看。"

她笑了，做梦般地看着外面变幻的景色。她还没想好要不要勾引他，便已经勾引了他。"怎么证明？"她问，觉得不能让他那么快就得偿所愿。

他靠过去，把嘴唇凑在她的耳边。"给我看看你装木腿的地方。"他呢喃。

女孩短促地轻叫一声，脸上立刻失去了血色。吓到她的不是这个猥琐的提议。孩提时，她有时会产生屈辱感，但教育抹除了最后一丝痕迹，如同一位优秀的外科医生切除了肿瘤；就像她不相信他的《圣经》一样，她对他的要求并不感觉羞辱。但是她对那条腿很敏感，仿佛孔雀对自己的尾巴一样。除了她自己，没人碰过。私底下，她像别人照看自己的灵魂一样照看它，几乎不敢多看一眼。"不行。"她说。

"我知道，"他低声说着坐起来，"你只是在耍我玩。"

"不是，不是！"她叫着，"它装在膝盖上，只是装在膝盖上而已。你为什么想看？"

男孩意味深长地看着她。"因为，"他说，"它让你变得与众不同。你和其他人都不一样。"

她坐着看着他。不管是她的脸，还是她冰蓝色的圆眼睛，都没有流露出任何被打动的痕迹；但是她感觉到心脏停止了跳动，只剩下头脑来传输血液。她感到这是她生命中第一次面对真正的天真。这个男孩有一种超越智慧的本能，触碰到了她的本质。过了一会儿，她用沙哑尖利的声音说："好吧。"像是彻底对他投降。像是失去了自己的生命，又奇迹般地从他那里再次获得。

他非常轻柔地卷起她的宽松裤。穿着白袜和棕色平底鞋的假腿裹在帆布一样厚的布料里,上面有一个丑陋的关节和残肢相连。男孩看到它的时候,脸上和声音里都充满敬意。他说:"告诉我它是怎么摘下来和装上去的。"

她为他摘下假腿,又装了回去,接着他自己又摘了一次,举止轻柔,像是握着一只真腿。"看!"他像孩子般雀跃地说,"现在我也会了!"

"装回去吧。"她说。她想着她可以和他私奔,每天晚上他都能为她摘下假腿,第二天早晨再装回去。"装回去吧。"她说。

"还不行。"他咕哝着,让它立在她够不到的地方。"在那儿放一会儿。你现在有我。"

她警告地轻叫一声,但是他把她推倒,再次亲吻了她。没有了腿,她感到自己完全依赖着他。她的大脑仿佛停止了思考,开始运作起其他不太擅长的功能。她的脸上不断呈现出各种表情。男孩的眼睛像钢钉一样,不时瞥向身后立着的假腿。她终于推开他说:"把腿给我装回去。"

"等等。"他说。他靠向另一边,把箱子拉过来打开。箱子的内衬上有淡蓝色的圆点,里面只有两本《圣经》。他拿出一本,翻开。里面是空的,藏着一小瓶威士忌、一盒纸牌和一个上面印着字的蓝盒子。他把这些东西在她跟前一字排开,每个之间的间隔相等,像是在女神的神龛前摆放祭祀品。他把蓝盒子放在她手里。本产品仅用于预防疾病,她念完赶紧丢开。男孩拧开酒瓶的盖子。他笑着停下来,指着那叠纸牌。那不是普通的纸牌,每张后面都有淫秽的图画。"喝一口吧。"他先把瓶子递给她。他把瓶子塞到她跟前,她像被催眠了一样动弹不得。

她开口时几乎是在哀求。"你难道不是,"她低声说,"你不是一个善良的乡下人吗?"

男孩歪着脑袋。仿佛刚刚开始意识到她在羞辱他。"没错,"他轻轻噘起嘴唇,"但是没用,我每天都和你一样善良。"

"把腿还给我。"她说。

他一脚把它踢得更远。"来吧。我们来享受一下,"他花言巧语地说,"我们还没好好了解过彼此呢。"

"把腿还给我!"她尖叫着,向前扑过去,但是他轻松地推倒了她。

"你怎么突然变成了这样?"他皱眉问,拧紧酒瓶的盖子,飞快地放回到《圣经》里。"你刚刚还在说你什么都不信,我以为你是那种女孩!"

她的脸都快发紫了。"你是个基督徒!"她嘘道,"你是一个善良的基督徒!你和他们一样——说一套做一套。你是一个完美的基督徒,你是……"

男孩愤怒地撇着嘴,"我希望你不要以为,"他用傲慢愤慨的口气说,"不要以为我相信那些废话!我可能是卖《圣经》,但是我知道是怎么回事,我不是昨天刚刚出生,我也知道自己要去哪里。"

"把腿还给我!"她尖叫。他一跃而起,她只看见他把纸牌和蓝盒子都放进《圣经》,再把《圣经》扔进箱子里。她看见他抓起假腿,接着她看见那条腿孤零零地斜躺在箱子里,两边各摆了一本《圣经》。他砰地合上盖子,提起箱子,从入口扔出去,然后自己也跨了出去。

等到他整个身体都在外面,只剩下一个脑袋的时候,他转头看了她一眼,崇拜的目光不复存在。"我有很多好玩的东西,"他说,"有一次我就这样拿到了一个女人的玻璃眼珠。你不要以为能抓住我,因为波恩特不是我的真名。我每拜访一户人家都用一个不一样的名字，而且我不会在任何地方逗留。我再告诉你一件事，哈尔加，"他不假思索地叫着她的名字，"你没那么聪明。我生下来就什么都不信了！"接着烘焙色的帽子消失在了入口，只剩下女孩一个人，坐在干草上，布满尘埃的太阳照在她身上。当她把扭曲的脸转向入口时，看到他蓝色的身影正奋力穿过斑斑点点的碧绿湖面。

霍普威尔太太和弗里曼太太在后牧场挖洋葱，过了一会儿看见他从树林里钻出来，穿过草地往公路走去。"哎呀，那好像是昨天来卖《圣经》的那个善良又无趣的男孩。"霍普威尔太太眯缝着眼睛说，"他肯定是回来向黑人兜售，他脑子太简单了。"她说，"但是我们如果都那么简单，世界或许会变得更好。"

弗里曼太太向前望去，正巧看见他快要消失在山脚下。接着她把注意力转向她刚从地里拔出来的洋葱嫩芽上，它们散发着刺鼻的气味。"有些人就不可能那么简单，"她说，"我就不会。"

没有谁比
死人更可怜

You Can't Be

Any Poorer

Than Dead

弗朗西斯·马里昂·塔沃特的舅伯死了不过半天，塔沃特还没挖完坟便喝醉了，一个叫布福德·芒森的黑人过来灌水，不得不把还坐在早餐桌边的尸体拖走，用基督教的方式体面地埋葬了他，在坟头插上救世主的标志，盖上足够多的泥土，防止野狗刨坟。布福德是中午时分过来的，等他傍晚离开时，塔沃特的酒还没有醒。

老头是塔沃特的舅伯，或者说曾经是，自孩子记事以来，他们就住在一起。舅伯说他救下孩子并且开始抚养他的时候是七十岁；他死的时候八十四岁。塔沃特这样算出来自己十四岁。舅伯教他算术、读书、写字，以及历史，从亚当被逐出伊甸园讲起，讲到赫伯特·胡佛为止的历任总统，再思考基督降临和审判日。除了给予男孩良好的教育，舅伯还把他从唯一的亲戚那儿救了出来，那人是老塔沃特的外甥，是个学校老师，自己那会儿没有小孩，想要以自己的方式抚养已故姐姐的儿子。老头知道他的方式是什么。

老头在外甥家里住了三个月，他原本以为外甥心地慈善，结果发现和慈善根本没关系。他住在那儿的时候，外甥一直偷偷研究他。外甥以慈善的名义收留他,却秘密探究他的灵魂,问他一些叵测的问题,在房子里布置陷阱看他掉进去,最后为学校教师杂志写了一份有关他的研究报告。上帝听闻他的恶性,亲自解救了老头。上帝赐予他神示的愤怒,叫他带着孤儿男孩远走高飞,去往最偏僻的边远地带,将孩子养大成人,以证明他的救赎。上帝允诺他长命百岁,他从学校老师的眼皮底下偷走孩子,带着他一起生活在一块此生都在他名下的林间空地上。

学校老师瑞伯还是发现了他们的藏身之处,来到林中空地索要孩子。他不得不把车停在泥路上,沿着一条忽隐忽现的小路在林子里走了一英里,才来到一片玉米地,玉米地中间有一幢孤零零的二层棚屋。老头很高兴让塔沃特回想起外甥那张红彤彤汗涔涔的苦脸,外甥一脚高一脚低地穿过玉米地,后面跟着一个帽子上插着粉色花朵的女人,是他从福利部门带来的。门廊台阶前种着两英尺高的玉米,外甥从里面钻出来的时候,老头拿着猎枪候在门口,说不管是谁,踏上台阶一步他就开枪,他俩面对面站着,福利部门的女人从玉米地里怒气冲冲地钻出来,像鸡窝里蓬头垢面的母孔雀。老头说要不是因为这个福利部门的女人,外甥不会走出那一步,但是女人站在那儿干等,长长的脑门上粘着几绺染红的头发,她把头发往后拂了拂。他们的脸都被灌木刮伤了,流着血,老头记得女人的衬衫袖子上挂着一株蓝莓枝。女人慢慢呼出一口气,像是已经耗尽了最后一丝耐心,外甥便抬腿落在台阶上,老头射中了他的腿。两个人一溜烟消失在玉米地里,女人嚷嚷着,"你知道他疯了!"但是老塔沃特跑到楼上窗户边看到,他们从玉米地的另一头跑出来,女人搂着他,扶住他一瘸一拐地走进树林;后来他得知他们结婚了,尽管女人的年纪是他两倍,大概只能为他生一个小孩。她再也没有让他回来过。

老头死的那天早晨，像往常一样下楼做早饭，还没有吃到第一口便死了。棚屋的底楼都是厨房，又大又暗，中间有一个木头炉子和一张与炉子齐平的板桌。一袋袋种子和面粉堆在角落里，金属废料、木屑、旧绳子、梯子和其他易燃物被他和塔沃特随意扔在地上。他们一直睡在厨房里，直到有一天一只野猫从窗户外面蹿进来，吓得老头把床搬到了楼上，那儿有两个空房间。他当时就预言楼梯会折他十年寿命。他死的时候正坐着吃早饭，红通通的结实的手刚握着餐刀往嘴里送，接着他大惊失色，放下餐刀，手落在盘子边上，把盘子碰下了桌。

他是个体壮如牛的老头，短短的脑袋直接支在肩膀上，银白色的眼珠突着，像两条竭力摆脱红色渔网的小鱼。他戴着一顶油灰色的帽子，帽檐儿四面翻起，汗衫外面套着件原本是黑色的灰色外套。塔沃特坐在他对面，看到他的脸上布满红丝，全身一阵战栗。战栗仿佛从他的心脏开始扩散，刚刚触及皮肤。他的嘴角猛地歪向一边，身体却还保持着完美的平衡，后背刚好离开椅背六英寸，肚子抵着桌边。死气沉沉的银灰色眼珠盯住坐在他对面的男孩。

塔沃特感觉到战栗在扩散，轻轻穿过老头的身体。他碰都没碰到老头就知道他死了，他继续坐在尸体对面吃早饭，带着愠怒的尴尬，好像有个不认识的人在场，他也不知道该说什么。最后他抱怨说："耐心点。我说了我会把事情做好的。"声音听起来很陌生，仿佛死亡并没有改变老头，却改变了他。

他起身从后门出去，把盘子放在最底下的台阶上，两只长腿的黑色斗鸡冲过院子，吃完了盘子里剩下的东西。他坐在后廊里一只长长的松木盒子上，心不在焉地剥着一截绳子，长脸上的眼睛越过空地，眺望着层层叠叠的灰紫色树林，直抵清晨空荡荡的天空下浅蓝色的森林线。

泥路并不通往空地，却靠车辙和小径连接，就连最近的黑人邻居也依然需要徒步穿过树林，推开挡路的李子树枝才能进来。老头在空地左边种了一英亩棉花，棉花越过篱笆，几乎要长到房子的一侧。两股带倒钩的电线从棉花地中间穿过。一排驼峰形状的雾气蹑步向前，像白色猎狗般匍匐着，准备爬过院子。

"我要把篱笆拆了。"塔沃特说，"我的篱笆不能搭在棉花地中间。"他的声音响亮，但是依然陌生，令人不快，他在脑海里盘算着其他想法没说出来：这是我的地盘了，不管我是否拥有它，因为我在这儿，没人能把我赶走。如果学校老师再过来抢地方，我就杀了他。

他穿着一条褪色的工装裤，一顶灰色的帽子像盖子似的盖过耳朵。他学舅伯的样，除了上床，绝不脱帽。他学舅伯的样一直到现在，但是：如果我想在埋他之前拆了篱笆，没有人能阻挠我，他想；没有人能反对。

"先把他埋了，一劳永逸。"陌生人用响亮、令人不快的声音说，塔沃特起身去找铁锹。

他坐着的松木盒子是舅伯的棺材，但是他并不打算用。对这个瘦弱的男孩来说，老头太重了，没法抬进盒子里，老塔沃特几年前自己做了这个盒子，他说如果到时候没法把他抬进去，就把他埋在坑里，但坑一定要深。他说，要有十英尺深，不能只有八英尺。老头花了很长时间做盒子，完工以后，他在上面刻下了"梅森·塔沃特与上帝同在"的字样，把它放在后廊，然后爬了进去，在里面躺了一会儿，从外面只看得到他鼓起的肚子,像过度发酵的面包一样。男孩站在盒子旁边打量他。"这就是我们所有人的结局。"老头心满意足地说,粗哑的嗓门在棺材里听起来非常洪亮。

"盒子装不下你,"塔沃特说,"我得坐在盖子上才行,或者等你腐烂一点。"

"别等。"老塔沃特说,"听着。要是到时候盒子没法用,要是你抬不起来或者碰到其他什么情况,就把我埋在坑里,但是坑要挖得深一点。最好有十英尺深,不能只有八英尺——要十英尺。实在不行,你可以把我滚进去。我可以滚。找两块木板,放在台阶上,把我滚下去,然后在我停住的地方挖坑,等到坑挖得足够深了再把我滚进坑里。找几块砖头撑住我,这样我就不会掉下去,挖完之前不要让狗把我拱下去。你最好把狗关起来。"他说。

"要是你死在床上怎么办?"男孩问,"我怎么把你弄下楼梯?"

"我不会死在床上,"老头说,"我一听到召唤就会下楼。我会尽量走到门边。要是我在楼上动不了,你把我滚下楼梯就行了。"

"上帝啊。"孩子说。

老头从盒子里坐起来,拳头放在边上。"听着,"他说,"我从没要求过你什么。我收留你,抚养你,把你从城里那个混蛋那儿救了出来,现在我要求的回报不过是等我死了以后,把我埋进地里,这是死者的归宿,再竖一个十字架,说明我在那儿。在这世上我就要求你做这么一件事。"

"我能把你埋了就不错了,"塔沃特说,"没力气再竖十字架了。我可不想折腾这些鸡毛蒜皮。"

"鸡毛蒜皮!"舅伯嘘道,"等十字架聚拢来的那天你就知道什么叫鸡毛蒜皮了！好好埋葬死者大概是你能为自己做的唯一的好事。我把你带到这儿，将你抚养成一位基督徒，"他抱怨，"如果你没成为基督徒我就完蛋了。"

"要是我没力气做，"孩子小心翼翼地打量着他说，"我就通知城里的舅舅，他会过来打理的。那位学校老师，"他拿腔拿调地说，发现舅伯紫色脸上的麻子已经发白了。"他会帮你的。"

老头眼角的皱纹加深了。他抓住棺材的两边向前推，像是要把它推出门廊。"他会烧了我。"他哑着嗓子说，"他会把我在炉子里火化，然后撒了我的骨灰。'舅舅，'他对我说过，'你这种人快要绝种了！'他肯定很愿意雇殡葬工人来火化我，好撒了我的骨灰，"老头说，"他不相信耶稣复活。他不相信审判日。他不相信……"

"死了就别挑剔了。"男孩打断了他。

老头一把抓住男孩外套的前襟，把他拽到盒子旁边，他们面面相觑不足两英寸。"世界是死人组成的。想想所有的死者。"他说，像是已经为一切傲慢的语言构思好了应答，他说，"死人是活人的一百万倍，而且死人死掉的时间要比活人活着的时间长一百万倍！"他大笑着松开男孩。

只有男孩眼睛里闪过的一丝战栗，表明他被吓到了，过了一会儿他说："学校老师是我叔叔。是我唯一活着的血亲，要是我想找他，我现在就去。"

老头一言不发地看了男孩足足一分钟。然后他双手拍打着盒子的两侧，咆哮道："谁被瘟疫召唤，走向瘟疫！谁被剑召唤，走向剑！谁被火焰召唤，走向火焰！"孩子吓得发抖。

活人，他一边想着一边去拿铁锹，但是他最好不要到这儿来试图把我赶走，因为我会杀了他。舅伯说过，去找他就完蛋了。我大老远把你从他那儿救出来，如果我一死你就去找他，那我也没办法。

铁锹在鸡窝旁边。"我绝不会再踏进城里一步。"塔沃特说，"我绝不会去找他。他和其他任何人都别想把我赶走。"他决定在无花果树下挖坟，这样老头可以为无花果提供营养。地面最上层是沙，底下是坚硬的砖，铁锹一扎进沙子里就发出咣当一声。要埋一个两百磅的小山似的死人，他想着，一只脚踩在铁锹上，倾着身体，穿过树叶注视着白色的天空。要在这块磐石上挖出足够大的坑得花上一天，学校老师不出一分钟就能烧了他。

塔沃特从没见过学校老师，但是见过他的孩子，一个和老塔沃特很像的男孩。老头和塔沃特一起去那儿的时候，也被这种相像震惊了，老头站在门口，盯着那个小男孩，舌头在嘴巴外面打转，活像个老傻子。这是老头第一次也是唯一一次见到那个男孩。"那三个月，"他会说，"是我的耻辱。在那幢房子里住了三个月，被自己的亲人背叛，等我死了，要是你想把我交到这个叛徒手上，让他烧了我，你就去吧，去吧，孩子！"他嚷嚷着，从盒子里探出麻子脸。"去吧，让他烧了我，但是之后要当心掐住你脖子的螃蟹！"他张牙舞爪，做出掐住塔沃特的样子。"他不相信我听从上帝的召唤。"他说，"我不会被烧掉的。等我死了以后，你最好自己去林子里，那里阳光暗淡，也好过去城里找他！"

白色的雾气穿过院子，消失在下一片田野的尽头，此刻空气干净透明。"死人真可怜，"塔沃特用陌生人的口气说，"没有谁比死人更可怜。给他什么他就得拿什么。"他心想，现在没人来烦我了。再也没有了。

不会有只手伸出来阻止我做任何事。一只沙色的猎狗在旁边的地上拍打着尾巴,几只黑鸡在塔沃特翻出来的黏土里抓来抓去。太阳翻过了蓝色的森林线,被一圈黄色的雾气笼罩,慢慢穿过天空。"现在我想做什么就做什么。"他柔声用陌生人的声音说,这样他自己才能忍受。只要我想,我就把这些鸡都杀光,他看着这些没用的黑色斗鸡,心里想着,舅伯喜欢养鸡。

"他喜欢很多蠢东西,"陌生人说,"事实上他就是幼稚。学校老师从没伤害过他。你看,不过是观察他,然后把看到的和听到的写下来,做成报告给学校老师看。这有错吗?完全没错。谁在乎学校老师看了什么?那个老头表现得好像他的灵魂被扼杀了。哦,他比他想象的离死还差得远呢。他又活了十五年,还养育了一个男孩来埋葬他,正合他意。"

塔沃特用铁锹挖着地,陌生人的声音强压着愤怒在他耳边不断重复着:"你得用手把他彻底地整个地埋了,学校老师不出一分钟就能烧了他。"他挖了一个多小时,坑却只有一英尺,还没有尸体深。他在旁边坐了一会儿。太阳挂在空中像一只愤怒的白色水泡。"死人要比活人麻烦得多。"陌生人说,"学校老师根本没想过,审判日那天所有被标记了十字的死人都会聚到一起。在世界上的其他地方,人们做事情的方法和老头教你的不一样。"

"我进过一次城,"塔沃特低声说,"别来教训我。"

舅伯两三年前去城里请律师取消财产继承,这样财产就能跳过学校老师直接转到塔沃特名下。舅伯在处理公事的时候,塔沃特坐在律师十二层楼办公室的窗边,低头看着底下城市街道的坑坑洼洼。从火车站过来的路上,他趾高气扬地走在移动的金属和钢筋水泥中间,人们小小的眼睛在里面眨啊眨。他自己的目光被屋顶般的僵硬帽檐儿遮住了，那是一顶崭新的灰色帽子，正好卡在他支棱起来的耳朵上。来之前，他读过年鉴资料，知道这儿有六百个人都是第一次见到他。他想停下来和每个人握手，说他的名字叫弗朗西斯·梅森·塔沃特，他只在这儿待一天，陪舅伯去律师事务所办事。每经过一个人，他都要猛地回头，后来经过的人实在太多了，他发现他们并不像乡下人那样迎接你的目光。有些人撞到了他，这样的接触照理说应该可以结交到一个终生的朋友，结果却什么都没发生，因为这些笨拙的人缩着脑袋，嘟哝着"对不起"就推搡着往前走，如果他们等一等，他就接受他们的道歉了。他跪坐在律师办公室的窗户边上，探出头去颠倒地看着底下斑斑点点的马路像一条锡河般流动着，暗淡的天空中飘浮着惨白的太阳，在马路上留下点点光影。他心想，得做些什么特别的事，才能让他们注意到你。他们不会因为上帝创造了你而留意你。他对自己说，等我有出息了，我要做些什么，让每双眼睛都看到我做的；他探出身体，看到自己的帽子轻轻飘落，摇摇摆摆，随风飘荡，很快就要被车轮碾碎。他抱住光脑袋，跌回房间里。

舅伯正和律师争论，两个人都敲着把他们隔开的桌子，弯着膝盖，同时捶着拳头。律师是一个圆脑袋鹰钩鼻的高个子，他克制着愤怒不断重复着："但是遗嘱不是我写的。法律不是我定的。"舅伯的声音很刺耳："我没办法。我老爸不希望这样。必须跳过他。我老爸不想让一个傻子继承他的财产。他不想看到这样的事情发生。"

"我的帽子掉了。"塔沃特说。

律师坐回椅子，嘎嘎作响地转向塔沃特，浅蓝色的眼睛漠不关心地看着他,然后又嘎嘎地转回前面,对舅伯说:"我帮不了你。你在浪费你我的时间。你最好还是放弃这份遗嘱。"

"听我说,"老塔沃特说,"那会儿我也觉得我完蛋了,又老,又病,快要死了,没有钱,一无所有,我接受他的好意是因为他是我最近的血亲,你可以说他有责任接纳我,只不过我以为那是慈善,我以为……"

"你的所想所为也好,你亲戚的所想所为也好,我都帮不上忙。"律师说着闭上了眼睛。

"我的帽子掉了。"塔沃特说。

"我只是一名律师。"律师的目光游移在办公室里一排排堡垒似的褐色法律书籍上。

"可能已经有车轧过去了。"

"听我说,"舅伯说,"他一直都为了一份报告在研究我。他收留我只是为了写报告。他在我身上做秘密实验,对他自己的亲戚做实验,像偷窥狂一样窥视我的灵魂,然后又对我说,'舅舅,你这样的人已经快要绝种了。'快要绝种了!"老头尖着嗓子,几乎没法从喉咙里挤出一丝声音来。"你觉得我是要绝种了吗?"

律师闭上眼睛,脸上浮现出笑意。

"我去找其他律师。"老头咆哮着,他们离开了,又不停歇地走访了三位律师,塔沃特数了有十一个人可能戴着他的帽子。最后他们从第四位律师的办公室里走出来,坐在一幢银行大楼的窗沿上,舅伯从口袋里掏出带来的饼干,递给塔沃特一块。老头一边吃,一边松开外套,让凸起的肚子在膝盖上休息一会儿。他的表情愤怒,麻子中间的皮肤先是发红,然后发紫,发白,麻子仿佛从一个坑跳到了另一个坑。塔沃特面色惨白,眼睛里闪烁着空洞深邃的光芒。他的脑袋上系着一块旧的劳工手帕,四角打着结。路人打量着他,他却不在意。"谢天谢地,我们终于完事可以回家了。"

"我们还没完事。"老头突然站起来,沿着马路走去。

"上帝啊,"男孩叹道,跳起来追上他,"我们不能坐一会儿吗?你还有没有脑子?他们都跟你说一样的话。只有一条法律,你也没有办法。我都听懂了;你怎么不明白?你算是怎么回事呀?"

老头探着脑袋继续大步向前,像是闻见了敌人的气息。

"我们去哪儿?"他们走出了商业街,穿过两排球状的房子,煤黑的门廊悬在人行道上面。"听我说,"塔沃特拍打着舅伯的屁股,"我永远都不要再来了。"

"不是你自己说要来的吗?"老头咕哝着,"你现在满足愿望了。"

"我可没要求过什么。我永远不要来了。我还不知道这是什么地方就来了。"

"记住。"老头说,"你说要来的时候,我对你说过你不会喜欢这个地方。"他们继续走,穿过一条又一条人行道,一排又一排悬着的房子,房子的门半开着,一抹微弱的灯光照着里面脏兮兮的走廊。终于走进另一片街区,房子都坐落在地上,几乎一模一样,每幢房子跟前都有一小块草地,像一只狗抓着块偷来的牛排。过了几个街区,塔沃特一屁股坐在人行道上说:"我一步也不想走了。"

"我都不知道这是要去哪儿,我一步也不走了。"他冲舅伯笨重的背影嚷嚷,舅伯没有停下,也没回头看一眼。片刻塔沃特便又跳起来,跟上了舅伯,心想:要是他出点什么事,我就回不去了。

老头不断前进，仿佛他的血统嗅觉正引导他一步步靠近敌人的藏身处。他突然拐上一幢浅黄色房子跟前的门道，径直走到白色的门前，他拱着厚实的肩膀，仿佛要像推土机一样闯进去。他无视光亮的黄铜门环，用拳头捶打木门。塔沃特走到他身后时，门开了，一个粉色脸膛的胖男孩站在门里面。这个小孩一头白发，戴着金属边的眼镜，眼睛和老头一样是银白色的。两个人面面相觑，老头举着拳头，张着嘴巴，像傻子似的舌头来回打转。小胖子一刹那间吃惊得动都不动。接着他大笑起来。他举起拳头，张开嘴巴，舌头飞快地打转。老头的眼睛都快要从眼窝里掉出来了。

"告诉你爸爸，"他咆哮着，"我没有绝种！"

小男孩像被疾风吹过一样摇晃着，差点关上了门，他整个藏了起来，只露出一只戴着眼镜的眼睛。老头抓住塔沃特的肩膀，让他转过身，推着他沿路离开了这个地方。

塔沃特再也没有回去过，再也没见过他的表弟，也没见过学校老师，他告诉和他一起挖洞的陌生人，他对上帝祈祷，再也不要见到他，尽管他并不讨厌他，也不想杀了他，但是如果他上这儿来，掺和这些除法律之外和他没关系的事情，他就不得不杀了他。

"听着，"陌生人说，"他要来这儿干吗呢——这儿什么都没有。"

塔沃特没有吱声，继续挖坑。他没看陌生人的脸，但他现在知道，那是一张友善聪明的尖脸，遮在一顶挺括的宽檐儿帽下面。他不再讨厌那个声音。只是冷不丁听起来还是一个陌生人的声音。他感到自己刚刚认识了自己，仿佛只要舅伯还活着，他就被剥夺了对自己的了解。

"我不否认老头是个好人，"他的新朋友说，"但是正像你说的：没有谁比死人更可怜。给他们什么他们就得拿什么。他的灵魂已经不存在于人类地球，他的身体感觉不到痛苦——不管是火烧还是其他什么。"

"他思考的是审判日。"塔沃特说。

"那么，"陌生人说，"你不觉得你在一九五四年或者五五年、五六年竖起来的十字架，等到审判日的那年都已经腐烂了吗？如果你把他烧成灰的话，大概也就是腐烂得和灰差不多？我问你：上帝怎么处理那些沉海以后被鱼吃掉的海员，以及那些被其他鱼吃掉的吃海员的鱼，然后它们再被其他东西吃掉？再想想那些在火灾中被烧死的人！这样烧掉，那样烧掉，或者被绞进机器里变成浆又有什么区别？那些被炸成碎片的士兵怎么办？那些片甲不留的死者怎么办？"

"如果我烧了他，"塔沃特说，"就不是自然的，是蓄意的。"

"我明白了，"陌生人说，"你担心的不是他的审判日，你是担心自己的审判日。"

"这不关你的事。"塔沃特说。

"我不是要掺和你的事。"陌生人说，"我才不在乎呢。你独自留在这片空地上。永远独自待在这儿，只晒得到一点点暗淡的太阳。照我看来，你活着毫无意义。"

"救赎。"塔沃特咕哝。

"你抽烟吗？"陌生人问。

"想抽就抽，不想抽就不抽，"塔沃特说，"需要埋就埋，不需要就不埋。"

"去看看他，看他有没有从椅子上摔下来。"他的朋友建议。

塔沃特把铁锹扔进坟墓，回到房子里。他把前门打开一条缝，凑近脸去。他舅伯轻蔑地朝他身侧瞪去，像一个发现了重要证据的法官。孩子飞快地关上门，回到坟墓旁边。尽管汗水把他的衬衫粘在背上，他还是直感到发冷。

太阳悬挂在头顶，依然死气沉沉，屏气凝神等待中午的到来。坟墓有差不多两英尺深了。"记住，十英尺。"陌生人大笑着说，"老头真自私。你不该指望他们，不该指望任何人。"他吁了口气补充道，像是一阵沙尘扬起，又突然被风吹落到地上。

塔沃特抬头看到两个人影正穿过田野走来，一个男黑人和一个女黑人，每人都用一根手指勾着一只空的醋罐子。女人戴着绿帽子，个子高高的，长得像印第安人。她不停歇地俯身钻过篱笆，穿过院子，朝坟墓走来；男人压低电线，从上面跨过，跟在女人身边。他们直盯着土坑，在旁边停下脚步，低头看着底下新挖出来的土，露出惊讶而满足的表情。那个叫布福德的黑人有一张皱巴巴的脸，像被烧过的抹布，肤色比他的帽子还黑。"老头死了。"他说。

女人抬起头来发出一声悠长缓慢的哀号，刺耳却庄重。她把罐子放在地上，交叉手臂，举到空中，再次哀号起来。

"叫她闭嘴，"塔沃特说，"这里现在听我的，我不想听到黑鬼哭。"

"我连着两个晚上看到他的魂灵。"她说，"连着两个晚上，他的魂灵不得安息。"

"他今天早晨才死，"塔沃特说，"如果你们想把罐子装满，就交给我，我走开的时候你们帮我挖坑。"

"他好多年前就预见了死亡。"布福德说，"这女人好几个晚上都梦到他，他没有得到安息。我了解他，我真的很了解他。"

"可怜的男孩,"女人对塔沃特说,"你在这个孤零零的地方一个人可怎么办啊？"

"管好你们自己的事吧。"男孩吼着,从她怀里夺过水罐,快步离开,差点跌倒。他大步穿过后面的田野,朝围绕着空地的树林边走去。

鸟儿都钻进树林深处躲避正午的太阳,一只画眉鸟躲在男孩前面不远处,一遍遍地重复四个音节,每说完一遍便停下来沉默一会儿。塔沃特加快步伐,接着开始小跑,片刻后他像被追赶似的飞奔起来,脚下一滑,溜下铺满松针的斜坡,他抓住树枝借力,气喘吁吁地爬回滑溜溜的坡道。他穿过一墙忍冬,跳过快要干涸的沙砾河床,摔在高高的黏土河堤上,那下面的窟窿里便是老头藏酒的地方。老头把酒藏在河堤的空穴里,上面盖着块大石头。塔沃特拼命推开石头,而陌生人站在他身后喘着气说:"他疯了！他疯了！总之他就是疯了！"塔沃特推开石头,掏出一个黑色罐子,靠着河堤坐下来。"疯了。"陌生人叹道,瘫坐在他身边。隐蔽处周围都是树,太阳悄悄地从树梢后面爬了上来。

"一个七十岁的男人,把一个小孩带进树林里抚养长大！假设他死的时候你只有四岁怎么办？你能把麦芽背去蒸馏养活你自己吗？我从没听说过四岁的小孩会用蒸馏器的。

"我从没有听说过,"他继续说,"你对他来说一钱不值,养大你不过是为了到时候能够埋葬他,现在他死了,没他什么事了,但是你却得把这个二百磅的家伙埋进土里。他要是知道你喝了一滴酒,一定会气得像只发烫的煤炉。"他补充说,"他可能会说酒精对你身体不好,其实是担心你喝太多就没力气埋他了。他说他把你带出来,遵循道义把你抚养成人,什么是道义：就是等他死了你得有力气埋他,这样他就能在自己被埋的地方竖一个十字架。"

"哦。"男孩从罐子里喝了一大口,陌生人用更轻柔的口吻说,"喝一点没关系。适度饮酒没事。"

一条滚烫的手臂滑进塔沃特的喉咙,仿佛魔鬼已经准备好要进入他的身体,触摸他的灵魂。他眯眼看着狂躁的太阳偷偷爬上树梢边缘。

"放轻松。"他的朋友说,"你还记得有一次见到那些黑鬼赞美诗歌手吗,都喝醉了,围着那辆黑色的福特汽车唱歌跳舞?上帝啊,要不是他们喝了酒,便不会因为得到救赎而那么高兴。换做我是你,我不会把救赎那么当回事。"他说,"有些人就是太当真。"

塔沃特慢慢地喝。他之前只喝过一次酒,被舅伯用木板揍了一顿,说酒精会把小孩的肚肠融化;又说谎,因为他的肚肠并没有融化。

"你应该很清楚,"他友好的朋友说,"你的人生都被老头算计了。在过去的十年里你本可以成为一个时髦的城里人。结果你却被剥夺了一切陪伴,和他一起,住在这片荒蛮的空地中间,一幢两层楼的破房子里,从七岁起就跟在骡子和犁后面。你怎么知道他教给你的东西是符合事实的?他教给你的算术方法可能已经没人使用了呢?你怎么知道二加二等于四?四加四等于八?可能其他人已经不用这个算术系统了。你怎么知道有没有亚当,或者当上帝救赎你的时候会缓解你的处境?你怎么知道上帝真的会这样做?都是从老头嘴里说出来的,你现在应该很清楚他疯了。至于审判日,"陌生人说,"每天都是审判日。

"难道你的年纪还不足以自己去了解这一点吗?你正在做的每件事,做过的每件事,是对是错,难道不是已经呈现在你眼前了吗?甚至在日落之前便已定夺。你得逞过吗?不,你没有,你想都没有想过。"他说,"既然你已经喝了那么多酒,就干脆喝光吧。一旦逾越了自我克制,便也就逾越了,你感觉到的晕眩从大脑顶部开始,"他说,"那是上帝之手给予你的祝福。他解放了你。老头是你门口的绊脚石,上帝把它滚走了。当然,没有滚得太远。你得靠自己完成,但是上帝已经做了大部分。赞美他吧。"

塔沃特的双腿已经失去知觉。他瞌睡了一会儿,脑袋歪在一边,张着嘴,罐子打翻在他的膝盖上,酒慢慢从他外套一侧淌下来。最后,只有瓶颈处还挂着一滴酒,流淌、聚拢、滴落、无声地、缓慢地折射出太阳的光泽。光亮被云朵遮蔽,直到所有的阴影都映射进来,就连天空都褪色了。他向前扭了一下醒来,眼睛忽而聚焦忽而失焦,看到面前有一张烧坏的抹布似的脸。

布福德说,"你这样不对。不应该这样对待老头。死人只有被埋了才能安息。"他蹲坐在脚跟上,一只手握着塔沃特的胳膊。"我去门里张望了一下,看到他坐在桌子旁,甚至都没躺在一块凉爽的木板上。如果你想放他过夜的话,得把他拖出来,在他胸口撒点盐。"

男孩把眼睑挤在一起视线才不再摇晃,片刻后他认出了那双红色的水泡眼。"他应该躺在体面的坟墓里,"布福德说,"他一生虔诚,笃信上帝的苦难。"

"黑鬼,"孩子用陌生而肿胀的舌头说,"松开你的手。"

布福德抬起手来。"他需要安息。"他说。

"等我处理完了他的事情,他就安息了。"塔沃特含糊地说,"走开,不要管我。"

"没人要打扰你。"布福德站起来。他等了一会儿,俯身看着这个在河堤上躺得四仰八叉的醉鬼。男孩的头向后歪在一根从黏土墙上伸出来的树根上。他的嘴巴张着，帽子前面翘起，直直切过他的额头，正好卡在他半张的眼睛上。他的颧骨凸出，又细又窄，像十字架的横臂，面颊的凹陷老气横秋，仿佛这孩子皮肤底下的骨骼和世界一样苍老。"没人要打扰你，"黑人咕哝着，穿过一墙忍冬，没有回头看，"那是你自己的事。"

塔沃特再次闭上眼睛。

旁边唧唧叫的夜鸟吵醒了他。叫声并不尖利，只是断断续续的嗡嗡声，仿佛鸟儿要在他每次重复前唤起他的委屈。云朵抽搐着穿过黑色夜空，隐约可见一枚粉色的月亮，仿佛跳起一英尺多，落下来，接着又跳了上去。他片刻后发现，这是因为天空低垂，飞快地朝他压过来，快要闷死他。鸟儿尖叫着及时飞走了，塔沃特蹒跚着走到河床中间，手脚着地匍匐着。月亮映在沙地的水洼里，好像惨白的火苗。他扑入忍冬墙，挣扎向前，混淆了甜美的花香和压在他身上的重量。当他穿到了另一边，黑色的地面缓慢地摇晃着，再次把他甩在地上。一抹粉色的光亮照亮了树林，他看到四周黑色的树影穿透地面。夜鸟又在他栖身的树丛里叫个没完。

塔沃特起身往空地走去，扶着一棵棵树找路，树干摸起来又冷又干。远远传来隆隆雷声，树林里四处亮起连绵不断的闪电。终于他看到了棚屋，荒凉漆黑，高高地耸立在空地中间，粉色的月亮颤颤巍巍地照在上面。他穿过沙地的时候，眼睛闪闪发光，把破碎的影子拖在身后。他没有朝院子里挖坟墓的地方看。

他在房子后面的角落停下脚步，蹲在地上，朝底下的垃圾看去，那里堆着鸡笼、圆桶、旧抹布和盒子。他口袋里有四根火柴。他趴在底下开始点火,用一根火柴引燃另一根,然后向前廊走去,不管身后贪婪的火焰正吞噬着干燥的易燃物和房子的地板。他头也不回地走过前面的空地,钻过带倒钩的电线篱笆,穿过布满车辙的田野,来到对面树林的边缘。然后他回头看到粉色的月亮沉入棚屋的屋顶,炸裂了,他开始在树林间奔跑,感觉到背后火焰中有一双鼓起来的银白色眼睛,正无比惊恐地看着他。

半夜他来到公路,搭了一位推销员的便车,这位推销员是西南地区铜管烟道的厂商代表,他向这位沉默的男孩提供了有关年轻人如何在世界上找到立足之地的最好的建议。他们飞驰在漆黑笔直的公路上,路两边围绕着幽暗的树木,推销员说从他自身经验看来,不能把铜管烟道卖给不爱的人。他是个瘦子,有一张深谷般的面孔,看起来像是遭遇过最可怕的打击。他戴着一顶挺括的宽檐儿灰帽,是那种想要看起来像牛仔的生意人常戴的。他说在百分之九十五的情况下,爱是唯一的准则。他说他向一个男人兜售烟道时,先问候他妻子的健康和孩子的情况。他说他有一本簿子,里面记着所有客人家里人的名字,以及他们的身体情况。一个男人的妻子得了癌症,他记下她的名字,在旁边写上癌症,每次去男人的五金店时都会问候他的妻子,直到她去世;然后他便把她的名字划去,在旁边写上死亡。"他们死的时候我还要感谢上帝,"推销员说,"这样就少了一个需要记住的人。"

"你不欠死人什么。"塔沃特大声说,这好像是他上车以后第一次开口说话。

"他们也不欠你。"陌生人说,"世界就应该这样——谁也不欠谁的。"

"看，"塔沃特突然向前探出身体，脸凑近了挡风玻璃，"我们开错了方向，又开回来了，又看到了火。我们就是从着火的地方走的。"他们前面的天空中有一抹微弱的光亮，持久存在，并不是闪电。"就是我们离开的时候看到的火。"男孩狂乱地说。

"孩子，你肯定是傻子，"推销员说，"这是我们要去的城里啊。那是城里的灯光。你肯定是头一回出门吧。"

"你掉头啊！"孩子说，"就是那片火。"

陌生人突然转过他沟沟壑壑的脸。"我这辈子都没掉过头。"他说，"我不是从什么火里来的，我从莫白尔来。我知道自己要去哪里。你脑子有问题吗？"

塔沃特坐着注视前面的光亮。"我睡着了，"他咕哝着，"我刚刚醒来。"

"那你应该听我的。"推销员说，"我告诉你的事情你都应该知道。"